DESIGN FOR A NEW LIFE

定年のデザイン

里見 和彦
Kazuhiko Satomi

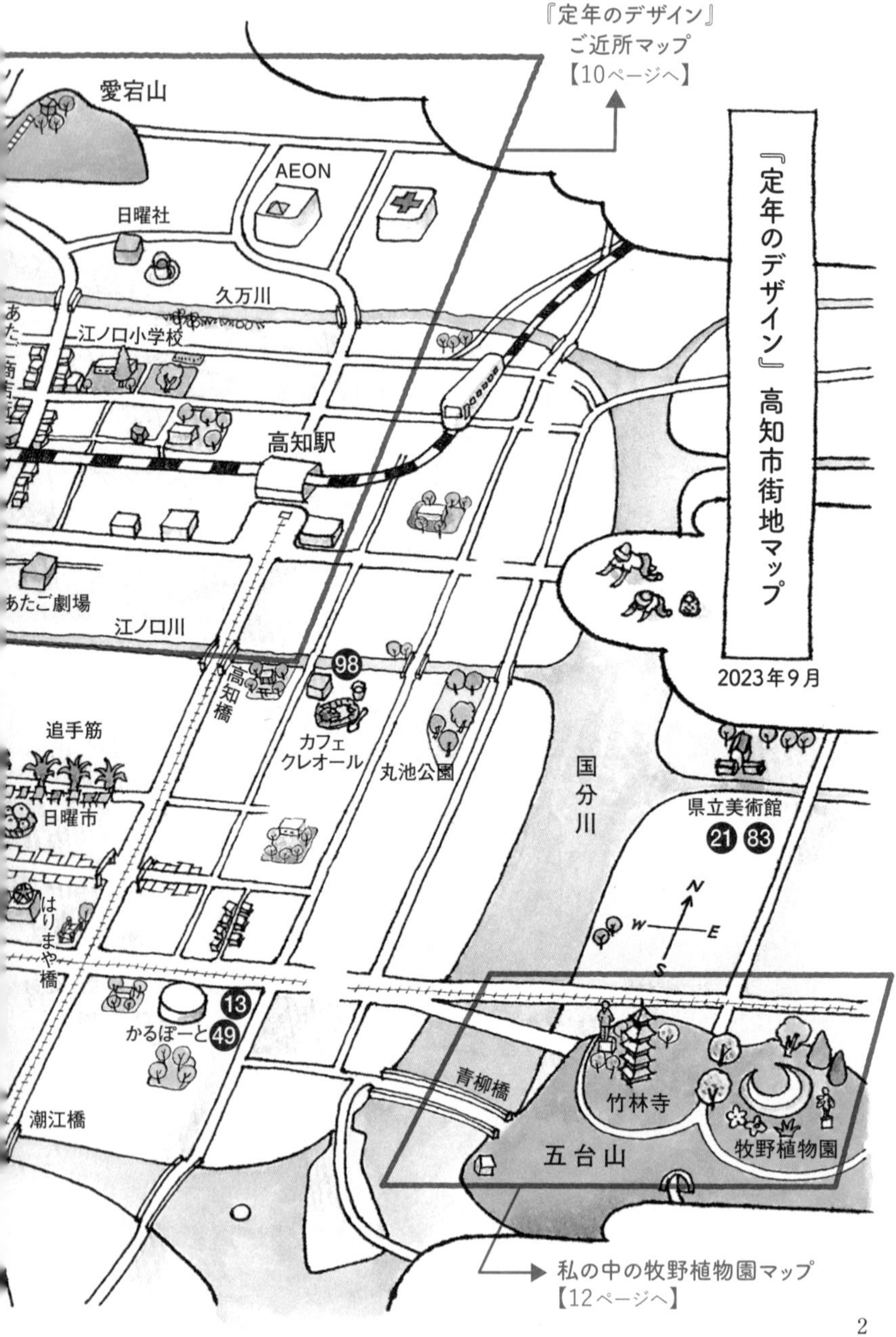
『定年のデザイン』
ご近所マップ
【10ページへ】
『定年のデザイン』高知市街地マップ
2023年9月
愛宕山
AEON
日曜社
久万川
江ノ口小学校
高知駅
あたご劇場
江ノ口川
高知橋
98
カフェ
クレオール
丸池公園
追手筋
日曜市
国分川
県立美術館
21
83
N
W
E
S
はりまや橋
13
かるぽーと
49
潮江橋
青柳橋
竹林寺
五台山
牧野植物園
私の中の牧野植物園マップ
【12ページへ】

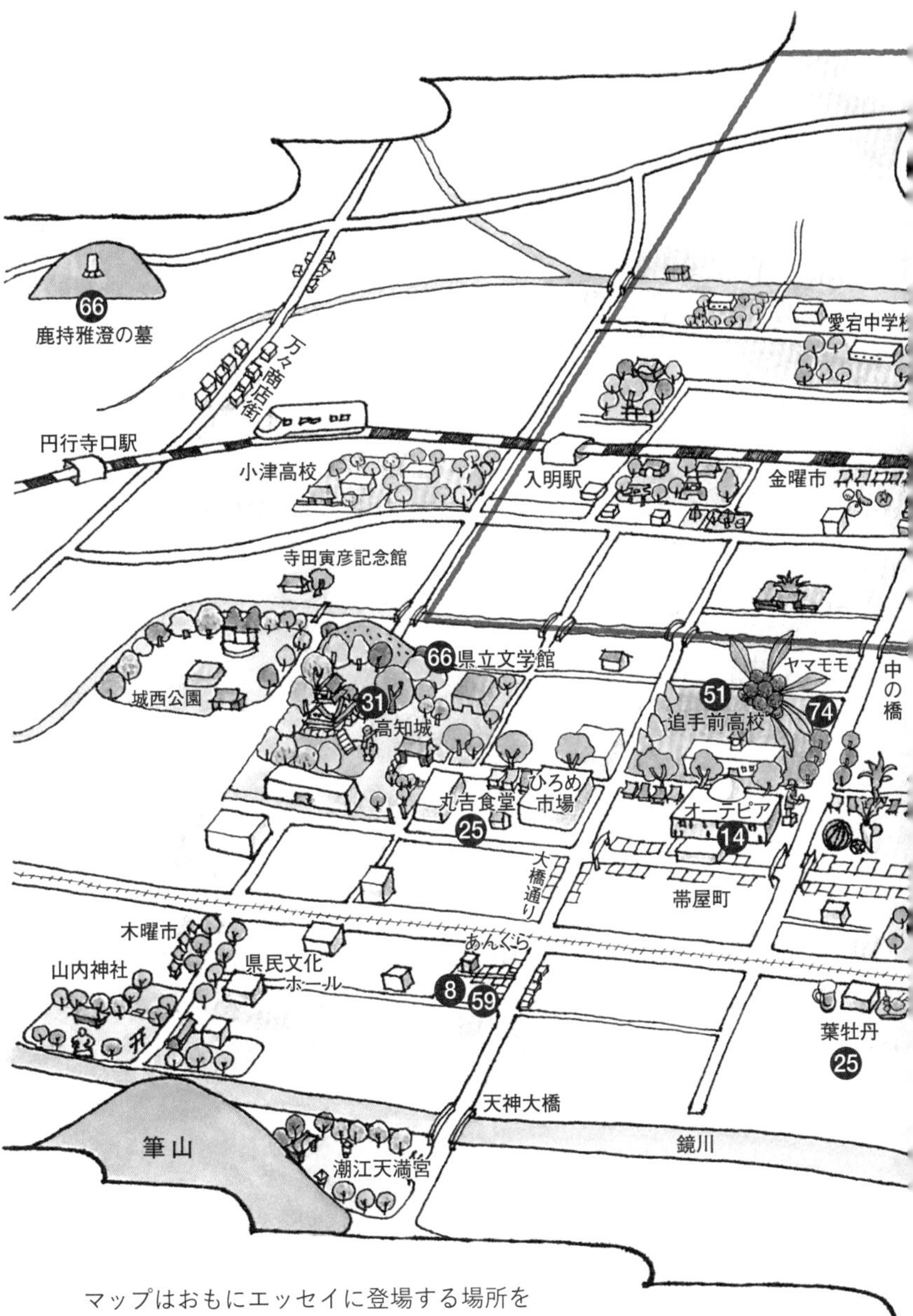

マップはおもにエッセイに登場する場所を
描いており、そのほかは省略しています。

ごあいさつ

「定年のデザイン」それは私自身も初めて聞く言葉でした。

高知市に生まれた私は高校卒業後に上京し、42歳の時に縁あって植物学者牧野富太郎博士を記念する高知県立牧野植物園に勤めるために帰郷しました。そして2017年、60歳で植物園を定年退職し、妻と二人で自宅の一室を事務所にして、若い頃から続けてきた〃展示デザイン〃の仕事をするべく、毎日を自由な気分で過ごしていました。そんな私たちに興味を持った高知新聞社の記者竹内一さんに声をかけられ、新聞連載として書いたのがこのエッセイで「定年のデザイン」は彼がつけたタイトルです。

連載は2018年の夏から2019年末の70話まで、毎週水曜日の朝刊に掲載されました。

連載中うれしい反響をたくさんいただき、一冊の本にしようと、半年後の初夏から２０２０年の年末まで毎週水曜日に(連載もないのに勝手に)30話を書き下ろし、平成から令和への2年半の日常をつづったのがこの本です。

いま、一人ひとりが持つ人生の時間は長くなり、60代はまだまだ人生の道半ばといえます。連載を依頼してくれた竹内さんの意図もその辺にあり、「新しい定年後のありかた」を書いてほしいということでした。

その要望にうまく応えられたかはわかりませんが、このエッセイには、組織を離れて自由になった人間の喜びのようなものが現れているように思います。なにげない日常のなかのちょっとした起伏、そんなことをつづった肩のこらない100の話と、文に添えられた100枚のスケッチを楽しんでいただけたら幸いです。

２０２３年10月　著者

定年のデザイン　目次

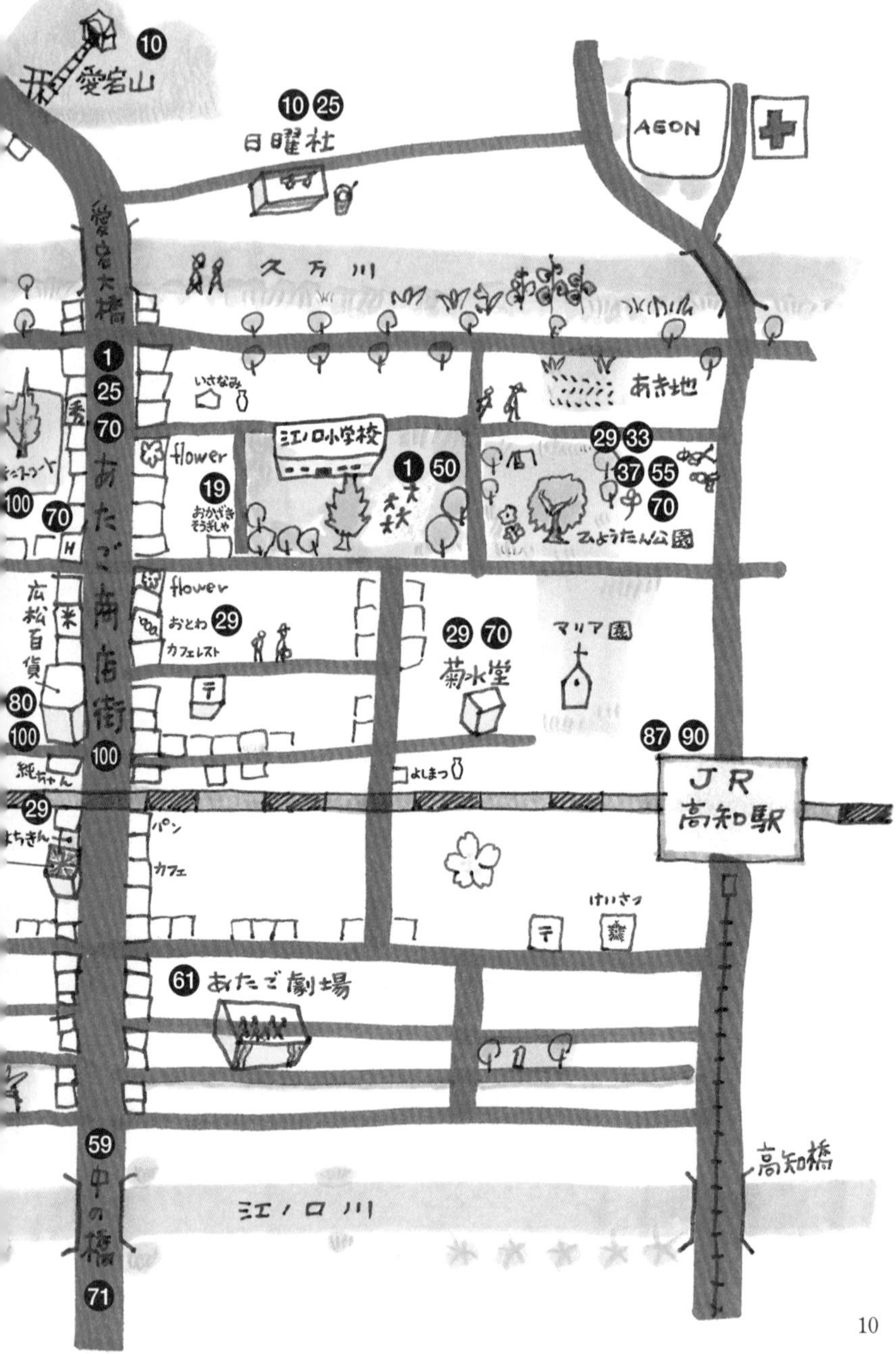

愛宕山
日曜社
AEON
久万川
愛宕大橋
あき地
いさなみ
江ノ口小学校
flower
おかざき
そうぎしや
ひょうたん公園
テニスコート
広松百貨
flower
おとわ
カフェレスト
マリア園
菊水堂
あたご商店街
純ちゃん
よしまつ
JR
高知駅
パン
カフェ
けいさつ
あたご劇場
中の橋
江ノ口川
高知橋

『定年のデザイン』
ご近所マップ
2023年9月

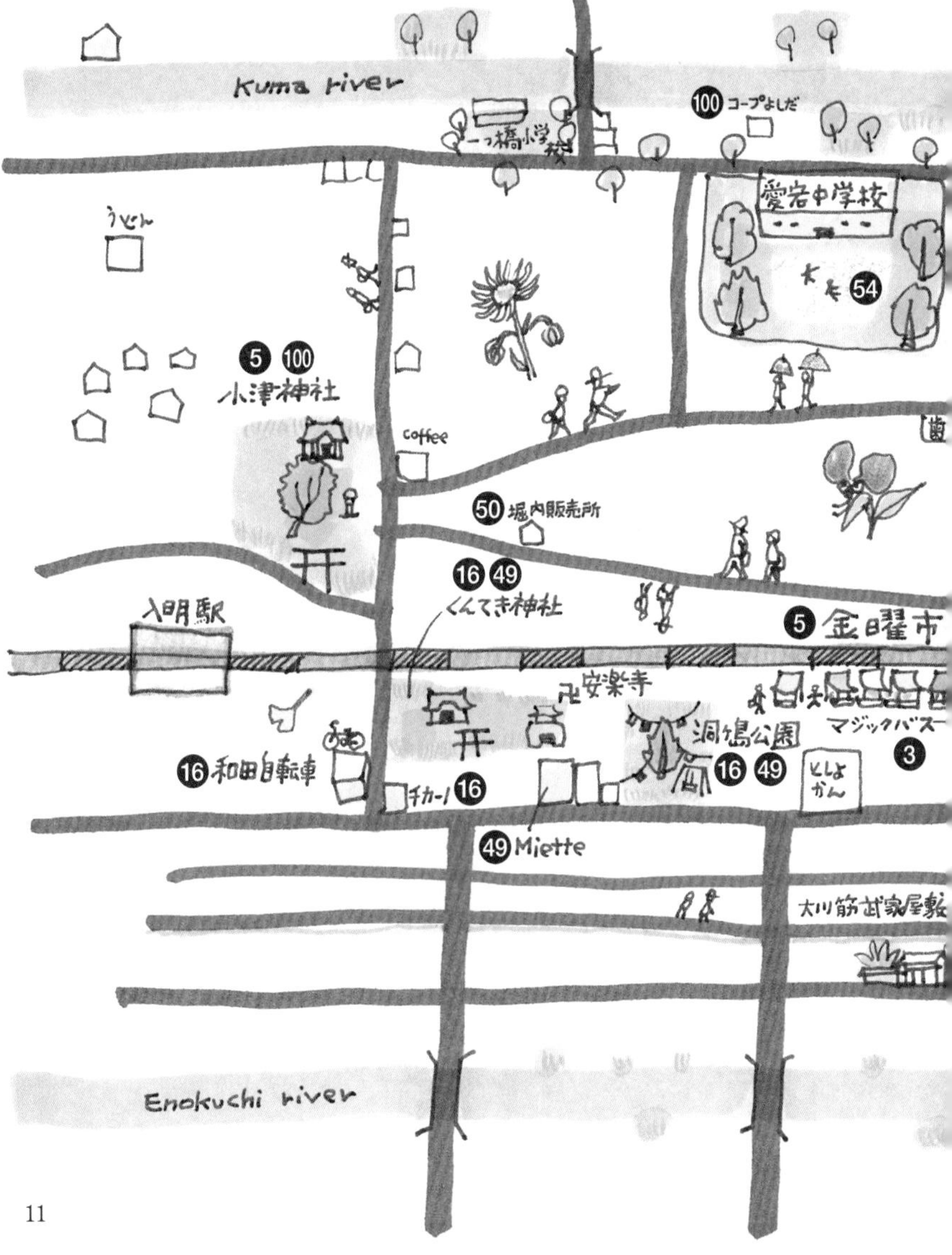

私の中の牧野植物園マップ 2023年

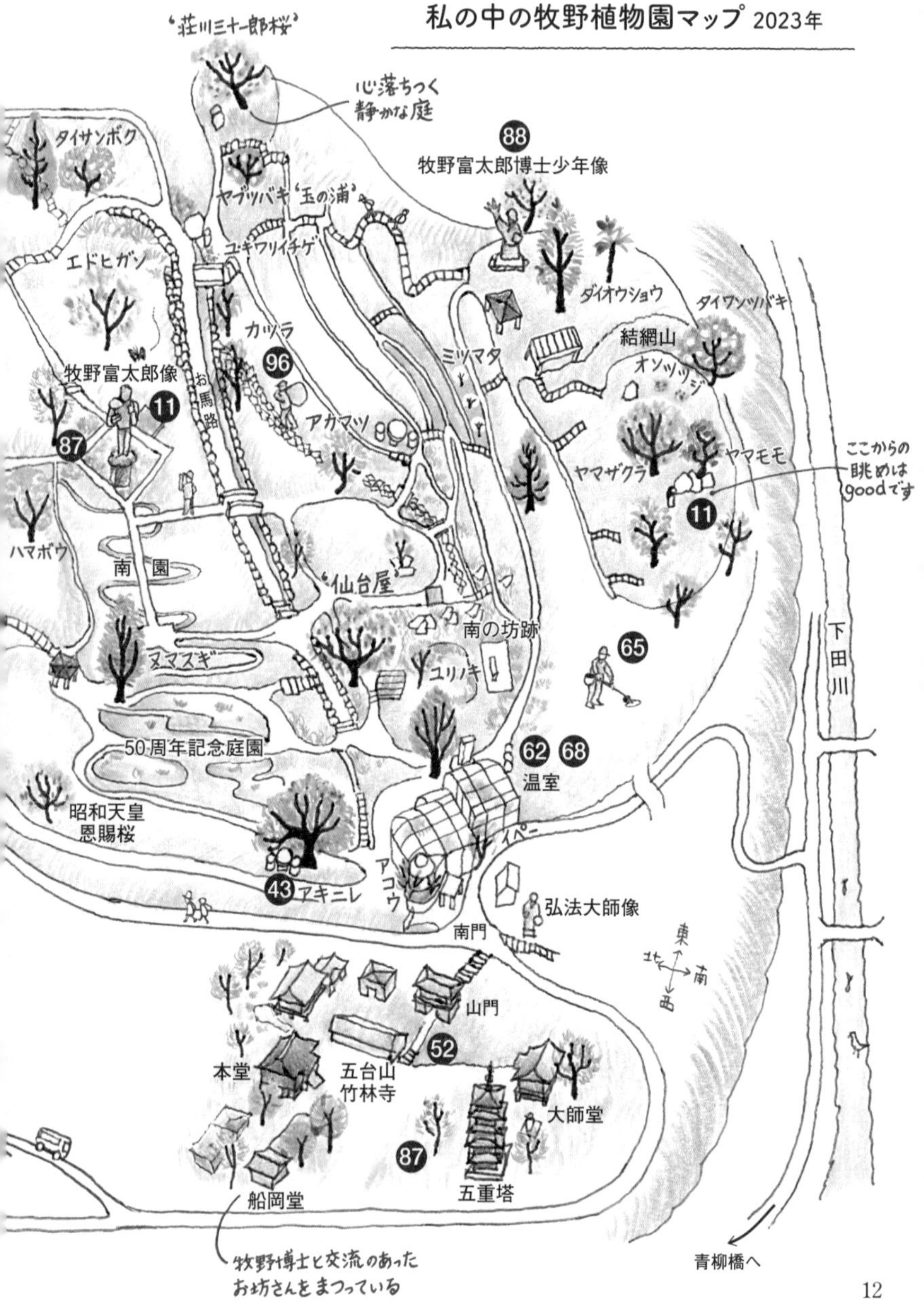

"荘川三十一郎桜"
心落ちつく
静かな庭
88
牧野富太郎博士少年像
タイサンボク
ヤブツバキ"玉の浦"
ユキワリイチゲ
エドヒガン
カツラ
96
ミツマタ
ダイオウショウ
タイワンツバキ
結網山
オンツツジ
牧野富太郎像
11
87
お馬路
アカマツ
ヤマザクラ
ヤマモモ
ここからの
眺めは
goodです
11
ハマボウ
南園
"仙台屋"
南の坊跡
65
ヌマスギ
ユリノキ
下田川
50周年記念庭園
62
68
温室
昭和天皇
恩賜桜
イペー
アコウ
43
アキニレ
弘法大師像
南門
東
北
南
西
山門
52
本堂
五台山
竹林寺
大師堂
87
五重塔
船岡堂
牧野博士と交流のあった
お坊さんをまつっている
青柳橋へ

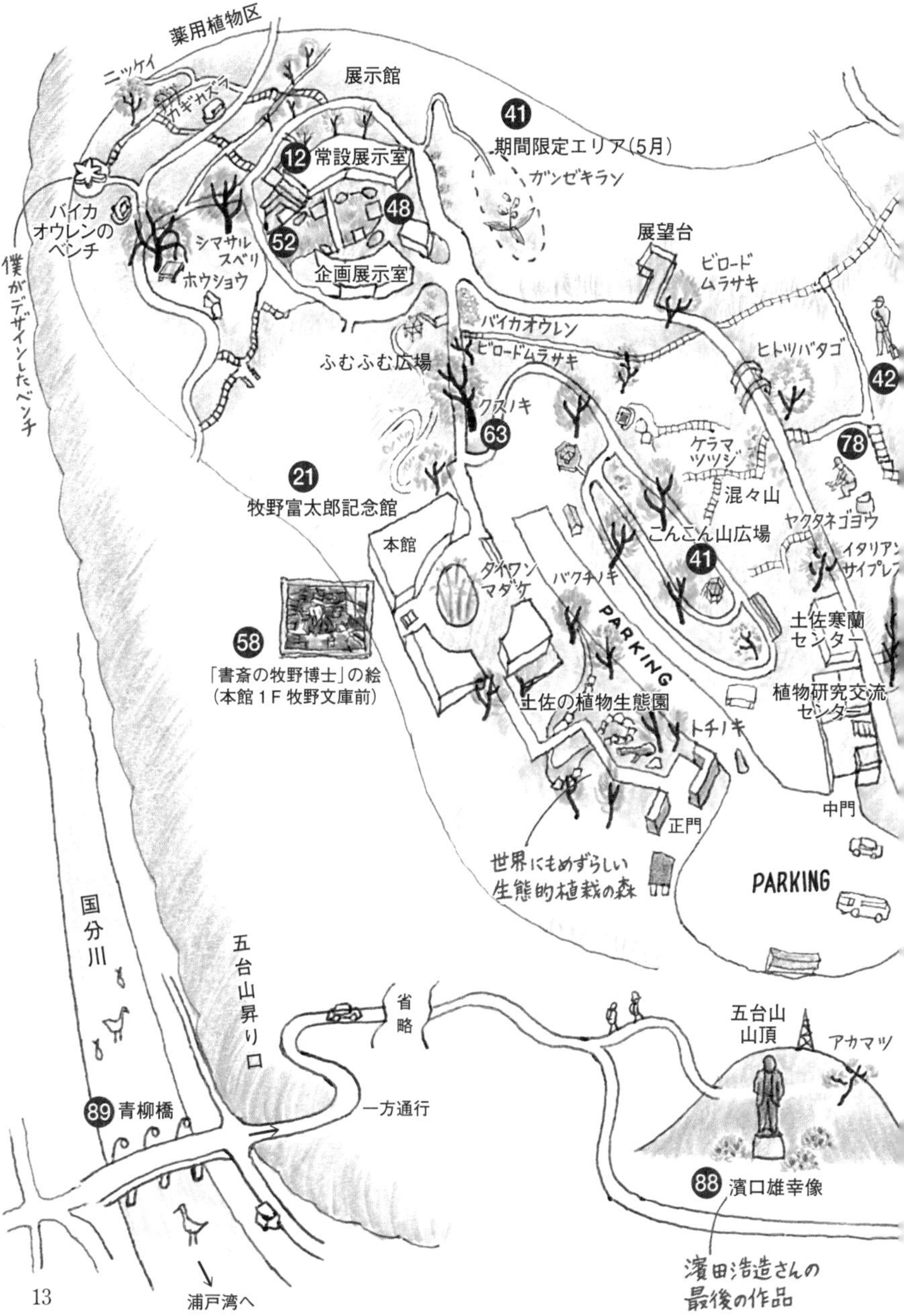
薬用植物区
ニッケイ
カギカズラ
展示館
41
期間限定エリア(5月)
ガンゼキラン
12 常設展示室
48
52
企画展示室
バイカオウレンのベンチ
僕がデザインしたベンチ
シマサルスベリ
ホウショウ
展望台
ビロードムラサキ
バイカオウレン
ビロードムラサキ
ふむふむ広場
ヒトツバタゴ
42
クスノキ
63
ケラマツツジ
78
21
牧野富太郎記念館
混々山
ヤクタネゴヨウ
こんこん山広場
本館
41
イタリアンサイプレス
タイワンマダケ
バクチノキ
PARKING
58
「書斎の牧野博士」の絵
(本館1F 牧野文庫前)
土佐寒蘭センター
植物研究交流センター
土佐の植物生態園
トチノキ
中門
正門
世界にもめずらしい生態的植栽の森
PARKING
国分川
五台山昇り口
省略
五台山山頂
アカマツ
一方通行
89 青柳橋
88 濱口雄幸像
濱田浩造さんの最後の作品
浦戸湾へ

この本の楽しみ方

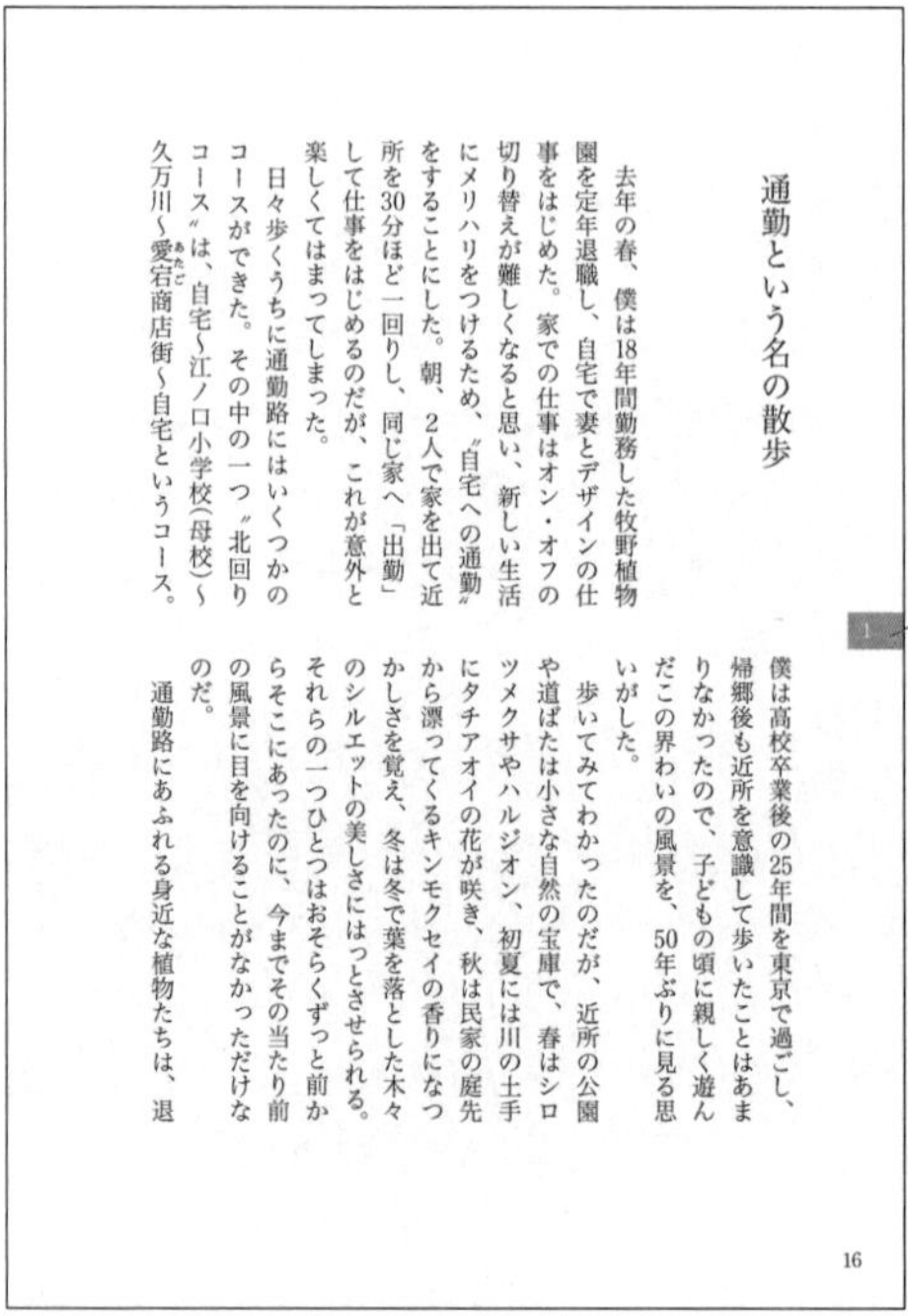

通勤という名の散歩

　去年の春、僕は18年間勤務した牧野植物園を定年退職し、自宅で妻とデザインの仕事をはじめた。家での仕事はオン・オフの切り替えが難しくなると思い、新しい生活にメリハリをつけるため、〝自宅への通勤〟をすることにした。朝、2人で家を出て近所を30分ほど一回りし、同じ家へ「出勤」して仕事をはじめるのだが、これが意外と楽しくてはまってしまった。

　日々歩くうちに通勤路にはいくつかのコースができた。その中の一つ〝北回りコース〟は、自宅〜江ノ口小学校(母校)〜久万川〜愛宕《あたご》商店街〜自宅というコース。

1

　僕は高校卒業後の25年間を東京で過ごし、帰郷後も近所を意識して歩いたことはあまりなかったので、子どもの頃に親しく遊んだこの界わいの風景を、50年ぶりに見る思いがした。

　歩いてみてわかったのだが、近所の公園や道ばたは小さな自然の宝庫で、春はシロツメクサやハルジオン、初夏には川の土手にタチアオイの花が咲き、秋は民家の庭先から漂ってくるキンモクセイの香りになつかしさを覚え、冬は冬で葉を落とした木々のシルエットの美しさにはっとさせられる。それらの一つひとつはおそらくずっと前からそこにあったのに、今までその当たり前の風景に目を向けることがなかっただけなのだ。

　通勤路にあふれる身近な植物たちは、退

16

エッセイ番号
マップ上の番号と対応しています。

春 3〜5月
夏 6〜8月
秋 9〜11月
冬 12〜2月

8月15日

文末の日付は
高知新聞掲載日
（2020年以降は執筆日）

この本は2018年8月から2019年12月まで、毎週水曜日に高知新聞に連載したエッセイ70話に、2020年6月から12月まで執筆した30話と描き下ろしの絵を加え、季節の移ろいに沿って一冊にまとめたものです。

書籍化に際し、連載時とは表現を変えた方が良いと思った部分は微小な変更をしています。
連載当時、開催中のイベントなどの日付は取りました。
ここに書いたお店などは、変わったり、なくなってしまったものもあります。

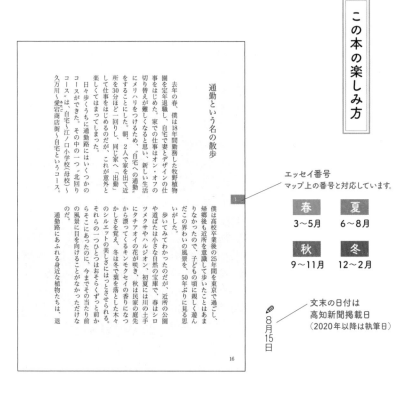

2018年

平成30年

2月　平昌冬季オリンピック開幕

12月　新語・流行語大賞
年間大賞「そだねー」

通勤という名の散歩

去年の春、僕は18年間勤務した牧野植物園を定年退職し、自宅で妻とデザインの仕事をはじめた。家での仕事はオン・オフの切り替えが難しくなると思い、新しい生活にメリハリをつけるため、〝自宅への通勤〟をすることにした。朝、2人で家を出て近所を30分ほど一回りし、同じ家へ「出勤」して仕事をはじめるのだが、これが意外と楽しくてはまってしまった。

日々歩くうちに通勤路にはいくつかのコースができた。その中の一つ〝北回りコース〟は、自宅~江ノ口小学校(母校)~久万川~愛宕《あたご》商店街~自宅というコース。僕は高校卒業後の25年間を東京で過ごし、帰郷後も近所を意識して歩いたことはあまりなかったので、子どもの頃に親しく遊んだこの界わいの風景を、50年ぶりに見る思いがした。

歩いてみてわかったのだが、近所の公園や道ばたは小さな自然の宝庫で、春はシロツメクサやハルジオン、初夏には川の土手にタチアオイの花が咲き、秋は民家の庭先から漂ってくるキンモクセイの香りになつかしさを覚え、冬は冬で葉を落とした木々のシルエットの美しさにはっとさせられる。それらの一つひとつはおそらくずっと前からそこにあったのに、今までその当たり前の風景に目を向けることがなかっただけなのだ。

通勤路にあふれる身近な植物たちは、退

職後に出版した科学絵本にも大きなインスピレーションを与えてくれた。
この〝北回りコース〟は愛宕大橋から愛宕通りを南下する。僕は昭和30年代の初頭から昭和40年代の終わりまでを〝あたご銀座〟と呼ばれていたこの商店街とともに過ごした。てくてく歩いていると、昔祖母の背に負ぶさって肩ごしに見た年末の雑踏や、繁華な店の裸電灯に照らされて浮かび上がった色とりどりの商品の記憶などが、朝日をうけた商店のガラスに重なることがある。人通りも店も減ったが、美味しい味を守り続けている中華料理店や居酒屋、たこ焼き屋。昔と寸分変わらずに営んでいる雑貨店、若い人が経営するレトロな品ぞろえのショップなどを見ながら歩くのはじつに楽しい。

この通勤は2人であれこれしゃべりながら歩くので社長(僕)と副社長(妻)の企画会議でもある。眼に映るものや肌で感じる季節の移ろいに呼応するように、良いアイデアが浮かんだりもする。この〝北回りコース〟には定点観測しているモノがあって、廃墟になった小児科の入り口に残されたゾウさんと自動車の遊具、その先にある目的不明の空き地(耕しても植えないを繰返している)などの興味深いものが静かに息づいており、このような物件に一つひとつツッコミを入れながら歩くのも楽しみの一つである。夫婦で同じ道を歩いても見ているものはそれぞれで、僕は遠くの山並みなどをじっくり眺め、妻は店の看板や足もとの草花の移り変わりなどに目がいくようだ。

1

そして驚くことに同じコースを歩いていても、いつもどこか何かが違っていて、昨日と同じだったことは一度もない。

8月15日

連載スタート時の担当記者さんコメント

どんなふうに定年後を生きよう？　人生100年時代、定年退職は新たな人生の出発でもあります。牧野植物園を退職した里見和彦さんは、定年後の日々をどう〝デザイン〟しているのでしょう。毎週水曜日の掲載です。

ようこそ「キュー劇場」へ

僕が牧野植物園を定年退職し、デザイン事務所をはじめて半年経った頃、植物園から展示デザインの仕事の声をかけていただいた。植物園の開園60周年を記念した「英国キュー王立植物園収蔵画とフローラ・ヤポニカ」展。「行ったよ」という方がいたらうれしいが、これは定年後はじめての〝展示デザイン〟の仕事だった。英国キュー王立植物園が収蔵する歴史的植物画と、同植物園で２０１６年に開催され、大変好評だったという牧野富太郎と現代の日本人植物画家による植物画を東京以外で唯一、高知の牧野植物園で展示するという企画だ。

デザインをするにあたって、ふだんの生活にあまり馴染みのなさそうな植物画に魅力を感じてもらうには、壁に絵を並べる以上の「なにか」がいるのではないかと思った。

そんな時、部屋で何気なく手に取った古い本を見ていてひらめいた。それは江戸時代に縁日の出し物として人気のあった「たてばんこ（立版古）」の図録で、「たてばんこ」とは立体の紙芝居だ。紙に描かれた人物や風景の絵を切り抜いて作る。この方法で、植物画が何のために描かれたのかや、その時代背景を展示すれば、自然にキュー植物園のことや植物画の世界に入っていけるんじゃないか。名前は「キュー劇場」にしよう！　この展示プランに牧野植物園も賛同してくれた。

2

6月2日のオープンの日、僕は来高したキュー植物園の研究者、ティモシー・アターリッジ博士に展示を案内する機会を得た。キュー劇場の第1幕は、キュー植物園の園地を今と昔の人たちが時空を超えて楽しく散策しているという場面なのだけど、僕はそこに60年代ロンドンの過激なロックバンド「ザ・フー」の4人を立たせておいた。(一応、英国つながり)ティモシーさんは目ざとくこれを見つけて大喜びし、一眼レフカメラでしきりに撮影していた。キュー植物園へのあこがれと尊敬の気持ちを込めた僕の手作りの展示の前で、さっき出会ったばかりの彼と一瞬にして打ち解け、ロック談議に花を咲かせてしまった。

キュー劇場の小窓(幅60センチ×高さ30センチ)を順路に沿ってのぞいていくと、研究者たちや植物画家、植物探査の冒険シーンなどが、紙に手描きというアナログな作りで次々に登場し、物語を展開していく。そしてキュー植物園の研究が日本の植物研究にも影響を与えたというところで劇場は終わる。

もちろん展示の主役は植物画だ。第1会場には日本人画家の精密な植物画、第2会場にはキュー植物園の香り立つような植物画、それぞれ「ロイヤルブルー」と「オペラレッド」と会場のコンセプトカラーを違えて視覚的イメージの印象づけをねらった。キューの美しい植物画に続くフィナーレは、西洋から多くを学んだ牧野富太郎の渾身《こんしん》の植物画で締めくくられる。最後の壁には牧野植物園の芝生の上で、キュー劇場の出演者たちがくつろぎながら、園地へ誘

キュー劇場・第1幕のイメージ

うようなイラストを描いた。展示を観終えた後、絵に描かれた本物の草花を園内で見ることができるという贅沢は、牧野植物園ならではのことだろう。

先日、会期を終えて撤収のために植物園へ出かけた。かつて僕が園芸部勤務で植物の世話をしていた頃、ともに汗をかいた同僚が「展示見ましたよ。里見さん、のびのび仕事してるみたいですねー」と言ってくれた。そうか、フリーランスっていいことばかりじゃないだろうけど、なんだか気分が自由だったり、仕事に熱中できたり、自分の決めた時間割で一日を過ごすことができる。その言葉を聞いて、そんなところに今、僕はいるのかなと思った。

8月22日

仕事場は北の4畳半

高知市のあたご商店街にある「マジック・バス」は70年代の古着や雑貨をあつかう店。店主は僕よりずっと若いけど、僕が中学生の頃に流行った派手な柄のシャツや当時の人気バンドの写真などを店内にところ狭しと飾っている。間口1.5メートルほどの店先に並べられた古着を、女子中学生が指差して「これカワイくな〜い？」と言ってたり、年配のご婦人が、サイケデリックなデザインのワンピースを手に取って品定めしているのを見かけたりする。歴史ある商店街で異彩を放つこのショップは、ここに出店してかれこれ15年になるそうだ。最初は珍しがられるマニアックな店も、好きなことをブレずにやり続けていれば、世の中の方が一周まわって、いい感じで受け入れられるようになることもある。

その商店街から細い路地を少し入ったところに僕の家はある。この家は今から63年前に父が建てたものだ。戦後10年当時のこの界わいは家屋もまばらで、まわりには田畑や空き地が広がっていたそうだ。その後ふえる家族に歩みをそろえるように家は増築されてきた。ピーク時には家族8人（祖父母、両親、4人の子）と愛犬が、今は僕たち夫婦と母の3人が暮らしている。僕の職場「里見デザイン室」は〃北の2階〃と呼んでいる4畳半の一室。ここはかつて長姉の部屋だったけど、彼女が嫁いだ後、僕が高校卒業までの2年間を過ごした。それからさしたる用途のない部屋として43年が経ち、昨年ふたたび僕がつかうことになった。

北向きの小さな部屋の窓枠や手すりはすべて木製で、夏は暑く、冬は寒い。でもどことなく大工さんの手仕事の温もりが感じられる。4畳半という空間は、幅、奥行き、高さがほぼ同じで、サイコロを思わせるような愛らしさと、ほしいものにすぐ手が届く便利さがある。そういえば26歳の時(東京時代です)会社を辞めて無一文で友人と立ち上げたデザイン事務所も4畳半からはじまった。なんの技術も実績も持たない二人だったが、小さいサイコロみたいな部屋に夢だけは詰まっていた。16年後、僕は牧野植物園に就職するため、その職場を退き帰郷したが、事務所は今もりっぱに続いている。


昨年、植物園を定年退職し、僕と妻は少しずつこの〃北の2階〃に手を加えていった。畳の上にカーペットを敷き、机とパソコンを置き、使い慣れた製図台を運び込んだ。副社長(妻)の机は嫁入り道具の鏡台で、蓋を閉じれば机になるデザインなので、身じたくを整えたらすぐ仕事ができるところがいいらしい。部屋の壁には作りつけの収納があり、本や資料はそこに入れて、なるべく部屋をすっきりさせている。

今までに何人か打ち合わせに来てくれたが、なんだか部屋の評判が良い。みなさん気持ちが落ち着くと言ってくれる。今はあらゆることが便利になり、モノは豊かになった。インテリア雑誌を飾るような素敵な空間も手に入れやすくなったが、古い部屋に手を加え、自分たちが居心地よく仕事

できるようにしているところに、親しみと安心感を持ってくれるのかもしれない。一見、使いみちがないような当たり前のものが、世の中が一周まわっていい感じに見えるようになった、そんな部屋の印象なのだろうか。

昨年の暮れの寒い夜、この部屋で科学絵本の原画をせっせと描いていたとき、高校3年生の年末にもこの部屋で美大受験のために夜ふけまでデッサンをしていたことを思い出した。18歳の頃の自分と定年後の自分とが同じようにこのサイコロのような4畳半で絵を描いている。そしてそのまわりを世の中は43年かけてグルーっと一周した。

8月29日

61歳の絵本作家デビュー

牧野富太郎博士が晩年を暮らした邸宅跡が東京都練馬区にある。現在は「練馬区立牧野記念庭園」という、素敵な展示館をもつ都民の憩いの場になっている。ここで今、僕の初めての科学絵本『雑草のサバイバル大作戦』(世界文化社刊)にちなんだ企画展「ドクターマキノと道草たんけん―空飛ぶ胴乱号《どうらんごう》にのって―」が開催されている。

今年5月に出版したこの絵本は、牧野博士によく似た主人公ドクターマキノが活躍しながら、〝雑草〟と呼ばれる植物たちにグーンと近づき、身近な自然の知ってるようで知らないヒミツに目を向けてもらおうという本だ。僕を見いだしてくれたフリー編集者の清水洋美《ひろみ》さんといっしょに「めっちゃ面白い植物の絵本を作ろう!」とスタートさせ、定年後の自由な気分のなかで一気に描き上げた、まさに「定年のデザイン」といえる絵本だ。

最初は「植物の専門家じゃない僕が描いてもいいんだろうか」という気持ちがあった。書店に行けば、たくさんの植物の本が並んでいて、それぞれ美しい写真や絵で解説してくれる。そんな本を持って野外に出かけ、知らなかった植物の名前がわかった時のうれしさを味わった方もいるだろう。しかし日常生活に戻ると「あの花の名前、何やったたっけ?」みたいなことも、よくあるような気がする。また「よく見かけるけど、名前は知らないんだよねー」という草花もいっぱいあるだろう。僕たちのまわりはそんな植物たちがたくましく生きている世界でもあるのだ。

僕の絵本を読んで、植物が生きていくための物語にワクワクしながら、知らないうちにその植物のヒミツを知ったり、名前が覚えられたりする、そんな本になればいいなという思いで描いていくことにした。

ある日、小さな町に不思議な乗り物「胴乱号」が飛んできて、ドクターマキノと助手の猫(タマ)が現れる。そこで3人の子どもたちと〝道草たんけん隊〟を結成し、身近な草花のふしぎを探っていく。ドクターマキノは自分たちの体を小さくする「マイクロミズデッポー」など、植物観察用ひみつ兵器をたくさん開発しているヘンなおじさんで、研究所兼タイムマシンでもある「胴乱号」で時空を超えたりしながら植物たちのサバイバルぶりを観察していく。そう、この絵本は今までになかったタイプのSF植物アドベンチャーなのだ。「オー！ミラクル」(絵本の決めゼリフ)。

絵本に登場する身近な植物たちは、自らの苦労話や生きのこり術を語りはじめる。マンガ風に描いてあるから気楽に読めるし「ええっ、そうだったのぉ？」と思ったりする。雑草はだいたいどこにでも生えているから、道で出会ったとき「ああこれだな」ということで名前を覚える。

僕は植物園に勤めていたけれど、展示デザインという仕事柄、植物の知識は浅かった。でもその美しさや生きものとしてのひたむきさにはいつも感動し、それを展示という形で人に伝えたいと思って仕事をして

ドクターマキノと道草たんけん隊

きた。この本を作るときも参考文献をひもとき「へえー」「すごいなー」と感心してばっかりだった。植物を知らないからこそ植物の生きる力にびっくりし「みんなにも見てほしい！」と思いながら描き上げた。植物の記述や絵については牧野植物園の学芸員が細かく丁寧に監修してくれ、感謝している。

牧野博士は子どもから年配の方まで、分けへだてなく植物の魅力をユーモアたっぷりに語ったという。聞いた人の頭のなかで知識が芽ばえるような、そんな伝え方をしたのだろう。僕はそういう牧野博士のセンスをこの絵本で再現したいと思ったのだった。

✎9月5日

「路地裏美術館」を歩く

定年後、愛宕町の自宅で仕事をすることになった僕が「生活にメリハリをつけよう」と妻とはじめた〝自宅への通勤〟のことを連載第1回目に書いた。（たくさん感想をいただきうれしかったです）

今年の尋常ではない夏の暑さに、保冷剤をくるんだ手ぬぐいを首に巻いて歩いているが途中で溶けて、そのうちに自分まで溶けてしまうんではないかと思うほどだった。

〝自宅への通勤〟には1回目に書いた〝北回りコース〟のほかに〝西回りコース〟がある。自宅～小津神社周辺～自宅を基本とするこの通勤路は小学生のころよく遊んだエリアで、このコースにある入明町の和田自転車店（今も健在）で買ってもらった5段変速の自転車に乗ってロイロイ（うろうろの土佐弁）したものだ。

小津神社は氏神様で、地球物理学者・寺田寅彦さんゆかりの神社でもある。冬の寒い夜、塾の帰りにこの近くの屋台のおでん屋さんで買い食いしたジャガイモのホクホクした味が忘れられない。

西回りコースは一歩裏道を歩くと、立ち並ぶ個性的な住宅が魅力的だ。路地裏にはなんともいえない趣があるのだ。

職人さんが手がけた古い門扉や郵便受け、手書きの表札、商いをする家の小さい看板に足を止め、住宅の途切れたところにふいに現れる小さな祠《ほこら》に建てた人の気持ち

5

を思う。新しい家にもそれぞれセンスが感じられたりする。そんな人々の暮らしぶりが垣間見られるのが西回りコースだ。

初めて歩いたとき、角を曲がるごとに現れる光景が魅力的すぎて、ハッと気づいたら万々商店街だった。（通勤に片道1時間半！）魅惑的な路地と物件に、ついつい民家の庭先をのぞき込んでしまうので、「これでは不審者と間違われる」と翌日からビジネスっぽいバッグを肩にかけ「通勤中です」という雰囲気をかもし出して歩くようにした。

こんなふうに、人々の暮らしを感じながら歩いていると、どんな小さな家でも借家であっても、かならずちょっとした場所で、植物を育てたり、鉢植えを置いたりしていることに気づく。日常の中で、人はなぜだか草花を身近に置いておきたいものなんだと、あらためて感じたのも通勤散歩をはじめてからのことだ。

春、ふと横道にそれて入り込んだ小さな駐車場で、アスファルトの隙間からひょろりと生えたマツバウンランの薄紫の花を見たとき、その清楚な美しさに思わず見とれ「路地裏美術館」という、あるはずのない美術館が頭に浮かんだ。人知れず季節の植物が展示される空想の美術館。通勤散歩の目で見ると、普通の駐車場や空き地までが、なんだか、えいもんに見えてくる。

金曜日の西回りコースはJRの高架下に並ぶ金曜市が楽しみだ。僕が3歳のころの記憶では、愛宕の踏切から国鉄の線路脇を西に向かってカーキ色のテントがずらりと連なり、海産物の匂いや物売りの声に、混沌

とした雰囲気があったように思う。祖母にねだってよもぎ餅を買ってもらったことを思い出す。

金曜日の妻は、ビジネスっぽいバッグではなくカゴバッグを持って新鮮な野菜を買う。ジャガイモを買うといつもポテトサラダの作り方を教えてくれる86歳の元気なお婆さんは、現役で車を運転し、たくさんの青果を運んでいる。ほかにも一袋100円のバジルを買うと、にっこり笑って玉ねぎなんかをおまけしてくれるお店、イートインコーナーがあって麺類などが食べられるお店(練り物も美味しい)など生産者の方たちとのやりとりや、旬の作物に季節のうつろいを感じることができる、味わい深い週末の通勤路である。

✎9月12日

父が遺した庭のビワ

8年前に93歳でこの世を去った父は、朗らかで実直な銀行員だった。毎朝風呂に入りゴシゴシ体を磨き、整髪料を塗った髪を櫛で七三になでつけ、セルのメガネをかけて言葉少なに家を出た。ところが帰宅時には別人のようになってにぎやかな千鳥足で帰ってくる。幼い頃、僕たち兄妹4人は父が2人いるのではないかと思った。ひょうきんな長姉が川柳を作った。「お父ちゃん、朝はムッツリ、夜デレリ」

そんな父は、昭和12年の支那事変に始まり、8年間で3度の召集に応じ、兵士として徐州戦線や国内の駐屯地で任務を果たした。終戦時は29歳。青春をまるごと国に捧げ、その後は8人家族の生活を支えるため、仕事に邁進《まいしん》した。勤めていた四国銀行では、外国為替部門の立ち上げとその後の発展に貢献した。酒を好むのは祖父譲りで（僕にも受け継がれた）あとは庭いじりが好きだった。

今も僕たちが住む家には昭和30年の建築時から親しんだ庭があり、イヌマキなどの高木や、春にきれいな花を咲かせるサツキなどが植えられていた。着物姿の祖母がよく庭の手入れをしていたのをおぼえている。その祖母は45年に高知を襲った台風のときの疲労が原因で亡くなり、父はその庭を見ると「落ち葉を掃除しよったおばあやんが目に浮かんで辛い」と47年、広さ22坪の庭の大改造を行った。

高知市一宮の名のある造園屋さんに頼み、その夏いっぱい工事は続いた。当時高校1年生の僕は、職人さんが大きな石を運んで据え付けたり木を移植する作業が面白く、ひと夏中飽きずに縁側から眺めていた。

仕事と家族を第一に考え酒以外に趣味を持たなかった父が、わが家としては多額の資金を投じ、新しい庭づくりを敢行したわけだが、さすがに言えなかったのか母はその金額を知らされていない。

父の庭の構想は、祖父母や母の郷里であり、牧野富太郎博士が若い頃、何度も植物採集に訪れた吾川郡仁淀川町名野川の自然の再現にあった。

もともと庭にあった樹木を残しながら、新しいものを植え、門から続く飛び石の両側に築山をつくった。西側の築山には、山に分け入るように見立てた石段をもうけ、逢坂峠から運んだという高さ2メートル以上の石には、ヒトツバシダやセッコクがついていて、あたかも山郷の景観を思わせる。(こう書くと、すごい庭園のようだけど、ちいさな庭です)

工事後も銀行の後輩と方々へ出かけては、気に入った植物や石を集め、庭を理想の風景に近づけていった。派手めの花は好まずユキノシタやシモツケ、ツワブキなど清楚な花を楽しんだ。

昭和50年頃、日曜市で背丈40センチのビワの苗木を買ってきた父は、西の築山にそれを植えた。南国の光を浴びてビワはぐんぐん育ち、今では2階の庇《ひさし》に届く大きな木になった。

毎年初夏には家族が集まりビワ狩りをし

昭和47年、夏

た。歓声をあげる孫たちを晩年の父は縁側から満足そうにながめていた。そんな父が亡くなったのは、庭にビワが実る6月の初旬だった。

去年この家で「里見デザイン室」をはじめるとき、最初に事務所のロゴマークを考えたのだけど、父が植えたこのビワをモチーフにすることにした。熟す前のきみどり色の小さいビワの実。若々しい柔軟な気持ちで仕事をしていきたいという思いをデザインにしてみた。

9月19日

SATOMI・OFFICE
Display design & Planning

オー！　ミラクルな1日

先日、編集者の友人からジョブカフェこうちが発行する就活サポートマガジン『明日、No.24』の取材を受けた。就活をする若者に、僕の仕事である展示デザインの観点から「自分をアピールする方法」を指南するという企画で、僕にとっても違う角度から仕事をとらえる良い機会となった。

しかし思い返せば、僕は就職をそれほど真剣に考えている学生ではなかったように思う。

舞台美術を学んでいた大学4年の夏、就職先を探すために企業のリストを見ていた時、M社の社歴に目が止まった。そこには「1966年ビートルズ日本公演の舞台を製作」と書かれてあった。洋楽好きの兄の影響で、中学生の頃から熱狂的なビートルズファンの僕は、迷わず「進むべき道はこれだ！」と決め、舞台や展示を製作するこの会社のデザイナー採用試験を受け、1980年の春めでたく入社した。

東京23区のほぼ真ん中にある飯田橋駅から徒歩7分の小さな商店街の中に、M社はあった。ドームになる前の後楽園球場の近くで、夏の残業の夜などは開けた窓からホームランの快音と歓声が聞こえてきた。何かにつけて駐車場にテーブルを出して宴会をはじめるような家庭的な会社だった。

子どもの頃から絵を描くことが好きで美大に進学し、デザインができると思って就職した僕だったのに、配属されたのは営業部だった！

毎朝、ネクタイを締めて通勤し、お得意さまを回ってぎこちない世間話をし、最も苦手だったお金の計算ばかりしているうちに、自分がどんどん進むべき道から遠ざかっているような気分になった。

だけど、小さな仕事にも多くの人たちが関わっているということや「お客様に喜んでもらいながら、利益も生み出すという課題を解決するのが営業なのかな」と、半分強がりながらも学んでいくうちに、いろんな分野の人との出会いもあり少しずつ仕事が面白くなっていった。

なのに僕は、ちょっとした出来事がきっかけで、その会社を3年半で退職し、友人とデザイン事務所をつくる事になった。(若いということは素晴らしく無謀なことだ)

最初は仕事がないので「デザインやります」という手書きのチラシをつくって原宿の竹下通りを左右に分かれ、店を一軒ずつ配って回った。日が暮れはじめた頃、表参道のセントラルアパートの1階にある宝石店のオーナーが「君たちの心意気が気に入った！」と通りに面した8つのウィンドーディスプレイの製作を依頼してくれた。すると、大喜びした後、現実に戻り「どーする、仕事きちゃったよ」と慌てる始末。技術も実績もない僕らは、毎日がぶっつけ本番の冒険をしているような日々だった。

僕は、そのように実践的なデザインを現場で学び、度胸と感性だけで乗り切ってきた。そしてどんな小さな仕事も拒まずにやった。

7

事務所をはじめて1年後の27歳の時、博物館の展示の仕事に出会い、これを一生の仕事にしようとがむしゃらに働いた。そして9つ目の博物館の仕事が、故郷高知の牧野富太郎記念館の仕事だった。記念館が完成した時、42歳でUターンし牧野植物園に就職した。

昨年の4月1日。植物園を退職した翌日に、M社の社長(当時は営業課長)が偶然東京から来高し、僕の退職祝いをしてくれるということで、大橋通りのお店で35年ぶりに再会した。

定年退職した僕を、初就職した会社の社長に祝ってもらったのだ。僕の定年はそんな「オー！　ミラクル」な一日からはじまったのである。

✎9月26日

居酒屋読書会のススメ

僕には月一の楽しみがある。それは「読書会」だ。定年後、ますますこの日が心待ちなのだ。

この読書会は、18年前、30歳になろうとする青年2人がはじめたものだ。彼らは当時『颱風《たいふう》』という同人誌を発行しており、30になる節目にインタビューした先輩がやっていたという読書会を、自分たちもやってみようと思ったのだった。

僕はその『颱風』に寄稿した縁で、10年前に仲間に入った。はじめ4人だったというメンバーは10人になり、先月200回を迎えた。

読書会は静かなブームらしくて、いろんなやり方があるみたいだけど、僕たちの読書会は夕暮れ時から、主に居酒屋で行われる。

毎回その月の担当が本と店を決める。メンバーは当日までにその本を読んでくるのだけど、最後まで読めずにくる人もいるし、全く読んでなくてもいいというなんともゆるいルールだ。

本は小説だけじゃなく、ノンフィクション、エッセイ、児童文学、マンガ(きんこん土佐日記もやった)など堅い本からやわらかいものまで、何でもOK。

当日は乾杯と雑談にはじまり、しかるべきタイミングで担当が選書理由を話す。そして一人ずつ感想を語っていくのだけど、それにツッコミを入れるもよし横道にそれるもよし、あーだこーだ言いながら時間は過ぎていく。

これは本を肴にした宴席とも言える。ふつうに飲み会で語り合うのも楽しいけど、美味しい料理とお酒の席で〝一冊の本〟を主役にすると、日常ではあまり語ることのない「個々の意思の交歓」が生まれるのだ。これがとても素敵な読書体験となるのである。

本ってふつう一人で読むものだけど、同じ期間に同じ本を読んでいる人が10人いて、自分一人で読んでいた時と違う感じ方をしていることを知るのである。自分には全く理解できず「なんだこれは？」みたいな本を絶賛する人がいる。自分がいたく共感した文章に、同じように感動している人がいる。それがとても面白くて飽きることがない。

月に1度会うだけという近すぎない距離感もよい。メンバーの一人、Kさんの職業は何度聞いてもいまだによく分からない。(あやしい職業ではない)彼の選書は『ヴェニスに死す』とか『一九八四年』など限界に置かれた人間を描いたような作品が多く、6年前から参加している妻は、彼を「ギリギリもののKさん」と呼んでいる。

こんなふうに12カ月、わいわい面白くやっていて、年末にはその年に読んだ本の中から「年間ベスト3」を決めて楽しんでいる。

若い頃から仕事以外の本をあまり読んでこなかった僕が、読書会では知らないうちに100冊近い本を読み、みんなと語り合ってきた。そうするうちに少しずつ「本」との距離が縮まってきたように感じている。

自分ではたぶん手に取らなかったであろ

8

う本や、食わず嫌いだった本の魅力を知ることはとてもうれしいことだし、読みたいと思いつつ読めないで来た本(石牟礼道子『苦海浄土』や、深沢七郎の本など)を読み心を動かされた。

200回目の読書会は、天神橋通商店街の路地を西に入った「あんぐら」で。

心のこもった料理が記念の会を引き立ててくれた。本は、詩人・荒川洋治さんの『文学の空気のあるところ』。愛情のこもった文学への誘いの書だった。

僕はこのような「本をめぐる空気」というものを感じるために、毎月この日を楽しみにしている。

みなさんも、だまされたと思って、ぜひ一度やってみてください。

✎10月3日

「デザインしないでくれ」

「海の博物館」は三重県の鳥羽市にある、ユニークな博物館だ。僕は平成が始まった1989年1月から3年7カ月、この博物館の展示プロジェクトに携わった。

館長の石原義剛《よしかた》さんは、1971年の開館から、一貫して「海と人との関わり」を調査研究し伝える活動をしてきた人だ。昨年施設は市に移管されたが、46年間、民間の博物館だった。

「海の博物館」の建築はのちに牧野富太郎記念館を設計する内藤廣さんの初期の代表作である。

33年前、博物館の収蔵資料のうち6879点が国の重要有形民俗文化財に指定され、より良い環境に施設を移すことにした石原さんは、その新しい建築の設計を内藤さんに託した。僕はその3年後、31歳のときに石原さんの面接を受け展示デザインを担当することになったんだけど、その条件は前代未聞のものだった。

「いつ完成するかは未定」「鳥羽に通い、博物館の学芸員になったつもりで展示案を練ること」「美味《おい》しい伊勢の魚を食べさせるがデザイン料は少ない」

このようにして、当時のバブル経済の狂乱とは全く無縁の仕事が始まった。

最初に石原さんから告げられた言葉がまたびっくりなのである。「しばらくの間はデザインをしないでくれ。絵も描かないでほしい」「え、え?」「テーマを深く理解し

9

てほしいんや。展示案は文章で書いてくれ。絵でごまかされたくないんや」

その日から僕は「漁労」「海女」「船」「海洋汚染」などのテーマに沿った展示項目(76もあった)の関係資料に目を通し、本で知るだけでなく、実際の漁業を知るために鳥羽の漁師さんの船に乗って定置網漁を手伝ったり(真っ暗い冬の早朝だった)、三島由紀夫の『潮騒』の舞台、神島の奇祭「ゲーター祭り」の調査に行ったりもした。

クジラ漁の展示のため、午前中、大洋漁業(現マルハニチロ)で捕鯨の話を聞き、午後には反捕鯨を唱えるグリーンピースジャパンの事務局へインタビューに行くなど学芸員の視点で展示を考え続ける日々が続いた。

そうやって3年間、展示デザイン案を出し続けたがすべての案は却下された。野球で言えばノーヒットノーランが3年続いたことになる。それは石原さんと僕との根比べでもあった。

やっと4年目に海女の展示案を「ええやないか」と気に入ってもらい、76分の一つめがヒットした。それから堰《せき》を切ったように提案を出し続け、製作物は展示会社でなく地元の看板屋さんで、模型はすべて博物館の職員さんが作り、92年7月、僕たちの手作りの展示は完成した。

博物館は生きている。展示は活動とともに更新されるから、僕がもがきながら生み出したその展示も多くの部分が作り変えられている。でもこの仕事で学んだものはとても大きい。「研究者とデザイナーの間には深い溝があるんや。その溝を埋めることで面白い展示ができるんや」。僕はこの石

三重のカツオが一番やけど
高知のも 案外
うまいなあ・・・
←まけずぎらいの石原館長

原さんの言葉を指針として今も仕事にあたっている。

昨年、僕が牧野植物園を退職する少し前、石原さんはご家族で植物園にこられた。夜の食事の席で、須崎生まれの妻が熱心に話した鍋焼きラーメンを、旅の予定を変更して須崎まで食べに行き、電話をかけてきてくれた。「うまかった！」。それが最後に聞いた石原さんの言葉になった。

今年9月17日、石原館長は亡くなられた。享年81歳。博物館と環境保護運動にその半生をかけた人だった。僕にとっては展示デザインに向かう姿勢を教えてくれた大切な人である。

仕事にはきびしいけれどチャーミングな人だった。

10月10日

せいこうさんのジョウロ

僕の職場、里見デザイン室は自宅の4畳半のコンパクトな事務所だけど、ほかにも「我が社の会議室」と呼んでいる場所がある。「日曜社」という名前の喫茶店である。

あたご商店街を北へ進み、久万川の橋を渡ると、小高い山が見えてくる。愛宕山だ。この山の手前、南の通り沿いにその店はある。

ゆったりと配置されたテーブルとソファが居心地よく、道路に面した北向きのガラス戸から、淡い光が差し込む。60〜70年代のロック、ジャズ、ボサノバなどの選曲も心地よくコーヒーが美味しい。店主の横山さんは、年代は下だけど、僕と同じ江ノ口小学校〜愛宕中学校出身で、愛宕山界隈を親しみを込めて「北あたご」と呼んでいる。

昨年4月1日、植物園を退職した翌日の、はじめての〝自宅への通勤〟の日。自宅からひょうたん公園(桜は一分咲き)久万川右岸を東へ(イオン方面)なんともいえない解放感のまま、春の川沿いを歩き、日曜社まで行ってしまった。そして自宅でやるはずだった第1回「企画会議」はこちらでやった。

これからどんな仕事をしていきたいか、そのためにはどうすればいいか、経済的な面はどうしていくかなどなど。時間を自在につかえる解放感の中、副社長(妻)と二人でランチとコーヒーを味わいながらのなんとも自由で真面目な会議だった。

こんなふうに、話し合った課題や計画は、いつもノートに書き込むようにしている。

しばらくたって読み返すと、その中には、ちゃんと実現していることがある。なので、このノートを「リブノート(live note)」と呼ぶことにした。映画『デスノート』の逆である。あちらはノートに書いた人が死んでしまう映画だけど、こちらは書いたことが実現していくノートなのだ。

今春に出版した科学絵本『雑草のサバイバル大作戦』のことも去年何度かノートに書いていた。その頃には出版の見込みはまったくなかったが秋になって出版が決まった。このほかにも、いくつか本当になったことがある。なので半分本気で「リブノートすごい」と思っている。

「北あたご」にはこんな話もある。その科学絵本の帯文を、植物園時代からお世話になっている、クリエイターのいとうせいこうさんにお願いし、素敵なコピーを書いていただいたので、お礼の品を考えた末、牧野博士のファンで園芸が趣味のせいこうさんには、園芸グッズが良いと思い植物園で伝統園芸を担当している友人、福川くんから「すごく使いやすい」と聞いていたジョウロをプレゼントすることにした。

それは長年日曜市にも出店していた板金職人さんの手作りの品だったんだけど、その方は、この初春に亡くなられていた。あきらめきれずに、その職人さんを知る植物園の東條さんに聞いたところ、その方の店が愛宕山のふもとにあることがわかった。

店を訪ねて奥様に訳を話しご無理を言って、主のいない店のウィンドーに残されていた、銅製のジョウロとステンレス製の霧吹きを分けてもらった。「これが最後の品」と

言いながら、奥様は使い方を教えてくれた。

僕は、色紙に職人さんのいわれと道具の取扱説明を描いた。そして5月に上京した際せいこうさんにお渡ししようと計画していたが、お忙しくてお会いできなかったので、マネージャーさんにお渡しした。せいこうさんはその夜、インスタグラムにこのことを僕の色紙とジョウロの写真とともにアップしてくれた。

長年、愛宕山の仕事場で、いろんな人たちのむずかしい注文に応え、あれこれと工夫して道具を作ってこられた板金職人さんの店に残されていた品が、牧野博士をこよなく愛するせいこうさんに使われ植物を潤していると思うと、なんともあたたかい気持ちになるのである。

10月17日

牧野南園の「植物交響曲」

県立牧野植物園は、今年で開園60周年を迎えた。植物学者牧野富太郎博士を慕う人々の声がけで、五台山に植物園ができることを牧野博士も楽しみにしていたが、完成の前年博士は逝去した。「植物園をつくるなら五台山がええ」そう言っていた博士は、自分の名前のついた植物園を見ることは叶わなかった。

昨年までの18年間、僕はこの植物園で展示デザインをする職員として働いていた。そして52歳からの5年間は園芸部に所属し、植物の世話や土木作業などの仕事に取り組んだ。

地下足袋を履いて園内を歩き回り、自然と向き合ったこの経験は、それまでに積み重なっていた心身の疲労を回復してくれたし、草木や、虫や、土との距離をグーンと縮めてくれたように思う。

僕が担当していたのは南園だ。60年前、牧野植物園はここから始まった。ずっと県民に親しまれているこの庭は、かつては竹林寺の境内で南北に小高い丘があってその間を東西に参道が通っている。

毎日汗をかきながら作業したこの南園に、僕は愛着を持っている。「結網山《けつもうざん》」という南の丘は江戸時代には桂浜に次ぐ「月の名所」だったという。この頂上から南に向かうと、右手には竹林寺の五重の塔と温室が、正面にはキラキラ光る波静かな浦戸湾が望める。(ここからの眺めはナイスです）そして南園の真ん中あたりには牧野博士の銅像が建っている。背筋をピンと伸ばし、右手にキノコ（カラカサダケという）を持って西の方を見つめている。僕は休憩中なんかにこの銅像を眺め、よくこんなことを妄想した。

それは、銅像の牧野博士がキノコをタクトに持ち替えて、植物たちを指揮し「植物交響曲」という一大音楽叙事詩をくりひろげるというものだ。

博士は静かにタクトを振りあげる。

春の雨が集まって、参道の水路をチョロチョロと流れていく。その音に弦楽器が重なり静かに曲がはじまる。水辺の可憐なユキワリイチゲの蕾《つぼみ》がふくらみはじめると、ホルンの響きとともに結網山の斜面にミツマタの白い花が、ひとつふたつと開いていく。タクトがセンダイヤザクラを指すと、庭は一気にピンク色に染まる。そしてサクラからツツジへと音色は鮮やかに転換し、一陣の突風にヒトツバタゴの小さく白い花々がいっせいに舞い上がり、第1楽章「春」が終わる。

「夏」はセミの鳴き声のリズムに合わせ、タキユリやオニユリたちが揺れ、南国の日差しの中、真っ黄色のハマボウの花が、眠たげなメロディを奏でる。

「秋」。牧野博士のまわりに咲きほこるサワフジバカマに旅する蝶、アサギマダラが飛んできて、ワルツのリズムで踊りはじめる。ここから一気に晩秋の野生ギクへと音楽は高揚していく。

…というふうに、放っておくと僕の頭の中をこんな映像詩がぐるぐると回りはじめ

秋の日の植物園

るんだけど、牧野博士は明治25年に、高知で初めて西洋音楽会を開いて指揮までしているので、あながちおかしな妄想でもないのかもしれない。

あの頃は草を刈っていても石を運んでいても、いつもどこかから牧野博士が見ているような気がしてならなかった。

そんな南園は夜の植物園なども開催し、ライトアップされた園内で植物を楽しみながら散策できる場所としても親しまれている。

ここは先輩たちの手仕事で整備されてきた場所だ。今も、日々園地を支えている職員や業者さんたちの汗と労力で草木は保たれ育っている。きっとそれを、牧野博士は見守っているのだ。

✎10月24日

牧野博士と過ごした23年

牧野植物園の展示館の中庭には、博士が名前をつけたり植物画を描いたりしたゆかりの植物が植えられていて、その草木や花の姿を春夏秋冬楽しむことができる。今はスイフヨウやサキシマフヨウなどが、これから晩秋にかけては、博士が仁淀川町で発見したノジギクや、ナカガワノギクなどキクの仲間が可憐に咲きはじめる。

ウッドデッキの椅子に腰掛けて、秋の植物をぼんやり眺めるのはいい気分だ。

この中庭の植物たちを包むように建てられた展示館には「牧野富太郎の生涯」と「植物の世界」という常設展示がある。屋内で博士の人となりや業績、精密な植物画を見たり、植物のふしぎに触れた後、屋外で博士ゆかりの植物や描かれた植物を実際に見る。そんな時間を過ごせるのも、この植物園のいいところだ。

展示室には笑顔の博士の写真がたくさんあって、〝世界的植物学者〟という硬いイメージを和らげてくれる。

若い頃からの緻密な研究の跡や、まるで生きているかのように描かれた植物画から植物への深い愛情と学問への真摯《しんし》な姿勢が伝わる。かと思うと、おどけた表情の写真や莫大な借金を抱えながらもユーモアを忘れなかった人柄を伝える資料もあり、大らかさと仕事にかけた執念というギャップが博士の豊かな人間性を伝えているように思う。

そんな牧野富太郎記念館が開館して、明日11月1日で丸19年になる。「海の博物館」と同じく内藤廣さんが建築を、僕が館内の展示を設計した。（東京のデザイン事務所から高知に通っていた）完成までに5年。僕にとって、博物館の展示デザインの中で、最も時間をかけたプロジェクトだった。

仕事が始まって間もなく高松市牟礼町にある彫刻家、故イサム・ノグチ氏が住んでいたアトリエを訪れたことがあった。氏が自分の感性でこつこつと作ったというその環境に立ったとき「ああノグチさんが居る」と強く感じ、なかなか立ち去れなかった。

「今はいない人の気配を感じさせる展示とは？」僕は常設展示も、そこに行けば牧野博士の気配が感じられるような場所にしたいと思った。

そして5年間、植物園の職員に指導してもらい、牧野博士や植物のことを学び、博士を知るたくさんの人から話を聞くなどして、少しずつデザインを練っていった。それは牧野富太郎さんとの旅のはじまりだったように思う。

展示空間全体のしつらえや、仕上げのディテール、グラフィックデザインなどには細心の注意をはらった。とくに屋外から差し込む自然光と、水銀灯などの人工光による照明計画を念入りにおこない、部屋に入った瞬間に感じる空気感にこだわった。

そして記念館は完成した。その後、僕は植物園の採用試験を受け、昨年の定年退職まで18年間勤務した。自分が作った展示を見守っていきたいというのがひとつの理由

幻想の常設展示室

だった。

退職する前、僕は展示室の感想ノートを10年分ほど遡《さかのぼ》って目を通し、印象に残る記述を書き写した。

「牧野富太郎の満足そうな笑顔を見ると、この人がいかに充実した人生を過ごしたかが想像できます」「人間関係に疲れ、学校をズル休みして来た。ここは自分にとって至高の癒し」「植物に対する愛がいっぱいにあふれているようで暖かい気持ちになります」「時々来るのですが、いつも生きる力をもらって寿命が伸びたように感じております」

ノートを書き写しながら僕は設計から関わった23年間の、牧野博士とともに過ごした時間をかみしめた。

✎10月31日

サンキュー、ディラン

僕は中学生のときからずっとロックが大好きなんだけど、ここ10年くらいは前ほど音楽を聴かなくなっていた。でも昨年の春、僕の還暦祝いにと、娘と息子からワイヤレススピーカーをもらったのをきっかけに、自宅の仕事場で、またいろいろと聴きはじめた。

今は、ビーチボーイズの名盤「ペットサウンズ」をよく聴いている。高校生の時にも、このおなじ4畳半の部屋で雨戸を閉めきって、大音量でロックのレコードを聴いたものだ。

大音量といえばこの前、映画『ラスト・ワルツ』（ザ・バンドの解散ライブ）のリバイバル上映が高知市の「かるぽーと」であって40年ぶりに観るため妻と出かけた。これが大音響の上映会で、本物のライブに来たような臨場感！　お客さんの中には、拍手喝采、ヒューヒュー言っている人もいて、すごく盛り上がった。

この映画が初公開された1978年、僕は21歳で、ロックにどっぷりはまっていた。その頃、アメリカのカルチャーは眩《まぶ》しい光を放っていた。戦争や人種差別など、さまざまな問題を抱えながらも、創造的な芸術を生み出すエネルギーとそれを受け入れる寛容さに、僕も、きっとほかの人たちもあこがれを持っていたのだろう。

『ラスト・ワルツ』には、たくさんのゲストミュージシャンが登場する。なかでも僕は大トリを務めたボブ・ディランが好きで、1966年に出版された彼の伝記を読んでノックアウトされ、彼の作る素朴な恋の歌や幻想的な歌に、そして何モノにも属さずに自分であり続けるような独自の生き方に共感し、こんな人生を送りたいものだと思っていた。

その年、21歳の僕は半年間アルバイトをして貯めたお金で初のアメリカ旅行に出かけた。アメリカを肌で感じ、その多様な文化を浴びたかったのだ。

ニューヨークでは20歳のディランがデビューしたグリニッジビレッジの喫茶店などをめぐり、(いまはこういうのを〝聖地巡礼〟という)その店の近くの小さな楽器店で買ったギターをいまも大切に持っている。

僕はアメリカへはこれまでに6回行っている。最後の旅は2000年、牧野植物園の企画展のために、テキサス植物研究所へ資料の借り受けに行った時だ。

その研究所での初日に、総勢22名の関係者との昼食会が行われ、僕はあいさつをすることになった。そこで、出張の目的と協力への感謝なんかを述べたんだけど、あんまり反応がなかったので「みなさん僕の話、理解できてる? ごめんね、英語がブロークン(へたくそ)で、なにせ僕の英語の先生はボブ・ディランとビートルズだったもんで」と言ったところ、テキサスの紳士淑女のみなさんに、えらくウケた。

そしてそのあとの4日間の資料借り受け交渉は、笑いで満たされ、とってもスムーズに運んだ。(ディランさんありがとう)

でもあの日、僕の話に笑ってくれた人たちの中に、歌うたいのディランがのちに

13

ノーベル文学賞をもらうようなことになるなんて、想像した人はいなかっただろう。（もちろん僕もだ）

彼の受賞は、僕にここちよい気分と希望を与えてくれる。それは、あらゆるものの価値は変わっていき、常識と思われていたものは色あせていき、主流でなかったものが知らないうちに本流になっていくこともある。そんな感じがするからだろうか。

ディランが24歳の時に作った歌に『時代は変わる』がある。

〈いまの敗者は後の勝者かもしれない。時代は変わっていくのだから〉

『ラスト・ワルツ』で、羽根のついた帽子をかぶって歌う彼を見て、そんなことを思った。

11月7日

わが社の図書室で

僕の職場、里見デザイン室は自宅の4畳半の小さな事務所なので、大きな本棚がない。しかしデザインの仕事は資料が命。そこで僕と妻は、オーテピア高知図書館を勝手ながら「わが社の図書室」と思うようにしている。

ここに行けば仕事に必要な本はだいたい揃《そろ》うし〝MYライブラリ〟(インターネット・サービス)で予約しておけば、セルフ受取コーナーに取り置いてもらえるのだ。(秘書がいる気分です)

家から自転車に乗り、最短4分で「わが社の図書室」に到着する。

オーテピアじゃなくても、図書館のありがたいところは、本を買わなくてすむから定年退職後の家計にやさしいところだ。そして自宅に本が増えすぎない。図書館の本だって、いろんな人の手にとられ、ページが開かれるとうれしいだろう。そしてたくさんの本が本棚に並んでいる風景は、なんだか心が落ち着く。

そんなわけで、調べ物や原稿の執筆などでしょっちゅう来ていて、お気に入りの席もできた。僕は2階の追手前高校の「芸術ホール」が見える席だ。時計台が望めて街路樹のクスノキの緑が目に優しく、読書に集中できる。

8月のある日、3階の郷土資料の本棚に寺田寅彦さんのコーナーがあった(江ノ口小学校の先輩だ)。棚には寅彦さんの写真が置いてあって、「ねえ君、僕の本を読みたいと思いませんか」みたいな目でこちらを見ている。そこで僕は棚から1冊の古い本を手に取り、2階のいつもの席に戻って読みはじめたら、これがすごく面白い！

昭和32年(僕の生まれた年だ)に発行された本で、当時の県立図書館の館長、川村源七という人が書いた『寺田寅彦と土佐』という一冊。郷土の先輩に対する愛情が活字からあふれていて、とくに「牧野富太郎と寺田寅彦」という一文では、二人をユーモアたっぷりに比較し論じている。

「土佐にも沢山学者はある。然しもっとも巨大な人は、牧野富太郎と寺田寅彦に止めをさす」とはじまり牧野博士をケタ外れの人物と持ち上げた上で二人が書いた随筆を比較している。

「牧野先生の場合は云いたい事、書きたい事が多いので文学的ハッコー(発酵)の余裕がない。(中略)寅彦の場合は鋭い小刀で鮮やかに料理した感じがあるが、富太郎の場合は、重い青龍刀で、八方にたたき切ったというおもむきがある」と書く元館長さんの文章も、なんとも小気味よい。いいぞ、いいぞ……。

などと読み進めているうちに、ふと僕は窓ごしの風景を見て感じ入った。追手前高校「芸術ホール」の前身は「県立城東中学校」の講堂だ。ここで、ちょうど今から80年前(昭和13年12月)牧野博士は「我国《わが》民性と菊花に就いて」と題した講演をしたのだ。博士76歳、高知に最後に帰郷した時の一コマだ。

そして僕がいま座っている真下の街路に

は、寺田寅彦の銅像が、彼の母校「高知県尋常中学校」(明治時代)に向かって立っている。

なんともいえない絶妙な場所で、僕の大好きな先輩二人が、僕になにかコンタクトを取ろうとしているような、そんな気にもなるのだった。(オー！　ミラクル)

本を読み終えると、夕暮れ時の図書館の窓から柳町の灯りが僕たちを居酒屋へと誘う。きっと明日も良い一日になりそーな気がする。

✎11月14日

あたごのターシャ

近所に住むNさんが柿をくれた。母が庭のシュロの葉を取ってきて器用に割いて紐《ひも》を作り、皮をむいた柿の柄にくくりつけた。風通しの良い通路の物干し竿に吊るすと、そこだけ秋の山里の風景になった。そんな母あや子はこの10月で満90歳。とても元気だ。

母と妻との3人暮らしの僕は、昨年職場を定年退職し、自宅で仕事をはじめてから、母の日常をこれまで以上に知るようになった。

朝は早くから新聞の隅々に目を通し、NHKの朝ドラを観ながら朝食をとる。そのあとは父が遺していった庭の手入れや野菜づくり、若い頃から続けている洋裁などをして、規則正しく1日を過ごしている。

町内の〝いきいき百歳体操〟や街路市、帯屋町などへの買いものにも、シルバーカーをついて出かけていく。毎日よく動き、なんでも「美味しい」といってよく食べる。僕と妻はそんな母を、ひそかに「あたごのターシャ・テューダー」と呼んでいる。

僕はこれまでの61年間、母に一度も叱られたことがない。(これってすごいことみたい)そして母が父に口ごたえしたところを見たこともなかった。父は真面目で仕事一筋の人だったので、お酒を飲んでデレデレしている時以外は、近寄りがたいところがあった。

ある日、趣味を持たなかった父の唯一の

楽しみであった庭に、母がボケの花を植えたいと申し出て、承諾した父が植えたんだけど、なんかしっくりこなかったようで、あとで黙ってそれを引き抜いたことがあったようだ。(母が笑いながら話してくれた)

そんなことがあってから、母は家の東側の午前中だけ日が当たる通路に、アサガオなど好きな花を鉢植えして楽しむようになった。母のえらいところは、そんな時にもニコニコして不平も言わず淡々と日を送ることだ。「あたごのマザー・テレサ」かもしれない。

明日11月22日は「いい夫婦の日」ということになっている。父と母とがいい夫婦だったかどうかはわからないけど、僕から見ると「いいバランス」の夫婦だったように思う。

母は結婚してからずっと家族のためにつくし、父の最期を見届けるまで自分の楽しみは後回しだったけど、そのあと蕾が開花するみたいに母の季節がやってきたように思う。母にとっての、定年後みたいな自由な人生がはじまったのだろう。

数年前から母は自分より40歳ほども若い、おしゃれな2人の女性に洋裁を教えている。

月2回の「あや子の洋裁教室」はものすごく楽しそう！　その日は僕の仕事場の下にある母の洋裁室からキャッキャ、キャッキャと笑い声が聞こえてくる。僕はこの61年間知らなかった母の一面を見たような気がして驚いている。なんせ、母の大きな笑い声を聞くことすらはじめてなのだ。

それから先日、庭に出て気がついたのだ

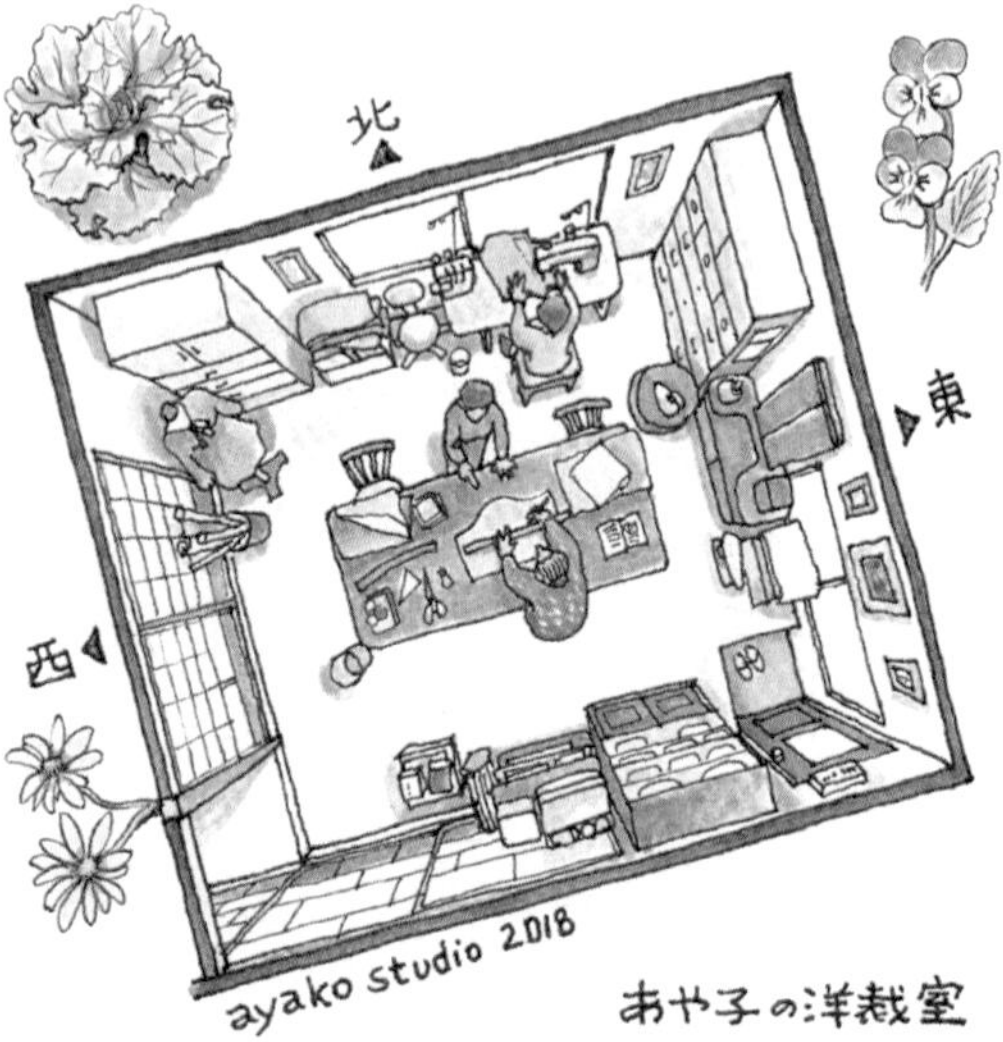

けど、いつのまにやら葉牡丹やスミレが植えられている。父が亡くなって8年がたち、とうとう母が父の聖域であった庭に自分の好きな植物を植えはじめたのだ。これまでにも、好きな花を植えてみたらと勧めたけれど、なかなか植えたがらなかったのに。

和風庭園に、すこしずつガーデニング的要素が混ざり合って来た。〝男の庭〟に、女性の感性がすこーし入り込んできて、寛容で平和な庭になりつつある。

庭の見渡せる居間のキャビネットの中にいる小さな父の遺影の顔が、少し苦笑いしたような気がした。

11月21日

秋色の通勤路をゆく

定年退職後の生活にメリハリをつけようと、去年の春からはじめた〝自宅への通勤〟が、2度目の晩秋をむかえた。

〝西回りコース〟の洞ケ島公園のイチョウが、今年も黄色く染まっている。

今夜、ここで洞ケ島ナイトバザール(通称・洞バル)という恒例のイベントが行われる。いつもは薫的《くんてき》神社の夏の大祭の日に合わせてやるんだけど、今年は台風で延期になってやっと本番を迎えるのだ。

わが「里見デザイン室」も去年の洞バルでは、このイチョウの木の下で副社長(妻)と、手づくりの紙芝居を上演した。(見てくれた人ありがとう)

ここのイチョウは、公園の真ん中にきれいな円錐形をして立っている。若葉の春も緑陰の夏も、秋の黄葉も冬の落葉した樹形もそれぞれに僕たちの目を楽しませてくれる。

このようにして日々意識して近所を歩いていると、変わらないように見える街も、少しずつ変化しているのがわかる。

連載1回目に書いた〝北回りコース〟で、定点観測していた医院跡は、10月に入って久しぶりに歩いたら解体されはじめていて、ゾウさんと自動車の遊具はすでになくなっていた。更地になったその風景は少し寂しいけれど、また何か、新しい物語が始まるのだろう。

あたご商店街で長く愛されてきた澤本陶

16

器さんも、10月いっぱいで店舗を閉められた。牧野植物園に勤めていた時、春のイベントのために貴重な皿鉢《さわち》皿をお借りし、お世話になったことを懐かしく思い出す。

あたり前のようにそこにあったはずのものがなくなっていく街で、〝西回りコース〟には新しい店もできた。洞ケ島町の「チカーノ食堂」は、ハリッサ&サルサソースで食べるチキンの唐揚げが美味しくて、近所に新たな楽しみができてしまった。

そんな中、長年変わらずに時を刻んでいるお店もたくさんある。薫的神社近くにある「和田自転車店」はそんな店だ。しっくい壁に黒板張りの外装が、神社の雰囲気と相まって、なんともいい佇まいなのだ。

僕は51年前、小学校5年生の時、ここで初めてマイ自転車を父に買ってもらった。すごくうれしかったので、その雨の日の情景を今もぼんやりと覚えている。

通勤散歩で店の前を通る時、道路に面した作業場でいつも低い腰掛けに座って自転車を修理しているおじさんがいる。春夏秋冬、変わらずに機嫌よく作業をしていることの人は、建物と共にこの界隈の風景の一部になっているかのようだ。

以前、妻が舶来モノの自転車のタイヤ交換をおじさんにお願いし、取りに行った時のことだ。自転車を見た妻は静かに驚いた。頼んでなかったフェンダー(泥除け)の留め具が直っていた。それは別の自転車屋さんで見てもらった時に「直せない」と断られ、あきらめていた箇所だったのだ。妻は「ああ、仕事ってこういうふうにしたいものだ」とすごく感動し、おじさんを〝自転車の精〟

と思ったそうだ。おじさんは心から仕事を愛する〝自転車ギョーカイの牧野富太郎〟みたいな人なのだ。

秋の街を黄色く彩るイチョウの木は、2億年前からほとんど形を変えずに生き残ってきた「オー！　ミラクル」な植物で、恐竜時代からずっと生き物の栄枯盛衰を見つめながら世代をつないできた樹木だ。

「自宅への通勤路」に生えているイチョウたちも、この界隈の変わりゆく街並みや変わらない人々の暮らしぶりを見つめながら、時を刻んでいる。

11月28日

佐川の白壁で輝く博士

牧野富太郎博士を愛する僕にとって、彼のふるさと佐川町は聖地のような場所だ。まだ東京住まいだったころから何度も訪れ、いろんな人と出会い、たくさんの思い出がある。

そんな僕は昨年、ついにこの町で牧野博士になってしまった。高知新聞の特集企画「土佐古地図ナビ」で現代の佐川町にタイムスリップする牧野博士役に抜擢《ばってき》されたのだ。

僕は頼まれもしないのに博士の動画を見てその仕草を研究したり、博士が佐川へ帰郷した時の文献を読み込んで、デ・ニーロばりの綿密な役づくりをして撮影に臨んだ。

そして当日、博士スタイルに正装した僕と同じくらいやる気満々でエキストラに挑んだ着物姿のお姉さんやレトロな服装のお兄さん達を引き連れて、初夏の佐川の町歩きを楽しみ、このこぢんまりとした風情ある町並みが、しみじみいいなとあらためて思った。

今年11月17日の夜、そんな佐川の白壁に、色とりどりの映像が映しだされる「酒蔵ロード劇場」が開催された。僕はまたしても大抜擢?していただき（こちらは、さかわ観光協会さんに）11回目となるこのイベントで、初めてイラストを描くことになった。

2箇所の白壁を担当することになった僕

は、毎年楽しみにされているお客さんの期待に応えるにはどうしたらいいだろうと色々考えた末、やっぱり自分らしいものをやろうと思い、僕が生んだキャラクター「ドクターマキノ」が牧野博士の故郷へやってきた！　というアイデアをふくらませていった。

この町にゆっくりと流れる時間を、古い白壁たちはずっと見つめてきた。僕がこの仕事で心がけたのは、そんな建物自体があたかも光を発し、なにかを語りかけてくるようなものにしたい、ということだった。

建物の形とうまく合うように試験投影などをしていたら、絵を仕上げるのに2カ月以上もかかってしまったけれど、ひとつの仕事に納得いくまで時間をかけられるのも、定年退職したおかげだと思った。

担当した2箇所のうち、メインとなる「焼酎蔵」の壁と道にはドクターマキノが持つ胴乱から牧野博士と佐川町ゆかりの植物や、酒樽《さかだる》、綿毛に乗った子どもたちなんかが飛び出していくスチームパンク（レトロSF）的なイラストを投影した。

雑貨屋&カフェ「キリン館」さんの白壁には、地質や植物に恵まれた佐川町の自然をモチーフに、太古から現在までの悠久の時間の中、ナウマン象や人間などの動物、サカワサイシンやヒメノボタンなどの植物が命をつないでいくという世界観をポップなデザインで表現してみた。

西の山に日が落ちる頃、香ばしい屋台の匂いが立ち込め、たそがれていく町並みの蔵や旧家の白壁が幻燈の光にやわらかく包まれた。

酒蔵ロード劇場 イラスト「ドクターマキノがやって来る ヤァ! ヤァ! ヤァ!」

文教の町に、県内のいろんなアーティストや地元の小・中・高校生の作品が映し出され、それらがいい感じでブレンドされて多様でありながら不思議に調和のとれた世界が現れている。そして建物に投影された絵の中に、自分も染まって溶け込んでいる。光の粒子と音楽の中、暮れ落ちた通りは人で満たされ、これまでで一番の人出だったそうだ。

闇の中に光る灯火には、なぜか心を落ち着かせる力がある。長い歴史を刻んで来た町並みの持つ魅力が、一夜の魔法のように引き出された、素敵なイベントだった。

✎12月5日

グレイト・マキノ！

僕にとって牧野富太郎博士は、ビートルズに並ぶ愛すべきヒーローだ。牧野植物園に勤めていたとき、植物学者としての彼の業績とか一般大衆に植物の魅力を広めた功績なんかを、たくさんのお客さまに伝えてきた。そのなかで僕が最も魅力を感じるのは、ひとりの人間としてさまざまな困難に遭いながらも、若い頃に抱いた植物学の志をあきらめずにやり続け、独自の仕事のスタイルを確立し、唯一無二の生き方をしたところだ。

いまから20数年前、牧野富太郎記念館の常設展示を設計している頃に読んだ資料で、強く印象に残ったエピソードがある。こんな話だ。

◆

大正13年2月、関東大震災からわずか半年後のこと、牧野さんは61歳（いまの僕と同い年だ）。土佐を後に上京し40年の歳月が過ぎようとしていた。たくさんの植物の学名発表や『大日本植物志』などの優れた著作を出版していたけど、大学では教授じゃなく講師という身分で、給料は驚くほど少なく、子だくさんの大所帯をかかえた苦しい生活。家計を支えるために妻の壽衛《すえ》さんがはじめた「待合《まちあい》」という接客業の経営も「大学の先生のくせに待合をやるとはけしからん」と世間から悪い噂をたてられていた。だけど学歴も肩書も博士号も持たない人間が、誰よりも優れた仕事をすると

いうところに、牧野さんは自負心を持っていたのだろう。（まぁこのあと、いやいや博士号を受けるんだけど）

そんなある日、シカゴ大学の著名な植物学者J・M・コールター教授が来日し、その歓迎会に大勢の学者がつめかけた。その中に牧野さんもいた。コールター教授に挨拶をするため長い列ができ、通訳が一人ずつ紹介していく。「こちらは○○博士です」「こちらは○○教授です」行列は続き、疲れたコールター教授は途中から椅子に座り、会釈をするだけになった。

そして牧野さんの番がきた。肩書のない彼を通訳はあっさりと「こちらはミスター牧野です」と紹介した。すると、コールター教授の目が輝き、座っていた椅子から立ち上がって牧野さんの手を握りしめ、こう叫んだ。

「オー！　グレイト・マキノ」

◆

これはこの日、会場に居合わせた人が書いた記事の逸話なんだけど、牧野さんのその日の手帳には、「コルター氏歓迎會ニ行ク」とだけ書かれている。

肩書を持たない牧野さんの仕事は、日本国内より海外の研究者に評価されていたということだろう。「教授」でも「博士」でもなく「ミスター」が「グレイト！」になった瞬間の記事だ。

東京のデザイン事務所で、この記事を読んだ僕は、胸のすくような思いがした。そして、じんわりとその胸が熱くなり、なぜかふるさと高知の青い空が目に浮かんできた。

イギリス人を案内するとき　この顔を指さして
「ジョン・レノンではありません」と言うと　100%ウケた

その後、牧野富太郎記念館が完成し、植物園に就職した僕は、この話を何度もお客さまにした。そのなかには涙する人もいた。

独学による研究の道はさぞかし険しいものだったろう。いまでこそ「世界的植物学者の牧野博士」とかいわれてるけど、牧野さんが一番苦労して仕事をしていた時、日本で彼を評価し支援する人は多くなかった。

一匹狼の自由な発想で道を切り開き、どんな状況にもユーモアを忘れず、奇人変人あつかいされても笑い飛ばして進んでいく爽やかさ。それはまさに僕にとって、土佐人のヒーロー像なのだ。

12月12日

雨に濡れても

定年後の習慣〝自宅への通勤〟が2度目の冬を迎えた。暑かった夏、保冷剤をくるんだ手ぬぐいを巻いた僕の首には、マフラーが巻かれている。

〝北回りコース〟で歩く江ノ口小学校の通り沿いにあるおかざき葬儀社さんの前を歩く時、僕は2年前の12月18日、ここで行われた牧野植物園元園長、山脇哲臣《てっしん》さんの「お別れの会」を思い出す。

山野草と山を愛し、写真や書画に長けていた哲臣さんを偲《しの》び、会場にはカメラや絵の具などの愛用の品と草花がディスプレイされ、なんだか哲臣さんの居間にいるみたいな気分になれる心の通った素晴らしい展示デザインだった。

みなさん立ち去りがたいのか、おしゃべりは続き、お別れの会なのに哲臣さんの出版パーティーにでも来たような不思議な親密感に満ちていた。

牧野博士と直接交流をもっていた哲臣さんは、植物園では1968年から78年まで園長を務めた。華やかなものがもてはやされた時代にいち早く「野生植物によって自然本来の美しさを伝えることで、牧野博士を顕彰する」というコンセプトを明確にし、予算が潤沢でない中、職員とともに手仕事でコツコツと園地を充実させてきた気骨の人だ。享年98、牧野植物園が開園60年を迎えた今年、哲臣さんは生誕100年となる。

いごっそうぶりが語られる哲臣さんだけ

ど、気さくな人柄を偲ばせる逸話も多い。牧野博士の没後、博士のご親戚の方たちとの会食の席で、興が乗った哲臣さんは突然椅子の背もたれをつかみ、椅子と社交ダンスをはじめた。すると博士の娘の鶴代さんが「私と踊りましょう」と声をかけてくれたという話は、僕の大好きな〝土佐のおんちゃん〟エピソードだ。

植物園の大先輩でもある哲臣さんと一緒に働いたことはないけれど、何度かお会いする機会はあった。最後に会ったのは8年前、僕が園芸部にいた頃だ。お願いしていた「食虫植物展」のタイトルの書を受け取りにお礼の一升瓶を提げてお宅に伺った時(めっちゃ文字が踊っている楽しい作品ができあがっていた)ご自宅の隣にあったお嬢さんの営む喫茶店で、いろんな話をした。

ふと僕は、前から聞きたかったことを聞いてみた。

「哲臣さんは牧野博士のことをどう思っていますか」

哲臣さんは少し考えてから、こんなふうに言った。

〈『月形半平太』のセリフで「春雨じゃ、濡れてまいろう」いうのがあるろう? あれが牧野さんの生き方やないろうか。雨に濡れるのは誰しも嫌なこと。けんどみんなぁが傘さして歩きゆうときに、ひっとりだけ濡れて歩きよったら、なんか楽しゅうなることもあるがよ。牧野さんはそうやって経済苦とか学閥の軋轢《あつれき》を頭の中で一度ひっくり返して面白がって歩いていったのやないかなぁ〉

僕はこの話を聞いた時、なるほど! と

感心した。そして定年後の今は、もっとこの心境がわかるようになった気がする。

僕の妻は10年ほど前、土佐山のとある場所で草刈りをしている哲臣さんに遭遇したことがある。哲臣さんは初対面の妻に、なにも言わず小さいカボチャをすっと手渡してくれたそうだ。その姿がかっこよかったそうだ。なんだかムーミンの物語に出てきそうな話だ。

そんな哲臣さんのあれこれを思い出しながら歩く冬の通勤散歩。我が家の庭が見えてきた。ドウダンツツジの葉が色づく父の遺した庭をひと眺めし、今日も4畳半のわが社に出勤するのだ。

✎12月19日

わが社の流行語2018

雨音に気づいて、ゆっくりめに起きた日曜日の朝。カーテンを開けると2階の窓から見えるビワの木に、小さな白い花が咲いていた。小雨の中を、羽虫が花の蜜を求めて飛び交っている。ビワはこれから初夏にかけてゆっくりと実っていくのだ。

定年退職し、自宅で仕事をはじめて2度目の年末。わが里見デザイン室は今年いろんな新しいことにチャレンジさせてもらった。

春、牧野富太郎博士をモデルにした科学絵本を出版。夏、その原画展を博士の終《つい》の住処《すみか》、牧野記念庭園(東京)で開催。牧野植物園のキュー王立植物園収蔵画展では、ジオラマ型の紙芝居を考案し、紙で手作りした。そしてこの「定年のデザイン」の連載スタートなどなど、61歳ではじめて経験することばかりだった。(お世話になったみなさま、いつも楽しみに読んでくださっているみなさま、ありがとうございます。連載は来年もつづきます)

経済的なゆとりはまだまだだけど、自由な気分の中で副社長(妻)とマイペースでやってきた一年だ。

定年してからというもの四六時中、妻と顔を合わせて自宅で仕事をしている僕(妻からするとその逆)なんかの場合、まぁコミュニケーションをとりながら、お互いの言い分をちゃんと聞くことが大事になってくるわけです。そんでもってそこに笑いがあると、もっといいんだけど、うちの場合、普段しゃべっている何気ない会話の中から、なんだか笑ってしまう流行語がいくつもでてくる。

今年は「ありがとうございます」と「すみません」がすごく流行った。

使い方はこんな感じだ。

◇テレビで冬季オリンピックの羽生結弦選手を見ている時

妻「いやぁ、ユズの演技、神がかってる〜!」

僕「ありがとうございます」

◇本を読んでいて

僕「やっぱり村上春樹って読ませるね〜」

妻「ありがとうございます」

そこには「あんた、ぜんぜん関係ないやろ?」というおかしみが発生する。

◇テレビで政治家が原稿を棒読みしている時

僕「それぐらい読まずに言えんのかい」

妻「すみません」

◇雨の朝

妻「洗濯物、外に干せ〜ん」

僕「すみません」

こんなことで、炭酸飲料みたいにシュワっとイライラが消えるから不思議だ。

シンプルなことだけど、SNSの炎上だとか、ギクシャクしがちで寛容性のない世の中のムードとか「明日から大掃除かぁ」みたいな年末のいろんな気ぜわしさなんかが、ちょっとだけ和んだりするかもしれない。

他愛もない「わが家の流行語」ですけど、よろしければ、ぜひこの年末年始にお試し

ください。

そんなわけで、今年も一年が終わろうとしている。２階の窓から見えるビワが実るころには、日本は新しい元号になっている。

そしてビワの花は、虫や鳥に蜜をわけあたえ、花粉を運んでもらいながら、時間をかけてゆっくり美味しいビワの実に育っていくのだなぁと雨降る庭をぼーっと眺める年の瀬なのだ。

✎12月26日

2019年

平成31年 / 令和元年

5月1日　年号が平成から令和へ

12月　新語・流行語大賞
年間大賞「ONE TEAM」

内藤廣さんとの30年

元旦からおだやかな晴天が続いている。父が遺した庭のソシンロウバイが、ろう細工のような黄色い花を開き、爽やかな香りを漂わせている。

今年5月、日本は新しい元号に変わる。このニューイヤーに、僕が38歳から5年間かけて展示を設計した牧野植物園の牧野富太郎記念館が開館20年を迎える。

高知を離れ東京でデザイン事務所を立ち上げ、展示デザイナーとして仕事をしていた僕は、行きの飛行機か帰りの飛行機か分からなくなるくらい東京―高知を行ったり来たりしながら、この建物の展示を熱量を込めて設計していった。完成後はUターンし、定年まで職員として18年をここで過ごした。

今ではすっかり五台山の風景に溶け込み、樹木の中に埋もれているように見える建物。20年という時間はこの建物が内包する小さな木の葉みたいなたくさんの出来事を、その流れの底に沈めているように感じる。

2年前に僕が植物園を退職したことで、この建物にかかわり、共に汗を流した数多くの人たちの、木の葉のような無数の物語を知る機会はとても少なくなっていくだろう。

この建築を設計したのは現在、日本を代表する建築家の一人である内藤廣さんだ。

彼の代表作といえる三重県鳥羽市にある「海の博物館」(以下、海博)のプロジェクトで、僕は１９８９年から3年半、展示デザインを担当した。その縁がひとつのきっかけとなり、牧野富太郎記念館の建築を彼が設計することにつながった。（知らない人も多いだろうけど）

海博のプロジェクトは、内藤さんの建築家としての方向性を決定づけるような過酷で輝かしい仕事だった。予算の制約が厳しい上に、設計する時間が長いと、様々なアイデアやデザインはふるいにかけられ、削ぎ落とされ、どんどんシンプルになっていく。そうして7年という時間をかけて生まれたこの建築は〝建物〟というものの原形のような、つつましやかで、根源的な美しさを持っている。

１９９2年の春、海博の建築が完成した時、建ったばかりの研究棟の一室で内藤さんと夜を明かしたことがある。風の吹く寒い夜だった。僕がコタツに丸まってこれからはじまる展示工事の図面を描いていると、内藤さんは半身を寝袋に入れたまま、奥さんに電話をかけた。「おい出来たよー。うん、建ったよ、うれしいよー」すぐ横にいる僕に遠慮することなく42歳の内藤さんは子どものように、共に苦労した奥さんに喜びを伝えていた。

僕はあの夜の内藤さんを今も自分のことのように誇らしく思い出す。その頃の日本の建築界は彼の仕事を認めていなかった。バブル経済に浮かれた過剰なデザインの建築物が日本中に建てられていた時代だ。

海博の完成と時を同じくしてバブルは崩壊し、建築業界は徐々に内藤さん側に思考を反転させていったように僕の目には映

1992年春、海の博物館研究棟にて

る。彼は「海の博物館」で建築学会賞をはじめ数々の賞を受賞する。そんな周りの変化や評価にも、彼自身は変わることなく、建築の探求を続け、7年後に高知の五台山の尾根に、牧野富太郎記念館がぽとりと産み落とされることになる。

そんな内藤さんたちと、この1月に県立美術館でトークイベントをやる。彼と親交の深かった写真家の石元泰博《やすひろ》さんが撮った、建築がテーマの企画展関連イベントだ。僕は内藤さんとの仕事の中で体験してきた小さな木の葉のような出来事のいくつかを、お話ししたいと思っている。

✎1月9日

牧野博士、最期の13分

昭和32年1月18日午前3時43分。植物の研究に一生を捧げた〝草木の精〟牧野富太郎博士は東京都練馬区の自宅で94年の生涯を閉じた。

国民的な学者だった彼の逝去に際し、新聞各紙にはいろんな見出しが載った。

「牧野翁死去／昨暁心臓衰弱で94歳〝植物の父〟」(日経)

「惜しまれて〝植物の父〟／小学校中退で独学」(毎日)

「牧野富太郎博士死去／標本庫の完成見ず」(朝日)

そして高知新聞は当日の朝刊に「植物の父牧野博士ゆく／今暁眠るが如く」という見出しで、郷土の偉人の病状を見守る県民に報告した。(亡くなったのが午前3時43分なのに、その日の朝刊に間に合わせるなんてすごいね高新！)

今回、あらためて各紙の記事に目を通してみて、それぞれが独自の言葉で牧野博士を悼み、最期の容態とともに、その業績と、ユニークな人柄を伝えているなぁと思った。

亡くなるまでの3年間、牧野博士は病床に伏していた。昭和31年の7月には極度の呼吸困難となり、生死の境をさまよったけど、主治医たちの献身的な治療によって持ち直した。8月には回復して冗談を言ったり、布団の中でアスパラガスの植物標本を作るまでになっていたそうだ。

22

博士にはどうしてもやりとげたい〃原色の植物図譜の出版〃という大きな目標があって、それが博士の生命をつなぎ止めていたのかもしれない。

その夏、危篤状態から回復した頃の記事によると、しゃべる気力のないときは暑しのぎに枕元に立てた氷柱に活けられたカーネーションやダリアの花を、だまって見つめていたそうだ。

僕は病床の博士が気丈に出版の夢を語るときより、静かに花を見つめている姿の方に、より植物への深い思いを感じてしまう。

3年の間に何度も危篤状態を乗り越えてきたから、最期の瞬間まで家族は一縷《いちる》の望みを持ち続けたのだけど、博士はとうとう帰らぬ人となってしまった。

3時30分に呼吸が停止した後も、博士の心臓はそのまま13分間もリズムを刻み続けたそうだ。(オー！　ミラクル)。遺体解剖の執刀医は、この高齢で呼吸停止後10分以上心臓が動き続けることはきわめて稀《まれ》で、博士の長生きの秘密は若々しい心臓にあり、植物採集で野山を歩き回ったことでそれが培われたのではないかと話している(納得)。おおらかで破天荒な逸話を多く残した博士の〃強心臓〃は医学的にも証明されたのだ。

13分ってNHKの朝ドラが見られるくらいの長さではないか。僕はつい妄想してしまう。心臓だけが動いていたその13分間に博士の魂は体を離れ、とうとう本物の〃草木の精〃になって、植物採集で訪れた日本各地の野山を、芭蕉の最後の句のように駆け巡っていたのではないかと。

22

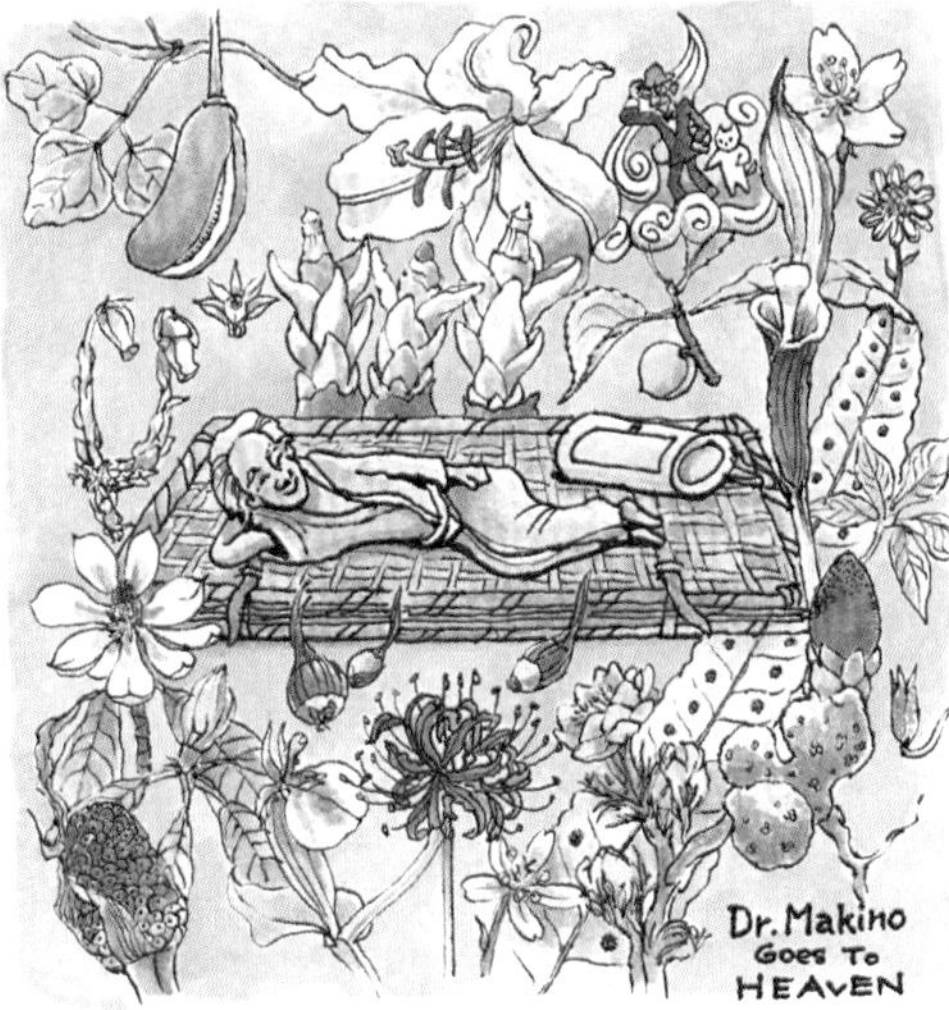
Dr. Makino
Goes To
HEAVEN

翌日、博士の遺体を納めた棺が、家族の手によって自宅の部屋から運び出された。武蔵野の雑木林を思わせる庭の草や木は、博士が各地で採集し手植えした植物たちで、愛する子どものようなものだ。

生涯を昆虫の研究に捧げたファーブルが亡くなったとき、彼の墓石に一匹のカマキリが取りついて、いつまでも飛び去ろうとしなかったという話を本で読んだことがあるんだけど、牧野博士の棺を見送る庭の草木たちも、さぞかし父親を見送るように名残を惜しんだことだろう。

明後日の18日は、そんな博士の62回目の命日。道に咲く草花を見たら、一生を好きなことに捧げた幸せなおじいさんがいたことを思い出してみてください。

1月16日

牧野博士の「心・技・体・笑」

牧野富太郎博士は、77歳の時に東京大学を退職してフリーになった。昭和14年のことだ。在野の研究者になってからの牧野さんの活躍も、なかなかすごい。

これまでに培ってきた膨大な知識と教養、表現力、人脈、人並み外れた画力なんかを爆発させた牧野さんは『牧野日本植物図鑑』などたくさんの著作を出版したり、旧満州へ植物調査に行ったり、昭和天皇に植物学の御進講をしたりと、前よりも増して植物の研究と大衆への植物の普及に邁進していった。

そんな牧野さんの「定年のデザイン」ともいえるパワフルな日々を支えたものは何だったのだろう？

「老」とか「翁」と呼ばれることが嫌いだった晩年の博士のうたに「眼もよい歯もよい足腰達者　うんと働こ　この御代《みよ》に」というのがあるんだけど、精密な植物画が物語るように視力は若い頃からすこぶる良く（おなじみの銀ぶち丸メガネはオシャレでかけていた伊達眼鏡らしい）歯は特に丈夫で、孫の西原澄子さん（故人）から聞いたんだけど、牧野さんの歯が初めて1本だけ抜けたのは90歳の時（！）で牧野さんは家中に響く声で「大変だぁー」と大騒ぎしたそうだ。

でも耳は遠かったようで、澄子さんは「お祖父さんは耳が聞こえないから植物に没頭できたんじゃないかしら」と言ってい

たし牧野さん本人も「耳が聞こえんことは勉強するのに役に立つ」と言っていたそうだ。(ポジティブ〜)

この体の丈夫さが、博士の生涯現役の秘訣《ひけつ》だったんだろうか？　わが社の副社長(妻)が言うには、力士は「心・技・体」の三位一体《さんみいったい》をバランスよく身につけることが大切らしい。

これを牧野さんに当てはめると、「心」は生涯持ち続けた植物学への探究心。「技」は神業とも言える植物画や標本づくりの技術とセンス。「体」は若い頃から植物採集で野山を歩いて鍛えた身体だ。(幼い頃はひ弱だったらしいけど)

でもそれだけだと、まだ牧野さんらしくない。なにかもの足りない。僕はこう思う。牧野さんが健康長寿だったのは、「心技体笑」の四位一体だったからではないかと。

危機的な経済状況にある時も(借金1億円とも言われる)、病床にある時も、心にゆとりとユーモアを忘れなかった牧野さん。「権威的なもの」への反発や「自らの不運」なんかもネタにして都々逸《どどいつ》や川柳に詠んで「笑い」に転化していった。ここにはとても書けないような下ネタや、くだらないジョークも大好きだった。

学術的な業績の尊さと、通俗性とのギャップ。こんな(学者っぽくない)魅力が当時の彼の大衆人気につながっていたのかもしれない。

浮き沈みの激しい人生で心と体のバランスを保っていくことにおいて、牧野さんの(持って生まれた?)チャーミングさは、「笑」であり「技」でもあったかもしれない。

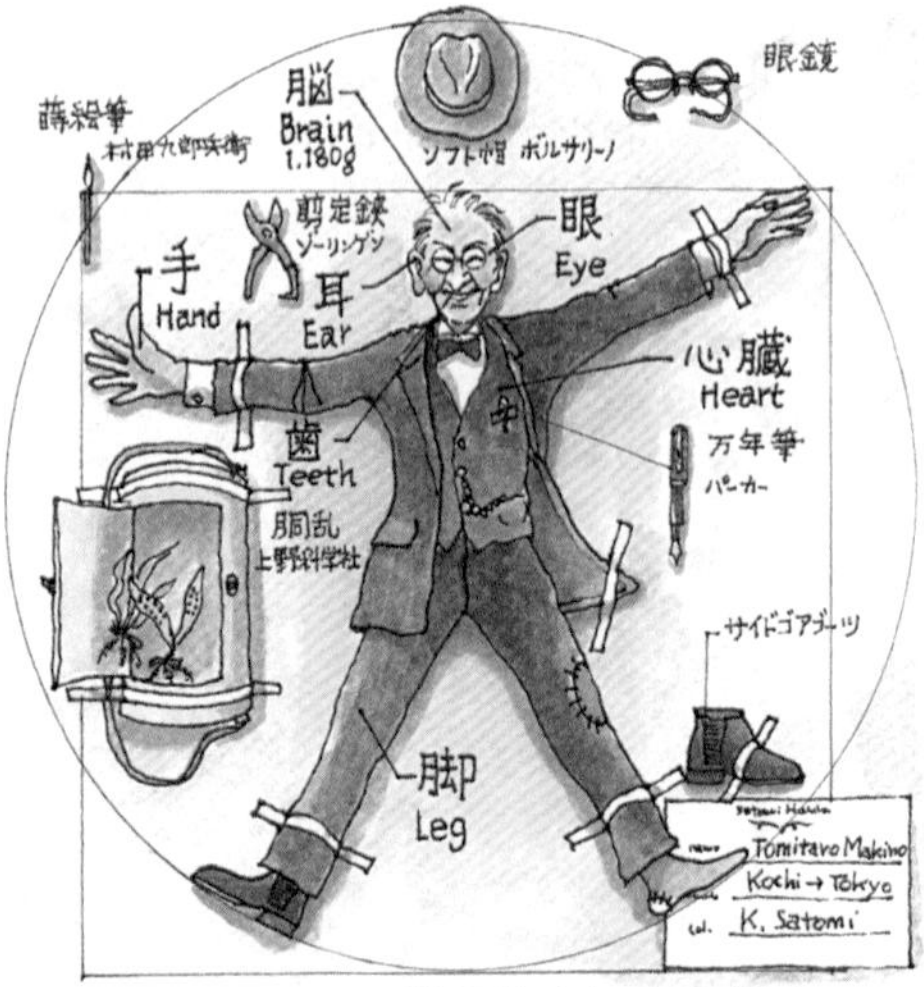

牧野富太郎の人間標本

牧野さんはこんなうたも詠んでいる。

「ばかなこと　ばっかり言って　日を暮らし」

そんな牧野さんをこよなく愛する僕の「心技体笑」はというと、

「心」は展示デザインへの好奇心。「技」は子どもの頃から描き続けている絵かな。「体」は植物園での野外の仕事で泥土や植物と格闘して培ったし、今は〝自宅への通勤〟もそうだろう。「笑」は副社長との「ばかな話」と、定年してからの自由さ、ということになるのかなと思ったりしている。

✎1月23日

島田正吾さんの土佐人観

『鬼平犯科帳』の作者、池波正太郎は牧野富太郎を主役に芝居の脚本を書いている。土門拳が撮った、庭に佇む牧野博士の眼差しに惹かれ、最晩年の博士に取材をして脚本を書き上げたのだそうだ。

舞台劇『牧野富太郎』は、昭和32年3月、博士逝去の2カ月後に新橋演舞場で上演された。博士を演じた劇団新国劇の島田正吾さんは、この役で毎日演劇賞を受賞し、舞台俳優としての評価を高めた。

島田さんは、後にNHKの連続テレビ小説『ひらり』で主人公(石田ひかり)のおじいちゃん役を演じ、お茶の間の人気者になった。舞台美術を学んだ僕にとって、往年の大スター島田さんは憧れの俳優でもあった。

平成9年9月、牧野富太郎記念館の展示設計をしていた僕は、島田さんのお宅を訪問して博士を演じた時のことなど、いろんなお話を聞く機会に恵まれた。

当時92歳だった島田さん。2年後、高知に牧野博士の記念館が完成すると伝えると「そうですか、そしたら僕はそのとき牧野さんが亡くなった歳になるんだね」とおっしゃられた。

島田さんは博士には会っていないけど「池波くんから、もっと声を高いトーンでやってくれとか指示を受けて演技をした」そうだ。「あの芝居は夫婦愛がテーマだったんだよ」そう言う島田さんの、長い役者

24

人生の中でも、とても思い出深い芝居だったそうで、牧野博士のイメージに近づけるために付け鼻をして奮闘したそうだ。(島田さんは鼻がシュッとしてるから)

17歳の時に、島田さんは新国劇の創始者である俳優沢田正二郎(父が高知市秦泉寺出身)に弟子入りし舞台人生をスタートさせた。「そう、土佐はねエ、昔、新国劇で行きましたよ。沢田先生の故郷だからね」「僕は沢田先生を通して土佐人を理解するんだ。なにかこう、意気に感じるようなところがあるよね、牧野博士も沢田先生もね、えっ? 浜口雄幸も土佐なの? 世の中が変わる時に活躍する人が出るところなんだね」と、しばし土佐人論となった。

沢田正二郎さんが関東大震災の罹災者を励ますため日比谷公園で『勧進帖』を上演した時の話も聞いた。演劇界の風雲児と呼ばれた沢田さんは「お世話になった東京の人々のすさんだ心を勇気づけるためにやるんだ!」と最初反対された歌舞伎の市川宗家に勧進帳の帳を帖にすることで了解を取り、上演にこぎつけたそうだ。

澄み切った秋空の下、家を焼け出された数万という観客が舞台の周りを埋めつくし、大拍手で応えてくれたそうだ。「万雷の拍手というもんだよ、キミ」と島田さんは僕の方に身を乗り出してきた。

高い天井を持つ島田さんの仕事部屋。僕はたった一人の観客となって名優の「ひとり芝居」を観ている気分になった。

部屋の隅のキャビネットには、牧野博士の娘、鶴代さんからいただいたという博士の小さな植物画が飾られていた。

書斎の島田正吾さん
ムギ茶
コーヒープリン
もっとふけた感じです、
でも元気そう。

1997年9月6日、当日大学ノートに描いたスケッチに着色。

「沢田正二郎って素晴らしいと思ったよ。土佐人だなぁと思ったよ」

この7年後、島田正吾さんは亡くなられた。96歳まで舞台に立ち続け、師匠、沢田正二郎から受け継いだ演劇の「心」を伝え続けた。牧野博士と同じく生涯現役の人だった。享年98。博士より4歳長生きをした。

東京の牧野記念庭園では写真展「池波正太郎作・演出『牧野富太郎』」が開催されていて、僕の島田正吾邸訪問の記録の一部も展示されている。

1月30日

なっちゃじゃない散策

近所の江ノ口図書館で、武吉孝夫さんの写真集『昭和51年を歩く』シリーズを何冊も借りたのは5年ほど前のことだ。武吉さんご本人は「なっちゃじゃない(なんでもない)写真」と言っているけど、そこには本当に、なっちゃじゃなさ過ぎて誰も写そうとは思わないような街とふつうの人たちが写っている。想像なんだけど、当時写真を見た人から「こんなん撮ってどーするが？フィルムの無駄遣いやろぉ」と言われてそうな(失礼)写真なのだ。でもそれが40年以上経ち、僕たちの前に現れた時、たまらなくいとおしい街と人の風景になっているのだ。

その頃、愛宕山の喫茶店「日曜社」で店主の横山夫妻に、今も残っている愛宕山周辺を写した場所やなんかを興奮して話しているうちに「高知路地裏クラブ」というのを結成することになった。武吉さんの写真集にある風景の「今を歩く」というのが、このクラブの目的である。

記念すべき第1回部活は高知城周辺。僕がコースを書き込んだマップと武吉さんの写真集を手に歩く、それだけのことなのに、写真と同じ建物や風景を見つけると「うわぁー」とうれしくなってしまう。普段から見ているなんでもない街並みが特別なものに見えてくる。なんて楽しいのだ。そしてゴールは居酒屋というのがクラブの決め事で、この日はひろめ市場近くの「まるよし食堂」で渋く締めた。

2回目は新入部員夫妻が加わり〝街っ子〟の奥さんの案内で夜の帯屋町周辺を歩いた。そして堺町「葉牡丹」でこれまた渋く締めた。

そして先週、僕の定年後初となる3回目は、ホームタウンのあたご商店街。

夕方、僕と副社長(妻)は早めに仕事を終えて横山夫妻と久万川近くで落ち合い、武吉さんの写真集を片手に愛宕大橋〜あたご通りを南へ歩いていった。

4人の年齢は61(僕)、50(横山・夫)、47(僕の妻)、40(横山・妻)。ほぼ10年ずつ違う3世代が、43年前の写真と、今の風景を見ながらてくてく歩いていく。僕と横山さん(夫)はこの街で育った〝あたごっ子〟なので、そこここに小さな思い出がある。

そんな話なんかしながら歩いていると、写真を下見した時には分からなかった場所を3つも特定することができた。「あっ！この写真ってここじゃないが？」「うわー！ほんとや」これがなんでもない場所が特別なものになる瞬間なのだ。

今回、愛宕町を歩いて分かった特定するためのポイントは①「山」②「電柱」③「道路標識」だ。街の写真の風景に遠く写る山と、今も見える山がぴたっと合うとうれしくなる。そして街の風景は変わっても、電柱や標識はだいたい同じ所にあるのだ。

そんなことに感心しながら街を歩くと、ちょっとした探偵気分も楽しめる。

どこだかわからなかった一枚の写真が愛宕町2丁目の広松百貨の南路地を西へ入ったところだと分かった。決め手は、道路の

25

曲がり具合と今も営業している「ハマサキ理容店」だった。この路地で変わらずに営業を続けている店があることに感動してしまう。愛宕だけじゃなく、写真集の中に写るお店を「今の街」で見かけると、とても尊敬してしまう。

そしてゴールは居酒屋だ。あたご商店街周辺にはふらっと立ち寄れる美味しい店がたくさんある。この日の締めは3丁目の居酒屋「秀」。美味しい肴をアテに「なっちゃじゃない」話をしながら、冬の夜は更けていくのだった。

✎2月6日

バイカオウレン夢想

バイカオウレン（梅花黄蓮）は牧野富太郎博士が愛した花だ。早春を告げるといわれるこの花が県立牧野植物園や佐川町の牧野公園など、県内各地で見られる季節がきた。さむ空の下、樹々の足元で小さな白い手のひらを広げているようにも見える姿は、ほんとにかわいらしい。

晩年、病床の博士のもとに故郷から届けられたこの野草に、博士は頰ずりしたという。

僕が勤めていた牧野植物園には、博士が描いたバイカオウレンの精密な植物図9点（うち8点は部分図）が保管されている。それらは明治25年の初春から4月にかけて彼が佐川で描いたものだ。まず別々の紙片にがく、花弁、葉、根などを細かく描き、最後にそれを一枚の和紙に再構成して描いている。葉先の切れ込みや、葉脈に生える毛なんかまで、克明に描写した図をジーッと観ているうちに、僕は牧野さんとバイカオウレンのただならぬ関係を感じるようになった。

明治24年（図が描かれた前年）29歳の牧野さんは、家財整理のため佐川へ帰郷している。新種ヤマトグサの日本初の学名発表、『日本植物志図篇』の創刊など、輝かしい業績の影で、様々な不運が牧野さんに起こっていた。深い愛情を注いで彼を育てた祖母浪子の死、それによる実家からの仕送りの停止、東京大学の教授からは研究室への出入り禁止を言い渡され、それならばと、師と仰ぐマキシモヴィッチ博士の下での研究を望んだロシア行きも、博士の急逝によってはかなく消えてしまう。そんな中、牧野さんは所帯を持ったばかりの妻、寿衛《すえ》を東京に残し、ひとり佐川へ帰ってきた。

学歴を持たず組織に属さず「日本の植物学の向上」という大きな目標を立てて土佐から上京した牧野さんは、自由人であることの気楽さと引き換えに、ひとつの危機を迎えていたのだ。(この後もいっぱい危機が来るんだけど)

そして佐川での牧野さんについての僕の幻想がはじまる……年が明け、まだ寒い2月頃、何もかも停滞したように思える霜の降りた朝、牧野さんは気分転換に生家の裏山の金峰《きんぷ》神社へ向かう。幼い頃、近所の友と遊んだ神社の石段の「手洗い石」に氷が張っている。屈託を抱えたまま石段を登る牧野さんの吐く白い息は杉林に消えていく。

久しぶりに登った神社の薄暗い木の下、牧野さんの目に映る小さく白い群れ。

苔むした地面にバイカオウレンの花が、まるで自分が来るのを待っていたかのように昔のままにひっそりと咲いている。牧野さんは古い友だちにあったような気分になった。懐かしい、小さな花との再会。

牧野さんは部屋に戻ると植物図を描きはじめる。バイカオウレンの生命が面相筆の先から吸い上げられ、心と体に注がれていく。

来る日も来る日も、描くことに集中するうちに憂鬱は消えていく。最後の全体図を

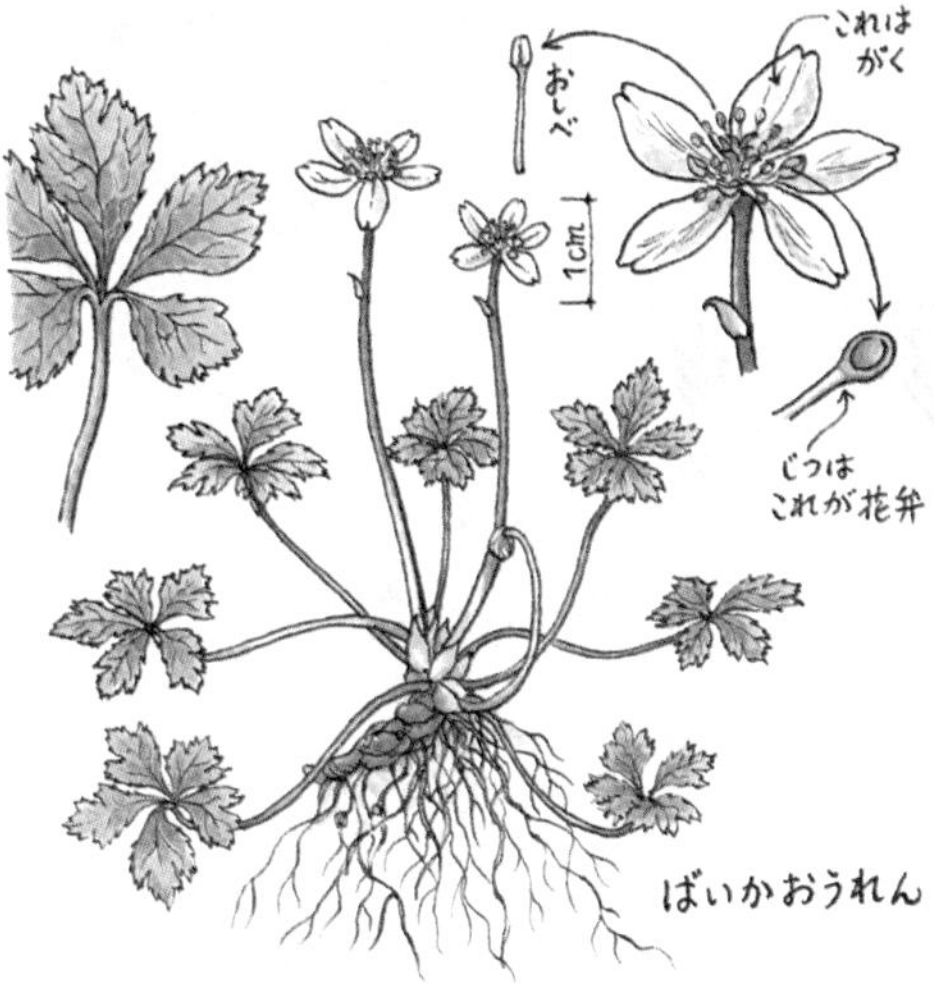

描き上げた時、牧野さんの顔にはきっとあの笑みが戻っていただろう。

晩年、病床の彼はまたバイカオウレンに再会する。そして幼い日の思い出とともに、29歳の頃あきらめかけていた植物学への情熱を思い出させてくれた、この特別な花に頬ずりをしたのだ……。

植物園を退職し、フリーの牧野ファンに戻った僕は本人が語っていない部分を想像で埋めていく事のできる自由さを感じている。これもひとつの僕の「定年のデザイン」なのだ。

2月13日

27

富太郎と寿衛《すえ》がゆく

毎朝NHKの連続テレビ小説『まんぷく』を見るのが日課だ。即席ラーメンを発明しようと奮闘する夫を学校でバカにされ泣く子どもに「お父さんの仕事は立派な仕事よ」と諭す主人公の福子を見ていて僕は牧野富太郎の妻、寿衛さんを思い出した。

植物の研究に生きた牧野さんを支え続けた寿衛さんは、いつも子どもたちに「うちの貧乏は学問のための貧乏なんだから、決して恥じることはないんだよ」と言っていたという。天賦の才能をもち努力も惜しまない夫、それをそばで見ていた寿衛さんは、そんな夫を支えるために自分は生まれて来たのだと思ったのかもしれない。

明治17年、22歳の牧野さんは「日本の植物学の向上」を目指して上京し、4年後に11歳年下の寿衛さんと所帯を持った。寿衛さんは元々、彦根藩士の裕福な家柄の娘なんだけど、母とふたり東京の片隅で細々と菓子屋を営んでいた。甘いものに目がない牧野さんは、その店で寿衛さんと出会う。

一緒に暮らしはじめて間もなく、牧野さんの実家の稼業が倒産、仕送りが途絶えて苦しい生活となっていく。寿衛さんは次々と生まれる子ども(13人出産!)を育てながら膨れ上がる借金の取り立てを上手くかわし、牧野さんの留守中の来客対応や旅先の牧野さんから送られてくる膨大な植物を標本にするなど、弟子のいない彼の研究助手ともいえる働きっぷりだった。

そんな寿衛さんの手腕が最も発揮されたのは「待合《まちあい》」という飲食業の経営だろう。寿衛さんの待合は繁盛した。そして、うまい頃合いを見て店を手放した寿衛さんは、その資金を元に東京郊外に土地を持ち、そこに植物園みたいな庭つきの家をこしらえた。(今の牧野記念庭園で、牧野さんの終の住処だ)

家賃が払えず引っ越し回数30回以上の牧野家にとって、その家は初めての安住の地となった。寿衛さんは資金繰りから土地選び、家のデザインまで手がけたという。

大きな仕事をやり遂げた寿衛さんは、2年後の昭和3年病気のため54年の人生に幕を下ろした。牧野さんの落胆は想像を超えるものだっただろう。メモ魔の牧野さんなのにこの年の手帳は、寿衛さんが亡くなる前後からほぼ半年間空白のページが続いている。何も書かれていないページに失われたものの大きさを感じる。やがて手帳には少しずつ文字が埋められていく。牧野さんは前にも増して精力的に植物採集や講演旅行に出かけるようになる。

そのころ青森県の恐山で撮られた牧野さんの写真があるんだけど、両手にキノコを持って頬被りで踊るひょうきんな姿は、愛妻を失って間もない人とはとても思えない！　でも僕はこの写真がとっても好きだ。きっと牧野さんは天国で自分を心配している妻に向けて「寿衛ちゃん僕は元気だよ」と信号を送り植物研究への再スタートを誓ったのではないかと想像してしまうのだ。

2月23日は、そんな寿衛さんの91回目の

27

命日。お孫さんの西原澄子さん（故人）は「お祖母さんは、ああ見えて案外さばさばした楽天的な性格だったみたいよ」と言っていた。一生を植物の研究に捧げたチャーミングな夫とそれを支えたカッコいい妻。常識にとらわれないカップルは、さわやかな後味を残しながら明治・大正という時代を駆け抜けていったのだ。

✎2月20日

ビートルズのように

62年前の今日、僕はいま住んでいる家で生まれた。その僕がこれまででいちばん夢中になったものはなんだろうと考えたんだけど、それはビートルズということになりそうだ。

僕がビートルズを好きになったのは1970年、中学2年生の時だ。それまでも耳にはしてたけど、カメラのピントが合うように彼らの音楽(特に「恋する二人」みたいな直球な曲)が胸に響いてきた。

心浮き立つ唯一無二なサウンド、彼らのたたずまい、ユーモラスな発言に〝あふれるような自由さ〟を感じていたんじゃないかと思う(当時はうまく言葉にできなかったけど)。

毎日毎日ビートルズを聴き、兄が買いそろえていた『ミュージック・ライフ』を創刊号から穴があくほど読み返し、彼らの映画を何度も見たりしてビートルズのことばっかり考えていた。きっと今も世界中にそんな人がたくさんいるのだろう。

高校1年生の時、自分の中に収まりきらなくなった気持ちをなにかに表現したいと思い、僕は学級日誌に鉛筆で〝ビートルズ〟という字を罫線に沿って1ページ350個くらい、それを20ページほどえんえんと書いて提出した(妻はここを読んで「こわ!」と言った)。怒られるかなと思ったら、担任の美術教師で僕の恩師町田祐一先生はみんなの前でほめてくれた。

「里見くんの学級日誌は面白い。現代美術みたいや。型にはまってなくてえい」

僕は自分が認められたような気がしてうれしかった。そしていつのまにか美術部へ入部し、美大へ進学し、デザインの仕事をするようになって今にいたっている。なので、ビートルズへの気持ちを形にした学級日誌が僕の初めての「展示デザイン」ということになるのかもしれない。

美大を卒業し、1980年に就職した東京の会社は、ビートルズ日本公演の舞台を作った展示会社で(それが入社希望理由だった)そこで2年間営業職を経験し、念願のデザイン部に入ってすぐ、あるデパートの「ビートルズ展」の仕事が僕にまわってきた。それは映画の上映や、ディスクジョッキーや、いろんなグッズを販売するイベント会場作りの仕事だった。

僕はそのイベントの看板のデザインを、ビートルズに絶叫する観客たちの顔をメインにし、その上に4人がにっこり笑った写真を置くというものにした。ビートルズを支えていたのは世界中のファンたち(僕も)なんだよという思いを込めた。「へー、こんなのはじめてだよ」と笑いながら製作工場の看板描きのお兄さんが腕をふるってくれた。

僕はイベントでも博物館の展示でも、なにかそこに自由さが感じられるようなものが好きだ。どんなシリアスなテーマでも、なんとなくほっとできるような、ビートルズの音楽のように人の心を開くようなものにしたいと思っている。

その翌年、組織というものに馴染めなく

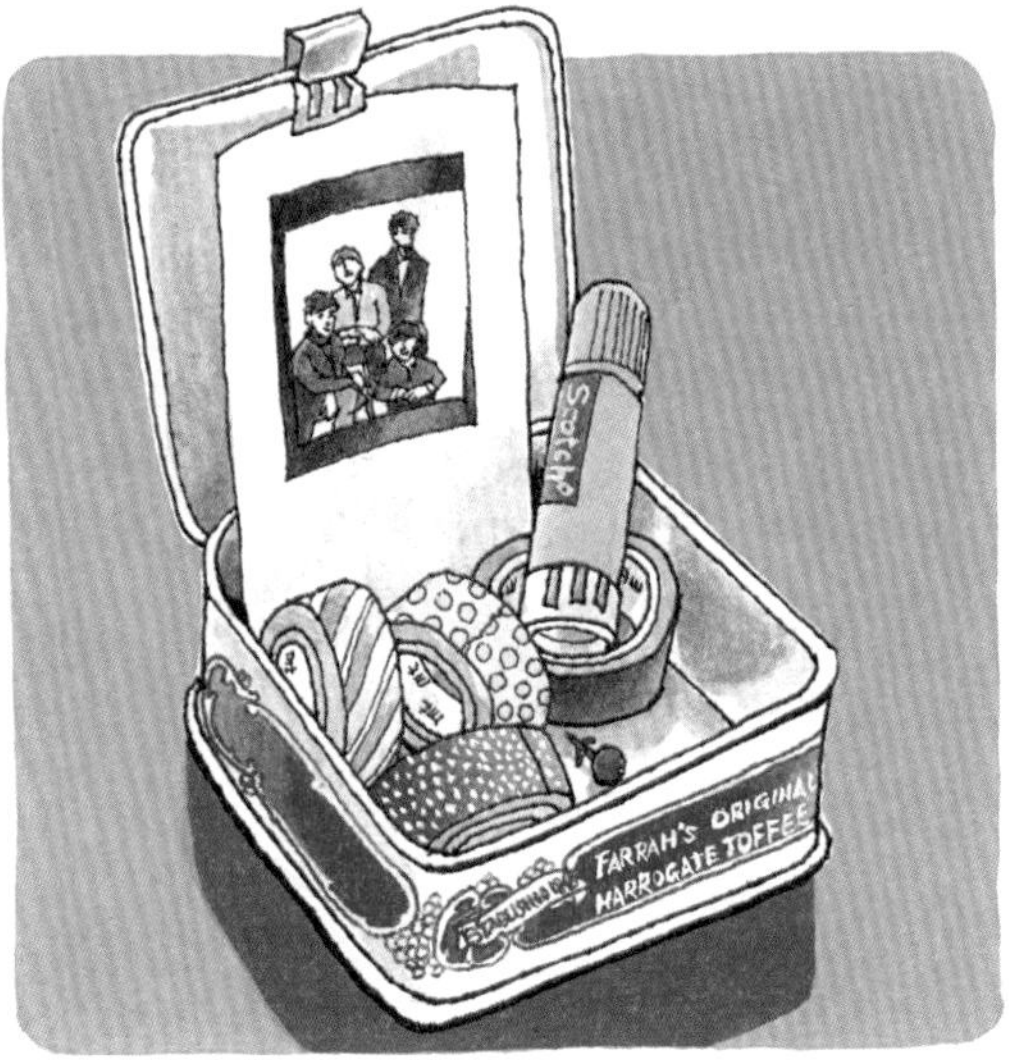

28

て会社を飛び出した僕は友達と事務所を作り、お金はないけど、あふれるような自由さの中で16年間仕事をした。42歳の時に生まれた家に戻り、牧野植物園で18年間働き、2年前に人生2度目のフリーランスとなって、高校時代を過ごした4畳半の部屋で妻と里見デザイン室をはじめた。

机の上の小物入れには、37年前「ビートルズ展」の時に東芝ＥＭＩから資料としてもらった4人の小さな写真がちょこんと収まっている。僕のデビューのかけらが、今も僕の仕事を見守ってくれている。

✎2月27日

春めく自宅通勤路で

定年後の暮らしにメリハリをとはじめた〝自宅への通勤〟も、もうすぐ丸2年になる。ここのところめっきり春めいてきて、通勤で歩く路地の小さな祠の足元にはナズナとホトケノザの花が可愛らしく咲いている。

　ひょうたん公園を歩くと冬枯れの地面にくっつくようにセイヨウタンポポの花が空を見上げて咲いていて黄色い花びらの上に蜜を吸いにきた小さなアブがちょこんと乗っかっている。

　夏、公園を見事な緑で覆っていたシロツメクサは、秋から冬にかけて葉が減り敷地の緑色も茶色くなっていったけど、日当たりの良い場所では、その小さな白い花が健気にずっとポツリポツリと咲き残っていた。

　シロツメクサのまん丸い花は小さい50個ほどの小花《しょうか》が集まってできている。下から上へと順番に開いていくので、花を上から見る虫には、下が枯れてもずっと咲いているように見え、長く虫の目を引くようになっているんだけど、真冬でも日当たりが良い場所では小さく花が咲いていることを、僕はこの通勤ではじめて知った。仲間の繁栄のために寒い冬もふんばって命を伝える仕事をしているのだ。

　そんな公園の東側の植え込みには、あったかそうな毛につつまれたハクモクレンの蕾が膨らんでいる。僕は通勤路で見たことや、副社長(妻)と話したことなんかを「通勤日誌」に記録しているんだけど、去年の日誌を見るとハクモクレンは3月12日に開花している。今年はもう少し早く咲きそうだ。

通勤路には「福留菊水堂」という和菓子屋さんもある。今のご主人のお父さんが、高知市升形にあった「中山菊水堂」で働いており、終戦後その店を受け継いで愛宕に移った。今のご主人は〃土佐の匠〃に選定されている腕の持ち主だ。

牧野植物園設立の功労者武井近三郎さんの著書によると、牧野博士は菊水堂の百合羊羹《ようかん》を賞賛し、土佐みやげによく持ち帰ったそうだ。升形の店の名物だったその味を受け継いだ百合羊羹は、いまもこの店の看板商品となっている。

こぢんまりとしたお店のショーケースには、季節の生菓子や干菓子が楚々《そそ》としてディスプレイされ一年中目を楽しませてくれる。父上秘伝の菓子もあれば当主の考案によるものも多い。鶯《うぐいす》をかたどった「春告鳥《はるつげどり》」(2月まで)や「菜の花きんとん」など春らしい名前に、なんだか気分が明るくなってくる。ご夫婦で営んでおられ、今はお嬢さんも店を手伝っている。

週末の通勤で歩く金曜市にも、菜の花やふきのとうが並ぶ。春を間近に、売り物の種類もお客さんたちも春めいてきている。

通勤途中には、あたご商店街の「はちきんの店」にも顔を出す。季節の野菜、果物、原木椎茸、お豆腐、「ぢちち」(吉本牛乳)なんかを買うのだ。

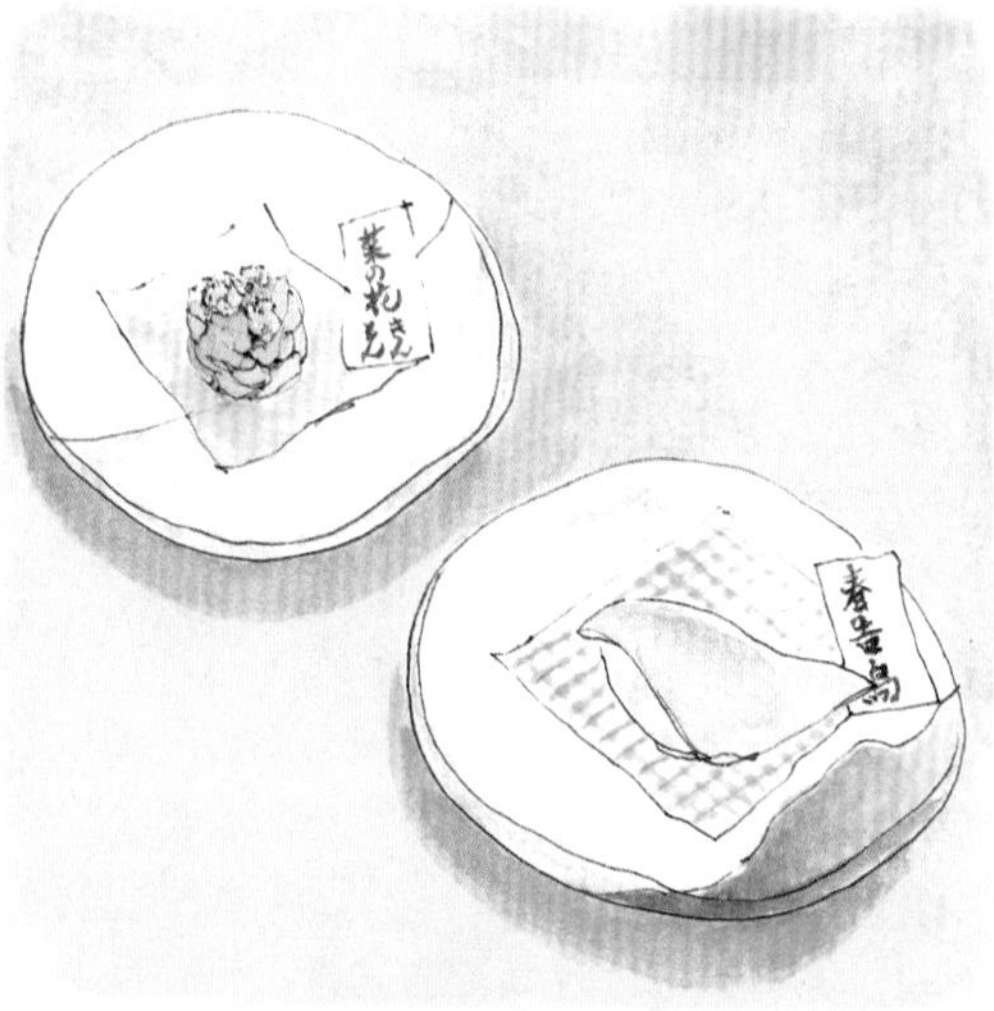

あたご商店街には、肉屋さんや魚屋さんもあるから暮らしに必要なものはだいたいそろうようだ。副社長が買い物をしている間、僕はアーケード越しに北の山を眺めたりしている。

春を待つ山を背景に、ひとびとの暮らしが息づいている商店街の風景なんかをぼんやり眺めていると、忙しくしていた頃には思わなかったような、安心感のようなものがなんだか湧いてくる。

お店は随分減ってきたようだけど、長く続けている名店も多いし、美味しい焼き鳥屋「おとわ」もできた。ひょうたん公園のシロツメクサみたいに花を絶やさないよう、できるだけふんばってチームプレーで続いていってほしいなと思う。

3月6日

高田松原の「車座」

岩手県陸前高田市の海岸にかつて高田松原という美しい松並木があり、そのそばに「海と貝のミュージアム」という博物館があった。

25年前、僕が展示デザインを手がけたこの博物館は、地元出身の博物学者、鳥羽源蔵さん(1872〜1946年)が収集した貴重な貝の標本を中心に、自然科学と海にまつわる物語を伝えるところとして多くの人に親しまれていたんだけど、8年前、想像をはるかに超える津波のために失われてしまった。

この海辺の町は、沖を流れる黒潮のおかげで一年を通して温暖なため、海にも陸にも動植物が豊かに育ち、昔から生物に興味を持つ研究者が多い土地だった。

当時、打ち合わせの席で聞いた素敵な話がある。宮沢賢治や牧野富太郎博士とも交流の深かった鳥羽源蔵さんは、いつも砂浜に子どもたちを集め、車座になって生き物の話や、海にまつわる不思議な話などを、面白おかしく話して聞かせたのだという。

そんな〝自由な雰囲気の輪〟の中から、海や生物に興味を持つ子が育まれ、成長しては次の世代に伝えていくという人づくりの循環のような気風がこの町にはあったのだ。

その頃、僕がいた東京の事務所で、ラジオから流れてきた最晩年の黒澤明さんのインタビューがこの話に重なる。

昔の映画撮影所では、撮影を終えた後、スタッフが監督や先輩を囲み、車座になっていろんな話を聞くのが慣習になっていたけれど、最近はそれがないのが残念だ、というような話だった。

　知識や技能や記憶が受け継がれていく「車座」という特別な空間。そんな場が今いろんな分野で失われつつあるのかもしれない。それは先輩から後輩へ、人と人が向き合ってコミュニケーションをはぐくむ肩の凝らない場だ。

　僕は最近、博物館というものがその「車座」になりうるのではないかと思うようになった。僕がやっている展示デザインとは、そんな〝輪〟の中で、先人から伝わる大切なことをわかりやすく伝えることなのではないかと。

26年前、僕はこの鳥羽源蔵さんと牧野博士との関係を調べるため、東京から五台山の牧野植物園を訪れ、牧野博士の業績と人となりにふれ感銘を受けた。(高知生まれなのによく知らなかったのだ)そしてそれは、のちに僕が牧野富太郎記念館の展示デザインをやるきっかけにもなった。

　この時、三重県鳥羽市の「海の博物館」の立ち上げで僕とともに苦労した建築家、内藤廣さんを当時の牧野植物園の園長さんに紹介したことが、今の牧野富太郎記念館の建築につながった。記念館完成後、僕は縁あって植物園に就職し、２０１１年３月11日、陸前高田市に起こったことをテレビで知ることになる。

　そしてその日は内藤廣さんにとって10年勤めた東京大学の最終講義の日でもあっ

た。運命的なものを感じた彼は、被災地の復興に力を注ぎはじめる。内藤さんは陸前高田市に作られる「高田松原津波復興祈念公園」の委員になり「海と貝のミュージアム」の再生計画も手がけることになったそうだ。

なんだか僕には鳥羽源蔵さんと牧野博士がとりもつ不思議な縁が、〝回り舞台〟のように岩手と高知の間でグルーっとひと回りしているように思えてきた。

被災地の復興には時間がかかるだろうけれど、高田松原の砂浜の「車座」の風景が、地元の人たちの中に復活する日が来ることを願っている。

✎3月13日

高知城のヌマスギ

春になると思い出す友がいる。高校1年から浪人時代をはさみ大学卒業までの8年間、ともに美術を学んだ森尾桂一くんだ。宇宙の絵を得意とするイラストレーターとして将来を期待されていたんだけど、病気のため1984年、ひな祭りの日に27歳でこの世を去った。

19歳の夏、僕は彼と高知城の三の丸で、ヌマスギの水彩画を描いた。森尾くんが描いた木はまるで生きているように見えた。彼は僕の絵を見てひとこと「木の気持ちになって描かんといかん」と言った。僕の絵には生命感が欠けている。それは長く僕のひそかな悩みになった。

東京の美術大学を卒業して4年後の春、大学で僕らのクラスメイトだった女性が、森尾くんと同じ頃に亡くなった。学生気分と現実とのギャップの中にいたその頃の僕たち同窓生にとって、二人の死は「絵を仕事にすること」という根本的な問いを思い出させるような出来事だった。

僕と数人の友人は寄付を募りその年の暮れに二人の遺作展をすることにした。銀座8丁目のギャラリーが厚意で一週間安く貸してくれることになったんだけど、社会人5年目の僕たちは何かと忙しく、準備はなかなか進まないし寄付の集まりもよくなかった。

協力を呼びかけた卒業生からは「趣旨に共感できない」などの意見も出て、世間知らずの僕たちは困ってしまった。

　ある打ち合わせの日、「そもそも性格の違う二人の遺作展をやろうとしたのが安直だったのでは」などのネガティブな発言が出たときだ。打ち合わせに遅れてきた娘《こ》がドタバタと部屋に入ってきたんだけど、その娘の底抜けに明るい笑顔を見て、それまでの部屋の空気が変わった。

　なにも考え込むことはないよ、生き残った僕たちが絵が好きだった二人の作品展をやるだけのことじゃないか、と思えてきたのだ。

　それから僕たちは、二人の家族にそれぞれ会いに行き、世間話なんかをすることからはじめた。そして作品選びや展示方法を地道に考えていった。少しずつ協力してくれる人も増え、職場では言えないことや出せないアイデアなんかをみんな出し合い、二人のことを知らない人にも観てもらえる方法を考えていった。

　いいアイデアが浮かんだ。二人の〝なんちゃーじゃない話〟を貼りつけよう！（森尾くんは声域が1オクターブしかなかったのに、それですべての唄を歌っていた、など）吹き出しそうなエピソードや、ふともらしたひと言など、二人の人となりが伝わるような言葉を絵のそばに貼っていった。

　そして展覧会オープンの日、大学の主任教授だった舞台美術家の三林亮太郎先生がスピーチで「友情」を主題とする漢詩を披露してくれた。銀座を歩く見知らぬ人たちもたくさん入ってくれて、二人の絵をじっくり観たり、エピソードにニヤリとしてくれた。

あれから僕はずいぶんいろんな展示会のデザインをやってきたんだけど、あの遺作展を超えるものができているだろうかと考える時がある。

後に僕は帰郷し、牧野植物園に就職した。そしてちょっとした心の病を得て、5年間、デザインの仕事から離れ、未経験の園芸部で朝から晩まで植物と向き合う日々を過ごした。ふりかえると、太陽のもとで汗をかいたその経験が、僕を健やかにし、草木に近づけてくれたようだ。

そして、定年後のいま、もう一度高知城のヌマスギの絵を描いてみようかなと思っている。

3月20日

佐川の地が育んだもの

春のお彼岸を過ぎ、牧野富太郎博士のふるさと佐川町の牧野公園には、華やかなぼんぼりが連なり、山の緑に絵筆でうっすらと色をさすように、桜の花が咲きはじめた。

白壁の続く静かな町並みの、博士が生まれた場所にある牧野富太郎ふるさと館で「ドクターマキノがやってくる　イェイ！　イェイ！　イエーイ！」というめっぽう明るいタイトルの企画展がはじまった。僕が昨年春に出版した科学絵本『雑草のサバイバル大作戦』の原画展だ。

ドクターマキノがネコのタマや子どもたち（道草たんけん隊）と胴乱号に乗ってあこがれの牧野博士のふるさとへやってきたという設定で、もともとあった展示品なんかをドクターマキノたちが紹介していくという、事実と物語をおりまぜた展示になっている。

佐川の町で育った富太郎ゆかりの場所や人たちをマップで紹介したり、絵本に出てくる研究所兼タイムマシン胴乱号の模型（ダンボール製で中に入るとオリジナルストーリーが楽しめる）もあるし、原画の雑草（シロツメクサやレンゲなど）と本物の雑草を虫めがねで見くらべたりできる。

僕はこの展示デザインを考えていて、あらためて佐川という町はちょっと特別なところだなあと感じた。周囲を山に囲まれたこの地に、牧野さんをはじめ西谷退三さん（『セルボーンの博物誌』の翻訳者）など驚

32

くほど多くの個性豊かな人材が生まれ育ったことを思う時、「自然環境と教育風土が育てた」というだけでは言い足りないような、なんだか不思議な気持ちになるのだ。

　ふるさと館のすぐ裏手には、牧野博士の自叙伝にも登場する金峰《きんぷ》神社石段の手洗い石が昔のままに残っている。富太郎少年と友人たちはこの石鉢のふちに赤い石をこすりつけて水の色が茶色にかわるのを楽しんだそうだ。

　僕は25年前に牧野富太郎記念館の展示設計の調査で初めてここを訪れてから、ずーっとこの手洗い石が気になっていた。牧野さんたちが遊んでできた石の溝が今も残っていて触ることができるなんて、これこそタイムマシンじゃないかと。

　僕はこの手洗い石を展示デザインの軸にすることにした。（ここからまた僕の空想がはじまります）

　幕末から明治へと時代が大きく移り変わる頃、富太郎と子どもたちは、手洗い石に集まって遊んでいる。そのときドクターマキノの胴乱号が空を飛んできて、乗組員の道草たんけん隊は富太郎たち明治時代の道草たんけん隊に出会うのだ。

　そして明治と現代の子どもたちは胴乱号に乗りこんで、絵本の原画を見ながら雑草たちのたくましさを知り植物の面白さに気づく。そして最後に展示室の窓の向こうに本物の金峰神社の石段を見つける。（そんなふうな展示になってます）

　春分の日には関連イベントの植物画教室があって、富太郎少年が通った学び舎《や》「名教館《めいこうかん》」を移築した場所で、雨音を聞き

32

ながらシロツメクサをみんなで描いたんだけど、シーンと静まり返った空間の中で、ひとつの植物に向き合ううちに、この土地は自分を見つめるのに適した場所なんだろうなと、なんとなく思った。佐川が多くの優秀な人材を育んだ理由が、ちょっと分かったような気がした。

帰る前、名ごり惜しくてもう一度手洗い石を見に行った。そばに落ちていた小石を拾い牧野さんが遊んだという溝を少しこすってみた。苔むした赤黒い石鉢に白い跡がわずかに残った。明治時代の富太郎少年とふれあえたような気がした。

✎3月27日

春、ハイタッチから

4月がはじまった。この月曜日から新しい生活をスタートさせた方もいるだろう。定年退職後の生活にメリハリをつけようと、妻とはじめた〝自宅への通勤〟も丸2年が過ぎ、通勤路に3度目の春がめぐってきた。

北回りの通勤路、ひょうたん公園ではソメイヨシノが見頃を迎えている。去年の通勤日誌には3月26日に桜が満開とあるので、今年はいくぶん遅いみたいだ。

2年前の今頃、牧野植物園を退職した後、僕と妻はフリーランスで「展示デザイン」の仕事をはじめる準備をしていた。僕がやってきたこの仕事は、聞きなれない人も多いと思う。博物館なんかの展示計画や設計をする仕事なんだけど東京でもほとんどの人が知らなかったし「そんなんで食っていけるの？」とよく言われたものだ。

なので職場を退職する時「はたして高知でやっていけるんだろうか？」という不安もちょっとあったけど、僕は(妻も)楽天的なところがあるので「まぁなんとかなるろう」(牧野博士の口癖でもあった)と言っていた。そしたらありがたいことに、なんとかなっている上に、高知新聞に週一の連載まで書くようになるなんて「オー！ ミラクル」。(久々に出ました)

そんな2年前の春、空いていた4畳半の部屋を整理し図面台やパソコンなんかを置いて、僕の定年後の生活がはじまった。

33

初仕事は知人から頼まれた「彫刻のモデル！」。その次は高知新聞の企画で牧野博士役をやるというものだった。そのあと友人から地元の夏祭り「洞ヶ島ナイトバザール」のチラシと手ぬぐいのデザイン、妻の友人のお店のイベント「秋のパンまつり」のチラシを依頼してもらった時はうれしかった。なにせデザインの仕事だったもんで。

そしてこの2年間、展示デザインだけじゃなく、はじめての絵本の出版、佐川の酒蔵ロード劇場で投影する絵の制作、馴染みのお店のショップカード、そして牧野富太郎博士や牧野植物園の魅力をお話しする講演などいろんな仕事のご縁をいただいた。

こんなふうに書くとなんでもかんでもやってきたように思えるけど、展示デザインは「モノを人にわかりやすく伝える」という仕事なので、僕は作文もイラストも講演も博士役も「展示デザイン」だと思ってやっている。そして僕の定年後の仕事って、これまでやってきたことの延長線上にあるんだなとしみじみ思う。（支えてくれている人たちに感謝します）

3月の初め、副社長（妻・経理も担当）と税務署へ2度目の確定申告に行ってきた。妻は経理の仕事なんかやったことないし、計算は苦手なんだけど、今はそんな人間でもなんとか申告書類ができてしまう素人向けの会計ソフトがあったりするのでありがたい。

確定申告が無事終わり（収入はまだまだだけど）副社長と僕は、去年はじめて味わったなんとも言えない達成感と開放感と、ま

ひょうたん公園の春

たがんばるでぇといった感情が今年も一気に込み上げてきて、税務署の自動ドアを出たところでハイタッチした。（去年もやった）今年は副社長のお給料をすこし上げてやらねばと思っている。

1年前の3月30日の通勤日誌には「去年の今ごろはドクターマキノの出版のことなど想像もしないまま同じ桜を見ていた」と書いてある。今年は同じ桜を「去年の今ごろは新聞連載なんて想像もしないまま……」という気持ちで見ている。さぁ来年はどんな気持ちで桜を見るのだろうと、めぐりくる季節に思いをはせている。

4月3日

34

羊をめぐる僕の冒険

36年前の夏、僕は26歳の会社員。ある日、社員全員参加の会議で会社を愛するがゆえ納得のいかない上層部の考えに意見をしたところ、半年後に左遷された。失恋したような気分の中、仕事への意欲を失い、退職すべきか迷う毎日。学生時代に見いだした大切なものが大人の世界では通用しないんだと感じた最初の出来事だった。

そんな頃、村上春樹の『羊をめぐる冒険』が出版された。大学4年の時、『群像』で彼のデビュー作『風の歌を聴け』を読み、心から〝自由〟というものを感じた僕は、かつての居場所を探すように、会社帰りに古ぼけた喫茶店で一杯のコーヒーをすすりながら、夜ごと彼の物語の世界へ入っていった。

その喫茶店は、なんだか幻のような店だった。割烹《かっぽう》着姿のおばあさんがヘンテコな鍋で煮詰めたようなコーヒーを出し、国鉄の線路に近かったので、列車が通るたびに壁がわずかにゆらいだ。5日ほど通ったけど、僕以外にお客さんを見ることはなかった。その雰囲気は、不思議なものに導かれていくこの物語を味わうのにぴったりだった。

最後まで読み終えた時、カップに残ったコーヒーを飲み干して、会社を辞めることにきめた。辞めた翌日から、僕は友達とデザイン事務所をはじめるんだけど、そのあと僕のまわりに起こったいろんなことを思う時、あの不思議な喫茶店で本を読んだ日から、僕の冒険がはじまったような気持ちになる。

去年、妻がこの本を古本市で買ってきて再読していたので、僕も35年ぶりに読み返し驚いてしまった。友人との会社経営、別の友人の死、最初の結婚と離婚など、そこに書かれていることが僕のことのように思えたからだ。

そして僕は羊にも縁があった。この本を読んだ翌年、国際羊毛事務局（ウールマーク）のコンベンション会場のデザインをやったんだけど、本の影響もあって羊に導かれるようなストーリーの展示にした。それが好評で何年かウールマークの大きな仕事をまかされ、その仕事がきっかけでテレビ界の重鎮プロデューサー（11PMやプロ野球中継の基本形を作った人）と知り合い、日本で初めての国際映画祭の立ち上げの展示デザイナーに抜擢され、高校時代からあこがれていた和田誠さんとの仕事にもつながった。

デビュー当時の村上春樹はロックや映画が好きな僕たちの間ではウケが良かったけど「あんなのは文学じゃない」とか言われていた。そしてそう思う人は今もいるし、そういう評価があってもいいんだけど、40年経った今も人の心を揺さぶる物語を作り続け、世界中の多くの人たちに影響を与えていることを思う時、評価を気にせずひょうひょうとやり続ける人の、心地よい姿をそこに見つけることができる。

僕も時々「そんなのは展示じゃない」なんて言われてきたけど、そういう仕事ほど後で評判が良かったりした。

彼や牧野富太郎博士を見ていると、まわ

りからいろんなことを言われても、あきらめずに好きなことをやり続けるという爽やかさを感じる。覚悟を決めて変わらずにやり続ける人。きっとそんな人が、ほんのすこし世の中を変えているんじゃないかな、と思ったりする。

何かを決めるON／OFFのスイッチの前で迷った時、覚悟を決めてONのスイッチを押すこと。僕にとって村上春樹の物語はそんなちょっとした勇気をあたえてくれる本だ。

4月10日

天皇陛下の休日

平成がもうすぐ終わる。僕は62歳だから昭和と平成をちょうど31年ずつ過ごしたことになる。令和31年まで生きたとしたら92歳だ。

昭和が終わる5年前(27歳の時)博物館の展示の仕事に出会い、見よう見まねでやった仕事のオープンの日、お客様に「よかった」と拍手をしてもらった時に、展示デザインを一生の仕事にしようと決めた。

「読み人知らず」。展示デザインはそんな仕事だ。皆さんが展示を見る時は、展示の内容そのものを楽しんでいるわけだから「この展示をデザインしたのは誰だろう?」なんてふつう思わないし、それでいいと思っている。報われることの少ない無名性に美しさを感じ、苦労を承知でこの仕事に携わってきた。そんな僕のささやかな誇りのひとつは、天皇陛下(現上皇さま)に、皇太子殿下時代をふくめて3回展示を観ていただいたことだ。

最後にご覧いただいたのは、平成14年10月、高知県立牧野植物園への行幸啓《ぎょうこうけい》の時の常設展示「牧野富太郎の生涯」だ。僕の九つめの博物館の展示デザインで、完成までの5年間、東京〜高知を飛行機で100往復くらいした苦心の展示だ。

それから昭和61年11月、愛知県半田市のミツカン「酢の里」は、皇太子殿下、妃殿下時代にご覧いただいた僕の二つめの博物館の仕事で「お酢の気持ちにならんといかん」と毎日お酢をストレートで飲み、お酢になったつもりでデザインした。地元出身の童話作家、新美南吉の話に出てきそうな酢の蔵の小僧さんが主役の展示ストーリーは、南吉の物語を慕う美智子さまにきっと喜んでいただけたのではないかと思っている。（展示はその後リニューアルされてます）

そして一番印象深いのは昭和62年9月、第3回まで展示デザインを手がけた東京国際映画祭の第2回のオープニングセレモニーに、両殿下がご来席くださった時だ。審査委員長だったグレゴリー・ペックさんが、両殿下と一緒に僕が提案した赤絨毯《じゅうたん》を敷いたステージに立たれ、名優の名に恥じない素敵なお話を披露された。それを僕は客席から見ていたんだけど、その時の記憶を呼び戻して、ここに再現してみよう。

〈このほど私は、光栄にも両殿下と親しくお話をすることができました。話題が映画の話になりましたのでアキヒト殿下に、これまでご覧になった映画の中で印象に残っている作品はありますか？　とおたずねしたところ、殿下は「そうですね若い頃に観た『ローマの休日』は、日頃なにかと自由のきかない私の日常に近いものがあり、面白く拝見しました。たしか女優は、オードリー・ヘップバーンでしたね。男優は、えーと……」とおっしゃいましたので、私はこう言いました。「失礼ですが殿下、それは私です」と〉

会場のNHKホールは一瞬にして笑いに包まれ、親密な空気で満たされた。それはカンヌやベルリンをめざし日本映画の発展

を願って手探りで進めてきた国際映画祭にふさわしい平和な幕開けだった。

歓声のあがる客席を壇上からみつめる、照れくささそうな皇太子殿下の穏やかな笑顔。会場を埋め尽くした世界の映画ファンが殿下に親しみを感じた瞬間だ。

その1年4カ月後、昭和天皇が崩御され、天皇、皇后両陛下になられてからの日々には、心休まる時は多くなかっただろう。重責を終えられるお二人にとっておこがましいけれど、これからの「定年のデザイン」とも言える日々がローマの休日のように自由で素敵なものでありますように。

4月17日

草の学問さらりとやめて

今日は牧野富太郎博士の157回目の誕生日。県立牧野植物園は「マキノの日」として無料開園し、生誕地の佐川町では「生誕祭」を開催して、それぞれ博士の誕生日を祝って楽しいイベントが行われるそうだ。

牧野さんが少年時代を過ごした明治のはじめの佐川の町には、西洋文明が一気に押し寄せた。好奇心旺盛な牧野さんは、その渦の中からさまざまなものを学ぶんだけど、その中で最後まで残ったのは、植物研究と西洋音楽だった。明治24年に高知で初めて西洋音楽の演奏会を開いたのが、牧野さんだということを知る人は多くないだろう。

佐川町の竹村脩《おさむ》さんが『土佐史談』233号に寄稿された「土佐西洋音楽と牧野富太郎」によると、牧野さんは明治12年、高知市の五松学舎《ごしょう》に学んでいる時に初めてオルガンの演奏を聴いた。竹村さんは「その時、ジャンと電気に打たれたような衝撃をうけたのではないだろうか」と書いている。凝り性で高級志向の牧野さんは、のちにアメリカからメイソン&ハムリン社のベビーオルガンを取り寄せ、佐川の家の座敷で演奏し、歌っていたそうだ。

牧野植物園の牧野文庫には、そんな彼の書き写した楽譜ノートがたくさん保管されている。これは想像なんだけど、牧野さんにとっての西洋音楽って、科学の扉を開くのと同じ意味合いを持ったサウンドだった

36

んじゃないだろうか。それまで日本になかった旋律やハーモニーを生み出す、その論理性や美しさに惹かれ、それを解明したくてのめりこんだんじゃないか。「草の学問さらりとやめて　歌でこの世を送りたい」これは牧野さんが青年時代、植物研究に行き詰まった時に詠んだ都々逸だ。

僕は牧野植物園に在職した18年の間に、音楽を愛した牧野さんを偲んで何度か音楽会を企画した。２０００年の生誕日には牧野さんが作詞した『植物採集行進曲』を高知市のマンドリン同好会に演奏してもらい、みんなで歌った。２００２年の生誕140年には牧野さんの楽譜(スコットランド民謡など)をもとに泉谷貴彦さん率いる手作り楽器オーケストラのコンサートをした。この時のメンバーの中の5人は〝森音《モリーネ》〟というユニットを結成し、今も牧野さんの楽譜を演奏して、彼の音楽愛を広めてくれている。

そして２０１６年、僕が退職する最後の年「マキノの日」と銘打った初の無料開園日に、僕は『牧野富太郎博士を頌《たた》う歌』を職員とボランティアさんたちとで歌った。

この歌は１９７４年、南園にある博士銅像の除幕式のため、山脇哲臣園長(当時)が作詞し『南国土佐を後にして』で有名な武政英策さんが作曲したものを、佐川中学校コーラス部の女子たちが歌ってくれたもので、格調高い歌詞と小粋で流麗なメロディーが印象的な曲だ。当時、中学生たちを指導された音楽教諭の信吉貴美子さんから貴重な楽譜をいただき、高知市でピアノ教室をされている山本友子さん親子の歌唱

春宵一刻直千金
佐川の実家で
オルガンを弾く 富太郎

指導のもと僕たちは練習を重ねた。

そして第1回の「マキノの日」。芝生広場に集まったお客様の前で、森音さんの伴奏とともにご披露したその音楽は、うす曇りの春の植物園に生える一草一木にしっとりと染み渡っていくような気がした。

佐川町では今日、博士のお墓掃除の後、60年以上前に町の人が作った、もうひとつの『牧野富太郎先生を讃《たた》える歌』を披露するそうだ。音楽を愛した牧野博士のふるさとの山に、みなさんの歌声がこだますることだろう。

4月24日

クスノキは知っている

〝5月1日〟というタイトルの歌がある。ザ・ビージーズの『First of May』(邦題は『若葉のころ』)。1971年のイギリス映画『小さな恋のメロディ』の挿入歌だ。ロンドンの小学生の淡い恋を描いて大ヒットしたこの映画は、主題歌もとても有名だけど、僕は控えめなこの『First of May』が好きで48年たった今も新緑の季節に木々の枝先で風にゆれる若葉を見ていると、彼らの透き通った歌声と少し感傷的なメロディが思い浮かんでくる。

5月。さわやかで過ごしやすいこの季節が来ると、僕はなんだか胸が騒ぐ。体が溶けだして外気と体内との境目が曖昧になるような感覚になる。どこか遠い山から飛んでくる豊穣な何者かが、自分の中に入ってくるような気持ちになるのだ。そしてムショーにどこかへ出かけたくなる。

そんなときは仕事の手を休めて、近所のひょうたん公園へ足を運んだりする。公園の南側には大きなクスノキが生えている。僕が小学生のころからあるこの木は、今の季節、生まれたての淡い黄緑色の若葉を全身にまとい、春の風を受けてゆっくり枝をゆらしながらその若葉をそよがせている。

そんな公園の主のようなクスノキの足元に立つと、なぜだか僕の気持ちは落ち着いてくる。

52年前、小学4年生になっても自転車に乗れなかった僕は、日が暮れてから母とこの公園で特訓をした。姉に借りた自転車にまたがって、荷台を母に支えてもらいながらペダルを漕ぐんだけど、なかなかコツがつかめない。今日もダメかと諦めかけていたある晩、ペダルを漕ぎながらふと後ろを振り返ると母がいない。「あれ?」と思った瞬間、ふわっと体が軽くなり、僕は自転車に乗れるようになっていた。

長い歳月が経ち、東京での展示デザインの仕事を引き上げ、植物園に勤めていた12年前、両親と3人暮らしをしていた僕は、長年の疲労から心の病を得て、仕事を休み自宅で無気力に日を送っていた。そのころ大きな手術を繰り返していた90歳の父が、そんな僕を見かねて「少しは体を動かさんといかんぞ」と言いだし、ふたりでこの公園まで歩いてきたことが何度かあった。僕は歩くことさえ億劫だったんだけど、公園の芝生の上を父の後について、まるでゆっくり行進するみたいに何周も歩いた。桜が満開の日に歩きはじめ、若葉のころには少しずつ、僕の気分も晴れてきていた。

そのあと僕は職場に復帰し、それまでの仕事とはまったく違う園地管理の仕事をするようになった。52歳の手習いで、どんなことからでも学ぼうと、先輩から教えてもらう園芸や土木工事の技術を毎晩家に帰ってメモし覚えていった。

それから5年の時が過ぎ、もう展示デザインの仕事には戻らなくてもいいやと思いはじめたころ、状況が変わり元の部署に戻ることになって、定年までの3年間を思いきり勤めきって退職した。

そんな僕のあれやこれやを、このクスノ

キはなんだか知っているような気がする。

そして今年もいつもと同じように、まぶしく輝く若葉を風にゆらしている。

4月下旬から5月にかけて、クスノキは古い葉を惜しげもなく一気に落とし、若葉へと鮮やかな新旧交代をする。

そして今日5月1日、新しい時代がはじまる。若葉のころのクスノキのように清浄な気持ちで、この時を迎えたいと思う。

✎年号が令和になった日　5月1日

僕の働き方改革

大型連休が終わったけど、休日モードからまだ戻ってこられない方もいるだろう。

牧野富太郎博士は「好きなことを仕事にした身の不幸せ《ふしあわ》」というようなことを言っている。好きなことをやって暮らしていけることは幸せなことだけど、植物の研究なんてお金になりそうもないし、実際、牧野さんはとんでもなくお金で苦労した人だ。

博士と比べるなんておこがましいけれど、僕のやってきた博物館などの「展示デザイン」という仕事も、人に喜んでもらえた時はとても幸せだけど「あ〜あ、なんでこんな割の合わない仕事を好きになったんだろう」と思いたくなるような時が、年に2回くらいはある。

僕は25歳の時、組織というものになじめずに会社を飛び出して、ほぼ無一文から仕事をしてきたから、休みを惜しんで働いた。人様が休日を楽しんでいる時も「好きなことを仕事にしてるんだし、休みをもらうなんてバチが当たる」と〝休日を楽しく過ごす〟というような生活をあきらめているところがあった。そして仕事にのめり込みすぎて家庭がギクシャクしていることに気がつかず、離婚することになった。愛する子どもと離れ単身帰郷し、牧野植物園で展示の仕事をするようになったのは40歳を過ぎた頃だった。

ふつうならそこから働き方を改めそうなものなのに、今度は生まれ故郷で自分の力を試そうと、相も変わらず休みもとらず仕事ばっかりやっていて、とうとう心の病を持つことになってしまった。

そんな僕に大きな転機が訪れたのは52歳の時だ。それまで言わば紙に絵を描いて世の中を渡ってきたような僕が、部署を変わって5年間、大きな石を運んだり、来る日も来る日も、泥を運び続けたりという肉体的にハードな園芸部に身を置くことになったのだ。照りつける太陽の下、自然を相手に汗をかき、体を動かす日々の中、僕の心の病はいつの間にか消え去り、病気の時の運動不足で増えた体重は、半年で20キロも減った！

平日は思いっきり汗をかき土日は家で十分に休息する。初めの頃は満身創痍《そうい》の状態だったけど、毎週やっとの思いでたどり着く休日に、疲れた体で布団の中に倒れこんでいる時、僕は静かな喜びを感じた。ヘンかもしれないけど「これでやっと僕は真っ当な人の仲間入りができるんだ」と思った。そしてはじめて、休日というもののありがたさに触れたような気がした。

その後、元の部署に戻り、2年前に60歳で植物園を定年退職した僕は、職場で出会った妻と今、自宅でデザインの仕事をしている。

妻(副社長)は自然体の人なので、お腹が減ると集中力をなくして働けなくなるし「私、きちんと休まんと仕事できんから！」とON／OFFの切り替えも上手い。自宅で仕事をしているので、放っておくとON／OFFがぐちゃぐちゃになってしまう僕を、妻は注意深く観察し、正しい方向へ戻

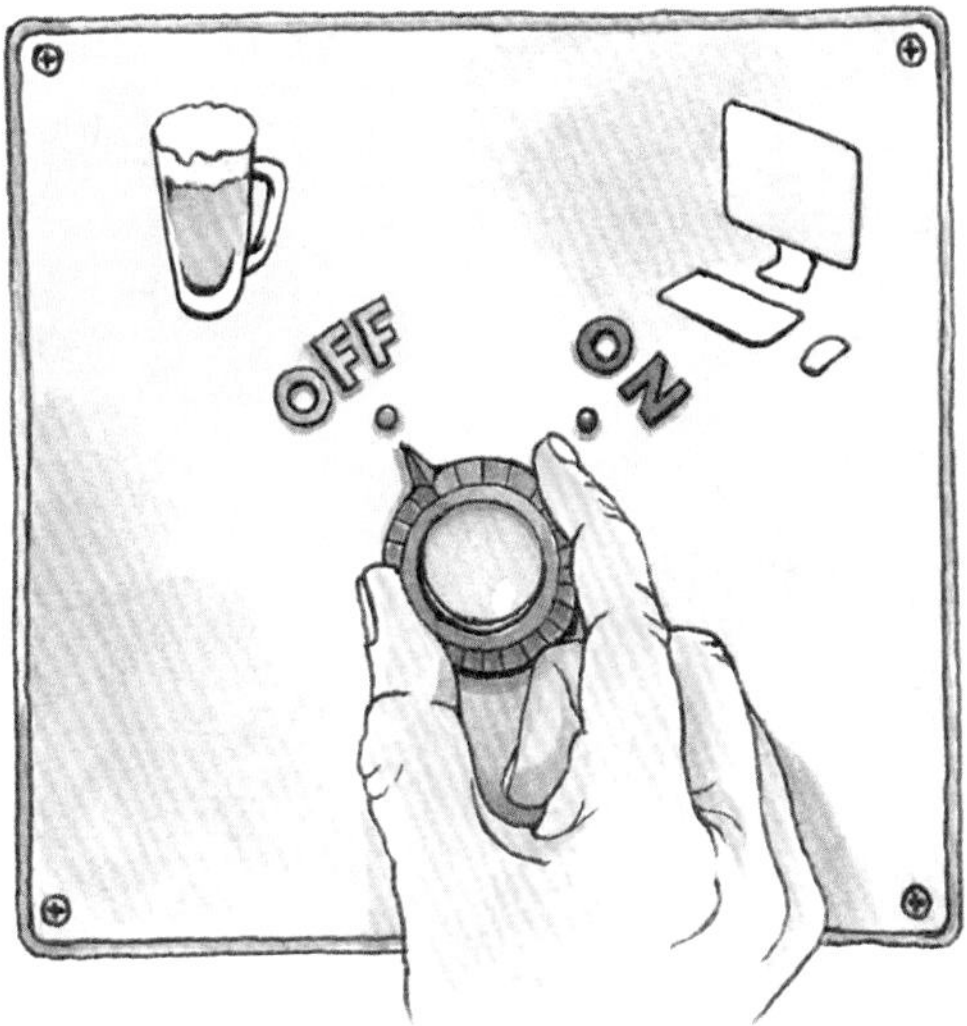

38

してくれる。

僕たちがやっている、自宅への通勤（朝、家を出て近所を歩き、同じ家へ〝出勤〟して仕事をする）もON／OFFの切り替えが難しい自宅での仕事にリズムをつけるためにはじめたものだ。

そんな僕のこの10連休は、仕事も兼ねて佐川町や仁淀川町の名野川へ出かけたりした。ちゃんとした休みはとれなかったけど車窓から新緑の山々を眺めているだけで十分に心の休息を感じることができたのは、若い頃、時間を惜しんでせっせと働いていた時に得たささやかな術《すべ》のようなものなのかもしれない。

5月8日

ヤマトグサの山里へ

母に小包が届いた。両親のふるさと仁淀川町名野川の親戚から毎年この時期に届く新茶だ。

名野川は国道33号線、仁淀川の支流、中津川が合流する所が入り口で、この季節は中津渓谷の新緑を楽しむ人たちでにぎわう。母の実家のある下名野川はさらに車で10分ほど中津川を上流に行った所にある。子どもの頃、5月の連休にお茶摘みをしたり、夏休みに家族で逗留《とうりゅう》し、アメゴ釣りなどを楽しんだこの場所は、緑深く、清流涼やかなその頃の風景を今も残している。

牧野富太郎博士は自然豊かなこの地を「(越知町)横倉山に次ぐ植物の宝庫」と何度も訪れている。ここの漢方医で、いごっそうのひょうきん者だった大倉遊仙《ゆうせん》さんは若き日の牧野さんとウマが合い、何度も名野川を案内して歩いた。牧野さんは後に、遊仙さんの孫の大倉幸也さんにその時の楽しいエピソードを語っている。(遊仙さんは母の曽祖父にあたる人だ)

中津川のさらに上流、吾川スカイパークの近くにある大山祇《おおやまずみ》神社の境内は、牧野さんが22歳の時、ヤマトグサを発見した場所だ。(発見から5年後、東京大学の大久保三郎さんと共に学名を付け『植物学雑誌』に発表した)。それまで日本を訪れるなどした西洋の学者により付けられていた学名を、日本人が国内から世界に向けて発表した最初の植物がヤマトグサなのだ。大山祇

神社の境内、ここは日本の近代植物学がスタートを切った記念すべき場所と言える。(今はヤマトグサは生えていません)

もう15年くらい前の初夏の休日、僕はまだ結婚する前の妻とここを訪れた。大山祇神社の入り口には小川が流れ、それに覆いかぶさるように樹齢800年といわれるトチノキが生えていた。神様が宿っていそうなその木の下でサンドウィッチとかを食べながら、僕と妻はずっと心地よく木の存在を感じていた。小鳥のさえずりと小川のせせらぎにあわせてトチノキは気持ちよさそうに、リズミカルに大きな葉をゆらしているように見えた。

今年はそのヤマトグサの学名発表から130年になる。僕はこの記念すべき年に、ヤマトグサの花を名野川で見たいと思い、牧野植物園の稲垣典年《のりとし》さんに自生地を詳しく教えてもらって、妻と久しぶりに名野川へ出かけた。大山祇神社を過ぎ、行けども行けどもその場所にたどり着かない。人間より精霊がいそうな雰囲気に運転手の妻がのまれはじめた頃、標高1541メートルの山頂近く、ガードレールもない杉林の道の脇に、地上7センチほどのヤマトグサを十数株見つけた。花には少し早く、わずかに可愛らしい蕾を見ることができた。ふつうなら見過ごしてしまいそうな、このとてもとても小さな草を、新種ではないかと判断した牧野さんはすごいと思った。

この日、ランチをとった名野川商店街の「えちごやカフェ」は、ここで4代続く商店の姉妹が昨年はじめたお店で、美味しいランチに採れたばかりのウドの天ぷらをサー

ヤマトグサと名野川の風景

ビスで振る舞ってくれた。少しほろ苦くて香ばしい、滋味深い味がした。

人口が減っていくこの山里で、若い人たちが地元を盛り上げようとしていることに元気をもらった。

帰りに寄った親戚が営む山村自然楽校「しもなの郷《さと》」で、お土産に新茶をいただいた。水出しで飲んでみたら、のどをうるおす清涼なうまみに、幼い頃から何度も訪れた、山里の川のせせらぎの音が聞こえてくるような気がした。

✎5月15日

父の愛した庭を継ぐ

初夏の日差しを浴びて、庭の木々の緑が日一日と色を濃くしている。縁側の窓を開けていると、さわやかな風に乗って、かすかに甘い香りが部屋まで漂ってくるようだ。さほど広くないこの庭の大きな岩についたセッコクが、先週あたりから白い花を咲かせはじめた。

9年前に93歳で亡くなった父孝雄は、50歳の頃、椎間板ヘルニアの手術をしてから、庭の手入れで体を動かし、健康を維持することを心がけていた。多忙な中でも暇をみつけては水やりや剪定《せんてい》にいそしんだ。父は白く清楚な花を好んだ。春にはアセビ、ユスラウメ、ドウダンツツジなど、今の時期からはユキノシタ、テイカカズラ、フウランなんかが緑の庭にそっとアクセントをつけていく。

昭和51年、父は長年勤めた銀行を退職する時、自分が取り組んだ外国為替部門立ち上げの時の記録やその中で得た教訓などをまとめ、自費出版してお世話になった方や後輩たちに贈呈した。父はその本を『落葉集《おちばしゅう》』と名づけた。「庭の落ち葉をかき集めたようなものだけど、枯葉も後に堆肥となり、みなさんの役に立つこともあるだろう」という思いは、庭を愛した父ならではの発想だ。

それはA5判のささやかな一冊だけど、銀行の発展を願って書かれたその気持ちを思うと、この本は父にとっての「定年のデザイン」だったんだなと、僕は最近思うようになった。

2年前、牧野植物園を定年退職し、自宅で妻とデザインの仕事をはじめてから毎日目にするこの庭に、これまで以上に愛着を覚え、あらためて父は良いものを遺してくれたなあと思うようになった。そしてこの気持ちを僕なりに何かの形にすることで父が喜ぶんじゃないかと思うようになった。なにせ定年後の時間はたっぷりあるんだから。

ある日ふとひらめいた。父の庭の植物を全部絵に描いて手作りの本にしよう！ タイトルは牧野富太郎博士の著作『大日本植物志』にちなみ『孝雄庭園植物誌』とした。(大げさ?・)

8年くらい前の2月、植物園の稲垣典年さんに父の庭を見に来てもらい、どれくらい植物があるか調べてもらった時に書き込んだ図があり、植物が少ない2月の庭でも71種類の植物がある事が分かった。

高知市葛島にあるギャラリーの企画展で買っておいた布張りのスケッチブックの見開きに、庭の植物分布図(僕が描いた)を折りたたんで貼り、扉として『孝雄庭園植物誌』と書き入れ、ふと目に止まった庭の植物を気ままに選んで描いている。ちょうど2年前の今頃から描きはじめて、41種類を描き終えた。

愛用のBic4色ボールペンの黒だけで描くから、絵はモノクロだ。ボールペンの線は鉛筆よりもシャープで水性ペンよりも紙ににじまず筆圧の強弱で微妙な味わいが出る。作画の所要時間は15分以内と決めた。

40

短時間で描きあげる経験は、昨年出版した科学絵本や、この連載にも大いに役立っている。

べつに誰かに頼まれているわけでもないので、庭に座り込んだりしながら楽しい気分で描いている。（熊谷守一みたいと妻が言う）

父の植物誌が完成したら今度は最近せっせと父の庭の木々のすきまにきれいな園芸種の花を植えて楽しんでいる〝あたごのターシャ〟こと母あや子の植物誌も作らねばと思っている。こっちの方は「あや子のガーデニング・ブック」とでもしようかな。

5月22日

日々刻々の植物たち

暑くもなく寒くもない、快適な梅雨入り前のわずかな時期「これがあと1カ月くらい続くといいのにねー」「そうやね」と毎年妻と同じ会話を交わしている。

GW過ぎの平日「牧野植物園へ行ってみようかな」という気分になった。定年退職後、フリーで仕事をしているとこんな風に自在に時間を使うことができる。

植物園を退職した時に買った年間入園券は、この春3度目の更新だ。18年も通ったところにお客さん気分で行くのは、なんだか母校を訪れる卒業生のようだ。

大雨だった先週の月曜日、ガンゼキランの特別公開に妻と出かけた。乱獲などで自生地から失われていくガンゼキランの株を保護していた農家さんから7年前に譲り受け、職員がこつこつ株分けをして増やし、展示館の南側の斜面(未公開園地)に植えて整備を続け、やっと去年から花の時期に期間限定で公開できるようになったのだ。

植物は、手間をかけた人の時間の積み重ねに応えるように、その生命の営みを見せてくれることがあるようだ。森の中でヤブ蚊に悩まされながら世話をしてきただろう、かつての同僚たちの姿が眼に浮かぶ。

斜面の下に作られたウッドデッキから、黄色の花をもつガンゼキランの群生を見上げると、ハランのようなその葉が雨に濡れてつややかで、深い緑の波間に浮かぶ、無数の黄色い帆柱がこちらに頭を垂れている

41

ように見えた。

一堂に咲きそろう五千株の凛《りん》とした花は、雨の中、静かにメッセージをくれているようで、また来年まで待つ楽しみができた。

この春、新しくできた「こんこん山広場」は、今までにない景観が楽しめる場所だ。のんびりした芝生の上でお弁当を食べたい。牧野富太郎博士が採集し、東京の自宅の庭に植えていた桜の木や、職員が台湾で採集したツツジなんかと一緒に、もともとここに生えていた大きなクスノキやスモモの老木も残されていて、見事な白い花を咲かせたスモモの姿は感動的だった。20年前のリニューアルの時に植えた植物がしっかり根付いたように、この場所も時が経つごとに魅力を増していくだろう。

ここの展望デッキからは竹林寺や温室、結網山《けつもうざん》(園内の小高い山)、浦戸湾までが見られ、僕が園芸部時代に汗をかいた南園が新しい目線で一望できる。はじめてこの光景を見た時は、なんだかジーンときてしまった。

自分がまかされていた古くからあるエリアも歩いてみた。以前と変わらずに手入れが行き届いている。結網山の頂上では野生のクチナシが咲きはじめ、甘い香りを漂わす頃だ。岩の間に生えるヤマモモに、もうすぐ実がなるだろう。温室横の大きなユリノキを見上げるとチューリップに似た形の花が空に向かって咲いている。お馬路《うまみち》の水路にかかる橋のたもとのヤクシマアジサイが見頃だ。混々山《こんこんざん》のナツツバキの白い花ももうじき咲くだろう。

昔の植物園を感じられるこのなんちゃーじゃない場所へ来ると、ほっと安心できる。頭をリフレッシュしたい時、古い木々に囲まれて、静かに風の音を聴きたくなるような場所だ。

希少な植物、新しい園地の植物、熱帯の植物、牧野博士ゆかりの植物。いろんな顔を持つ植物たちが五台山の地に根付き、日々刻々と生長を続けている。花も葉も小枝も幹も、形や色を変化させ、昨日と同じだった日は一度もない。

✎5月29日

雑草は僕の友だち

雑用、雑談、粗雑……雑のつく言葉はたくさんある。なんとなく、いいかげんなイメージのある「雑」だけど、僕はこの字に親しみを感じている。

30歳を過ぎた頃、とある博物館建設の会議で、僕にとって〝一生の仕事〟と思っている展示デザインの工事が「雑工事」という項目に入っていて、言葉を失ったことがある。でも「建築側から見たら展示は脇役なんだからまあいいか」と思い直した。なにを主役にするかで物の見え方は変わってくるのだ。

その後、牧野植物園で展示デザイナーとして働いていた僕は、52歳の時、それまで未経験の園芸部に所属が変わり、土木工事や造園工事など、野外で仕事をする人になった。その5年間で一番多くした仕事は、広い園地の除草作業だ。

ドクダミ、オオバコ、カラスノエンドウやクズ、ジシバリにツユクサなど、いわゆる雑草と呼ばれる植物を、草刈り機や鎌でひたすら刈っていく。夏場は刈っても刈っても、ゾンビのようにすぐ伸びてくる。ためしにイネ科の雑草を刈らずにいたら3日で6センチくらいも伸びていた！

はじめて園地の除草を命じられたとき「なぜ僕は雑草を刈るのか」ということを真剣に考えた。(根がバカマジメなんです)牧野富太郎博士はすべての植物をわけへだてなく愛したのに、一部の植物だけを除去するというのは何故なんだろうと僕なりに順序立てて考えた。

　そして「僕の仕事は園地を美しく保ち、お客様に快適な空間を提供することだ。だから景観の調和を図るため、残念だけど一部の雑草と呼ばれる植物を僕が刈り取らなければいけないのだ」と自分を納得させた。

　それから、果てしない雑草との真剣勝負が続いた。そうだ僕も雑草のようなものだ。長年培ってきたデザインの仕事から離れ、園地では何の技術も持たない、ただのオジサンだ。生活のために不慣れな仕事をする僕にとって、雑草は敵であるとともに同じ立場の同志でもあるように思えた。

　ある秋の日、一人で南園の除草をしていて牧野博士の銅像の近くにさしかかった時、ふいに博士の声が聞こえたような気がした。

「君も、都々逸《どどいつ》作ってみたら?」と。

　牧野博士はたくさんの面白い都々逸を残している。僕はその日から自己流で、七・七・七・五音の都々逸を作り、寄る辺ない日々の気晴らしにしていった。

　たとえば自分がやむなく刈り取らざるを得ない雑草たちとの交流を、ふたつの歌で表現してみた。

　まず、刈り取られる雑草の気持ちで一節。

「伸びて刈られる俺等《おいら》のさだめ、草刈り人と根競《こんくら》べ」

　次に僕からの返歌として
「伸びたお前を刈るのが仕事、せめて最期は美しく」

　植物は、希少なものも、そうじゃないものも、華やかなものも地味なものも、人が

ツユクサ 5.31

42

食べる作物も、食べないものも、すべてが等しく美しい。中でも僕が一番身近に感じるのは、「雑草」とよばれる植物たちだ。

植物園を退職してから出版した僕の科学絵本『雑草のサバイバル大作戦』は、そんな雑草たちのすばらしい生命力や、美しさを讃《たた》えるような本にしたいと思って描いた。しかも牧野博士のようにユーモアたっぷりに味付けして。

園芸部での日々は、僕をたくましく、そしてより深く、植物というものを愛する気持ちをもたらせてくれた。

✎6月5日

大きなニレの木の下で

南門から牧野植物園に入ると、大きなアキニレの木がある。今の季節にはのびのびと若葉が風にゆれ、心が和む。秋には無数の小さな花が咲き、その下に立てば蜜を求めて群がるハチの羽音がブーンブーンと絶え間なく聞こえてにぎやかだ。

この木は素敵なエピソードを持っている。50年ほど前、どこからか飛んできた種が根づき、背丈30センチほどになっていた。旧温室をつくる場所に生えており、抜かれるはずだったのを植物園の稲垣典年さんが今の場所に植え替えた。そして今ではお客さまをやさしく出迎え、涼やかな木陰をつくり、なんだか心落ち着くシンボルツリーとなっている。

２００９年から5年間、僕は展示デザインの仕事を離れ、園芸部で植物の世話や土木作業などに明け暮れたんだけど、そこでかけがえのない人に出会った。松岡正宣さんという10歳年上の先輩で、僕に技術的なことだけでなく、仕事に向かう姿勢を教えてくれた。

映画『スターウォーズ帝国の逆襲』で、敵から逃れてきた主人公ルーク・スカイウォーカーにフォースという特別な力を授けるヨーダという仙人のような戦士が出てくるんだけど、未経験の部署で働くことになった僕を、気長に指導してくれた松岡さんは、まさにヨーダのような存在だった。

「仕事中は1秒も無駄にするな！」彼は

厳しく、そして的確に専門的な技術や納得のできる教訓を、惜しみなく与えてくれ、僕もそれに応えるように50歳を過ぎた肉体を限界まで酷使して必死に学んでいった。石積みや道路の補修などの土木作業から、木々の伐採や剪定などの造園作業、それから大掛かりな木工作業にも松岡さんは精通していて、2人でたくさんの造作物を園内に作っていった。

園芸部に移った翌年の6月初旬、アキニレの下を快適な休憩所にするため、松岡さんとそこにウッドデッキを敷く工事をした。材木をリヤカーに乗せて現場まで運び、カットした角材で杭《くい》を作り、カケヤという大槌《おおづち》を振り上げて地面に打ち付けていく。そこに横木を取り付けて土台を作り、ツーバイフォーと呼ぶ木の板をスペースに合わせて取り付けていった。

6月9日、その日は5時半に仕事を終え、僕は後片付けをして帰宅した。自宅の庭のビワが熟しているのを眺めて玄関に入ると、なにやら様子がちがう。入退院を繰り返した後、自宅で療養していた93歳の父が亡くなったことを母から告げられた。その日の朝家を出る時、ベッドの父に声をかけると、僕の目を見て、いつもの軽い敬礼の仕草をしたんだけど、午後母が少し目を離していた間に息を引きとっていたそうだ。父はとっても安らかな表情をしていた。

亡くなった時刻を聞くと、ちょうど僕がアキニレの下でカケヤを振り下ろしていた頃だった。きっと父は天国へ向う途中で植物園に立ち寄り、アキニレの下で杭を打ち付けている僕と、それを指導する松岡さん

を見て安心して旅立ったんではないかなと思う。

あれから9年が経ち、今年もあちこちにビワが実る季節が来た。いまも牧野植物園のアキニレの前を通る時、松岡さんと汗を流した日々や、父のことを思い出す。

植物園には、かつて世話をした植物たちとともに、松岡さんと作った石段やアーチ、バス停の小屋など、大きなものから小さなものまでいろんな造作物が残っている。植物たちに四季の移ろいを感じながら、それらの作ったものを見て歩くのも、定年退職後の僕の楽しみになっている。

6月12日

44

僕の「里見発見伝」

「サトミってどういう字を書きますか？」「里見八犬伝の里見です」。子どもの頃からよく聞かれ、そう答えてきた。

滝沢馬琴の『南総里見八犬伝』は不思議な縁で結ばれた八人の剣士たちが活躍し、里見家を危機から救う物語で、荒唐無稽な妖怪やとんでもなく悪い奴らを次々と登場させ、単調になりがちな勧善懲悪《かんぜんちょうあく》の話を飽きさせずに面白く読ませてくれる。

モデルとなった安房《あわ》里見家は、千葉の南房総で室町時代から170年にわたり領土を治める家系だったんだけど、徳川の時代となり、十代目館山《たてやま》城主、里見忠義《ただよし》が１６１４年に江戸城へ挨拶に出向いた際、突然徳川家より国替えを言い渡される。そしてそのまま館山に妻や家臣を残したまま一度も戻ることなく、わずか20人の家来とともに伯耆《ほうき》の国(鳥取県)へ赴き、８年後に29歳で病死する。忠義には嫡男がおらず、平安時代から450年以上続いた武門里見家は、お家断絶となり歴史の表舞台から消えた。

だけど歴史には表と裏がある。亡くなった里見忠義には、地元の女性との間に生まれた男児(若宮様)がいた。その子に徳川の手が及ぶことを恐れた家来は、若宮様をつれて小舟に乗り境港から関門・豊予《ほうよ》海峡を漕ぎぬけて土佐の浦ノ内(須崎市)にたどりつく。それが土佐里見家のはじまりで、家系図によると僕の先祖となっている。そして今日６月19日は里見忠義の397回目の命日だ。

忠義の死後、残された6人の家来は主君の後を追って殉死するんだけど、200年の後、この悲話に想を得た滝沢馬琴は28年もの歳月をかけて渾身の長編小説『八犬伝』を書きあげる。(馬琴の先祖が里見家の家臣だったという説も)僕は、大きな力に小さな力が飲み込まれていく無念さに共鳴した馬琴が、忠義のお家再興という夢をフィクションの中で実現させようとしたんではないかと想像する。

そして33年前、29歳の僕にはじめての子どもが生まれることになった。僕は、先祖から受け継がれてきた生命の流れというものを体で感じることで、それをまだ見ぬ子に託したいと思い、友人と営んでいた東京のデザイン事務所に20日間ほど休みをもらって、群馬県にある里見家発祥の地から時代の流れ順に、千葉〜鳥取〜高知とゆかりの地を訪ね歩く旅をした。スケッチやメモをしながらのその旅は、思いがけない人との出会いや出来事が待っていて、すてきな「里見発見伝」となった。そして行く先々で感じたのは、歴史というものがいかに戦いの連続であったかということだった。

東京に戻り、旅の記録をまとめていて確認したいことがあり、千葉県館山市の博物館を訪れた。閉館間際の誰もいない展示室を順路に沿って見ていくと、最後の展示ケースの中に、黒くすすけた板が置かれ、淡い光に浮かび上がっている。板はまるで僕が来るのをずっと前から待っていたように見えた。

それは里見忠義が伯耆の国で亡くなる数

『南総里見八犬伝』より 月岡芳年 芳流閣両雄動 を アレンジ

年前、倉吉の八幡神社に奉納した棟札だった。そこには里見家の再興と子孫の繁栄を願う文面が切々と綴《つづ》られていた。しんと静まり返った展示室で、僕は自分と同じ年齢でこの世を去った遠い先祖と静かな対話のひとときを過ごした。

こんな経験を重ねていくうちに、僕は歴史や日常の中で忘れられていく大切なことを人に伝える、博物館の「展示デザイン」という仕事を深めていきたいと思うようになったのだった。

✎6月19日

いつもと同じ日に

人生は、たいしたことのない日と、たいしたことのある日でできている。ドラマティックな日のことが印象に残るけど、忘れられていく日の方がずっと多い。

　1971年、ビートルズ解散後にポール・マッカートニーが出した初シングルは『アナザー・デイ』(いつもと同じ日)という曲だった。これは嵐のようなビートルズの日々を終えた彼がやっと日常を取り戻して作ったような穏やかな曲で、当時は少し物足りないと思ってたけど、いま聴くと、とってもいい曲だと感じる。あの頃のポールにとってこの曲はある意味「定年のデザイン」的な一曲だったんじゃないかなと思ったりする。

　牧野植物園を2年前に定年退職して自宅で仕事を始めた僕は、生活にメリハリをつけるため、妻と一緒に家の周りをぐるっと歩いて同じ家に出勤する〝自宅への通勤〟をしているんだけど、車で通勤していた時には見過ごしていた、なんでもない風景や、道ばたの草花に、美しさや小さな驚きがあることに気づいた。

　今の季節は、家々の庭にアジサイやナンテン、クチナシ、ケマンソウなんかが咲き、通りの軒先に置かれた水盤に水草が気持ちよさそうに浮かび、黄色いアサザの花が一輪咲いていたりする。そんな街中の小さな自然を眺めながら歩くのはとても心がほぐれる。

久万川近くの電柱に幹を巻きつけたノウゼンカズラが、夏を先取りするかのように朱色の花を咲かせている。川の土手にはピンクのタチアオイが背筋を伸ばして咲き、青空によく映えている。花をのぞきこむと、大きな羽アリがせっせと花粉を集めていた。

この連載の第1回目にも自宅への通勤のことを書いたんだけど、その時、通勤路で定点観測している謎の空き地(耕しても何も植えないを繰り返している)のことを書いた。雑草たちのパラダイスになっているこの空き地は2年間、謎のままだった。

その間、僕と妻との間にはいろんな憶測が飛びかった。「あ、また耕したね。今度こそ何か植えるかも」とか「土壌改良のために放置して時々土を撹拌《かくはん》してるんじゃない？」とか「街の自然をテーマにした現代美術のパフォーマンスやったりして」など二人の妄想は膨らんでいった。

そして先日たまたま一人でイレギュラーな夕方の通勤をしていると、謎の空き地をお兄さんがトラクターで耕しているところに遭遇した。僕は2年越しの謎を解き明かすため、作業を終えたお兄さんに声をかけた。

「あのー、近所の者なんですが、ここはいったい……」すると「ああ、里見さんやろ？　新聞読んでますよ。この空き地のことも書いてくれてたね」

彼は僕の家の北側に住むOさんの息子さんで、Oさんの家は江ノ口地区で戦前から農業を営んでいるのだった。この空き地も3年前まではジャガイモなんかを作ってた

けど、最近は手が回らなくて時々耕すだけにしているそうだ。2年越しの謎はこのように氷解した。

そんなO家と僕の家にはつながりがあった。昔、僕の父が可愛がっていたオトという名の猫が、Oさん宅にもらわれてカオリちゃんという名になったんだけど、猫はその後も僕の家に里帰りして、ちゃっかり両方の家でご飯を食べたりしていたそうだ。

僕は2年越しの疑問が晴れて、なんだか心地よい気分で自宅へ帰り、さっそく妻にそのことを伝え、なんちゃーじゃない一日が過ぎていった。

6月26日

隣家のパリジャン

庭が見える椅子に座って草木を眺めていると、3歳の頃の記憶がよみがえる。

4人きょうだいの末っ子の僕は上の3人が学校や幼稚園に通っている昼間、ひとりでこの庭で遊んでいた。その頃、両隣の家とは高さ50センチの塀で仕切られていて、当時の僕には高かったけど、よっこいしょとそれをよじ登り、野良猫みたいに隣の家へ遊びに行っていた。

西隣は洋画家の福冨栄《さかえ》さんの家だった。花の絵を好んで描く彼は、マティスやルオー達によって始まったパリのサロン・ドートンヌの会員にもなっているような人だったんだけど、僕たちきょうだいは「ふくとみのオンちゃん」と呼んでいた。

僕は、はじめて福冨先生の家に勝手に侵入した日のことを覚えている。塀を乗り越え、自分の背よりも高い扉の取っ手をつかみ、ギーッと開けて中に入ると、ほの暗い玄関に薄明かりが差し込み、壁に掛けられた花の絵が浮かび上がった。しーんと静まり返った廊下の奥から、ほんのりテレピン油の匂いが漂ってくる。僕はその時、行ったこともない異国の地にいるような心持ちがした。いま思うと50センチの塀の向こうに、パリの街並みがあるような気がしたのだろう。

福冨先生は、日焼けした面長の顔に長髪をたなびかせ、無精髭がよく似合い、ふつうの大人とは趣が違うことが幼い目から見ても分かった。少し大きくなった僕が、先生の顔を描いた絵を見せると「カズくん、うまいねぇ」とほめてくれ、クレヨンのセットをもらった。そのあと、先生の絵画教室に通ったこともある。そして僕は、いつからか分からないけど福富先生のような道を歩きたいと思うようになった気がする。

福富家はその後、久万川のほとりの一ツ橋町へ引っ越したんだけど、10歳の頃、父と先生の新居へ行き、自宅に飾る絵を選んだ事がある。応接間にふたつの花の絵が並べてあって、ひとつは背景が緑色、もうひとつはオレンジ色だった。僕の好きな方にすると父が言うので、僕は暖かい感じのするオレンジ色の絵を選び、ふたりで持ち帰った。

東京で友人とデザイン事務所をはじめた26歳の頃、先生の随筆集『冬の風景』が出版された。そこには、ひとりの画家の人生や、花に向き合う姿勢が淡々と書かれていて、大人になった僕は、はじめて先生とふれあえたような気がした。

この本は高知新聞に連載された「久万川春秋」という文と絵によるエッセイを編集したもので、巻頭の遠くを見つめる先生の肖像写真がとても印象的だった。40年近くたち、自分が同紙に文と絵による連載を持つことになるとは思ってもみなかったけど。

2000年2月、先生は87歳で亡くなられた。最後に会ったのは1986年の暮れに一ツ橋の家を久しぶりに訪ねた時だった。近況を話したあと『冬の風景』の

肖像写真の話になり、僕が「あの写真の先生は、来し方、行く末、どっちを見ゆうがですか?」と格好つけて聞くと、あっさり「あれは久万川を見ゆうがよぇ」と返された。別れ際に握手をねだり握った先生の手は、もっちりと肉厚で、ひんやりとしながらも不思議な温もりがあった。

自宅の庭が見える部屋には、僕が選んだ先生の花の絵が今も飾ってある。牧野植物園で長年すてきな野草を仲間たちと活けてくれている川島みどりさんがこの絵を見て「冬いちごの花と実やね」と教えてくれた。50年間、僕はこの絵の植物が何かを知らなかった。

✎7月3日

お帰り、僕の年金

今年の2月、62歳になった僕は、先月から「特別支給の老齢厚生年金」を受給しはじめた。

今も覚えているのは1980年の春、東京の社員数300名の展示会社に就職した僕が、待望の初給料を部長から現金入り茶封筒で手渡たされた日のことだ。「え、薄っ!」と思った。税金やら年金保険料やらが引かれた封筒には9万6千円入っていた。僕は会社帰りに銀座三越へ寄り、美大の授業料を払い続けてくれた父にネクタイを買った。

あれから40年、労働の対価としてのお金を毎月得ながら税金も年金保険料もひたすら払い続けてきた。

26歳のときに無謀にも会社を飛び出し、友人とデザイン事務所をはじめた僕は、技術も実績もない中で、待っていても仕事は来ないんだという現実に気がついて、相棒と街に出てビラを配り、仕事をつかんでいった。最初に描いた建築パース(完成予想図)は3日もかけて描いたのに5千円しかもらえず「いったいオレたち、何枚描いたら人並みに暮らしていけるんだろうね?」と、未来には暗雲がもくもくたちこめていた。

あのころのことを思い出すと冷や汗と笑いがこみ上げてくる。相棒と一杯のカップうどんを分けあって飢えをしのいだ夜や、打ち合わせで行った門前仲町駅の改札口で電車賃が足りなくて外へ出られず公衆電話から相棒に連絡して300円を届けてもらったこともあった。それでも毎日が楽しかった。広い宇宙の中で、僕と彼とは失敗をくり返しながらも自分の力で生きているという実感があった。そして、そんな時にも年金は払っていた。

僕たちは一つひとつの仕事をこなし、技術と実績を積み重ね、従業員も増え経営も安定してきた。僕は次第に博物館の展示デザインの仕事を中心に手がけるようになっていった。

42歳のとき、初めての故郷の仕事である「牧野富太郎記念館」の展示デザインを完成させた僕は、縁あって採用試験を受け、牧野植物園に就職した。給料は東京時代と比べると半分くらいになったけどあまり気にせず以前よりも精力的に仕事をした。高知に帰る時、ほかの事情もあって離婚し、二人の子どもとも別れ、わずかな貯金もほとんど東京に置いてきたので、ふたたび26歳の時のように、ゼロからのスタートになった。そして給料の半分以上は、毎月東京に養育費として送った。

その後も紆余曲折があり、経済状況はいつもさっぱりしたものなんだけど、僕は仕事が好きで、仕事をすることが喜びで、経済的な裕福さよりそれが勝ると思っているところがあり、今の妻(副社長)は僕のそんな考え方とか金銭感覚を理解してくれていて、彼女自身もそういう面では、かなり楽天的な人である。

そしてそんな僕に、40年前からひたすら払い続けてきた年金が、ついに戻りはじめ

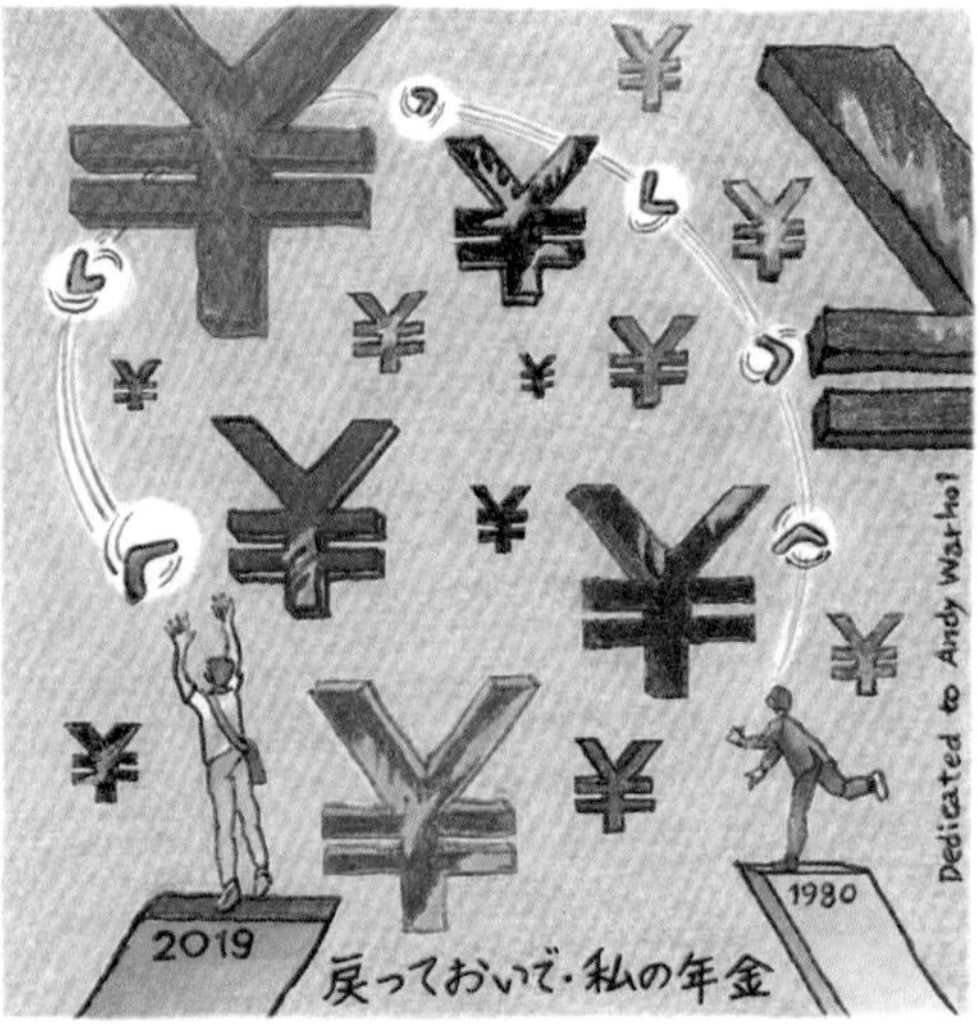

たのだ。「やあ、僕の年金よ、お帰りなさい！」という気分だ。僕と妻はこれを基本的な生活費として大切に使い、「定年のデザイン」的なポジションで自分たちにしかできない仕事をして、そこから得た収入で、樹の幹がすこしづつ年輪を重ねていくみたいに仕事も生活もゆたかにしていきたいと思っている。

こんなウブな経済感覚で大丈夫かなとも思うけど、そんな時は、ものすごくお金で苦労した牧野富太郎さんの口ぐせを思い出すことにしている。

「まぁ、なんとかなるろう」

✎7月10日

雨に楽しめば

僕の妻は子どものころから雨が好きだという。雨降りの日、窓際に座って庭に降る雨をじっと見ていたりする。降りはじめた雨が、家々の屋根瓦やトタンに落ちて奏でる雨音にわくわくし、心が落ち着くそうだ。前世はカタツムリなんじゃないかと言っている。

人が残念がるものを好きでいられることは、生きることをそのぶんだけ多く楽しめてラッキーだなと思う。そして雨に関しては僕も似たようなことを考えていた。

牧野植物園に勤めていた18年間、僕は牧野富太郎博士や植物の魅力を知ってもらうため、たくさんのお客さんを案内したんだけど、たまたま雨の日に訪れる方も多い。そんな時は「あいにくの雨で云々」ではなく「みなさん良かったですね、植物が一番喜んでいる日に来られて」といって迎えていた。植物にとったら雨の日は、ご馳走が天から降って来るようなものだから。そんな気持ちで案内すると葉っぱがつやつやして緑が一段と深く、ほんとに喜んでいるように見えた。

牧野富太郎記念館の展示館中庭には、牧野博士ゆかりの植物が約250種類も植えられていて、1年中楽しむことができるんだけど、その中庭を囲むようにバスタブみたいな形をした水盤が10個ある。これは記念館を設計した建築家・内藤廣さんのデザインで、水盤には博士ゆかりの水草が植えられている。博士が命名したスイタグワイ(大阪の伝統野菜)や絵に描いたショウブ、今の季節は未《ひつじ》の刻《こく》(午後2時頃)に小さな白い花を咲かせるヒツジグサがなんともかわいらしい。

雨の日、水盤には屋根に降った雨水が樋《とい》をつたって落ちるようになっていて、水草たちが気持ちよさげに水を浴びている。これは雨の日に訪れた人だけが見られる特別な光景だ。中庭を囲む広々としたウッドデッキの庇は、植え込みのすぐ近くまで覆っているので、傘をささずに植物を間近で見られる。牧野植物園は雨でも楽しめる場所なのだ。

25年ほど前、記念館の設計がはじまる前の植物園は牧歌的な南の園地だけだった。遠足が雨の日になってしまった子どもたちは、高床式になっている旧牧野文庫の床下に潜り込んで、お弁当を食べていた。

それを見るのが可哀想でならないと、当時の園長だった里見剛《たけし》さんは、建築を設計する内藤さんに、雨でも楽しめて、子どもたちがお弁当をゆっくり食べられる場所をぜひ作ってほしいと頼み、それに応えるように展示館の階段広場ができた。雨の日も晴れの日も、この階段広場に座っていると、周りの自然と一体になったような、親密な時間を過ごすことができる。

僕は高校卒業後の25年間を東京で過ごしたんだけど、その間よく思い出していた子どもの頃の高知の光景がある。それは昭和30年代、道路がまだ土だった頃の夏の夕立のシーンだ。

南国特有のスコールのような雨が降り出

展示館の水盤
水は地下タンクへ流れ再利用される
ヒツジグサ
Nymphaea tetragona

し、でこぼこ道に水たまりができると僕たちはそこに飛び込み、バシャバシャ遊びはじめる。雨はすぐに止み、雲の切れ間から太陽の光が差しはじめると、泥土の道からサーっと水蒸気がたち昇り、なんともいえない土の甘い香りがあたりに充満する。見上げると雨雲は去って、青空が広がっている。

　こんな、なんちゃーじゃない一連の光景を、都会暮らしの中で何度も思い出していた。

　今年の梅雨入りは記録的な遅さだったらしい。明けると高知の夏が来る。

✎7月17日

薫的《くんてき》の夏、高知の夏。

定年退職後、習慣になっている〝自宅への通勤〟の西回りコースには洞ケ島の薫的神社がある。江戸時代の初め、この場所にあった瑞応寺《ずいおうじ》の住職、薫的和尚さんを祀《まつ》ってできた神社だ。その境内にある薫的会館は、昔からさまざまな芝居が盛んに行われていた場所だ。

昭和40年代の前半、江ノ口小学校の僕のクラスに、毎年同じ季節になると一定期間転校してくる女の子がいた。その子は旅芸人の娘で、夜は子役として薫的会館の舞台に立っていた。とても賢くて可愛らしい彼女は、当時引っ込み思案だった僕の目には、すごく輝いて見えていた。

2年前、自宅で妻とはじめた事務所の最初の仕事は薫的神社の夏祭りに毎年行われる「洞ケ島ナイトバザール」のチラシと手ぬぐいのデザインだった。洞ケ島の素敵な洋菓子店ミエットの福川さんに仕事の声をかけていただき、僕らはうれしくて何案も提案し、チラシと手ぬぐいが出来上がった時はとても感動した。そしてさらに、このイベントで僕と副社長(妻)は薫的和尚の物語を紙芝居にして上演したのだった。

高知には愛すべきヒーローがたくさんいる。僕にとって牧野富太郎さんは横綱で、薫的さんはエッジの効いた大関みたいな人だ。土佐の領主が長宗我部から山内へと移り変わったころ、薫的さんは仏の教えを軽んじた時の権力に1人で立ち向かい、投獄

49

されても信念を貫き通した気骨の人だ。

いつかこの物語を何かの形で表現したいと思っていた僕は「チャンス到来！」と頼まれもしないのに関係資料を読み、薫的神社の神主、中地英彰さんに提案し了解を得た。そして中地さんの意見も取り入れながら「くんてきさんの物語」を考えていった。なにせ定年後の時間はたっぷりとあるし、やりたいことを誰はばかることなくできるという自由さがうれしかった。

僕は山内家を敵に回した薫的さんの復讐劇ではなく、彼が伝えたかった「仏の道を大切にしよう」というメッセージが、時を経て山内家の心ある奥方、光善院《こうぜんいん》さまに伝わり、土佐に平穏が訪れるというハッピーなストーリーを書いた。それを元幼稚園教諭の妻が、子どもたちにも分かりやすく、夏らしい怪談話も盛り込んだシナリオに仕上げた。

ホームセンターで買った障子紙に、筆で19メートルの絵巻物を一気に描き上げ、ダンボール箱に色を塗った紙芝居舞台を作り、絵を巻きとりながら演じるという形式を考案した。名づけて「ローリングシアター」。本番までに20回も稽古を重ね、いよいよ祭りの日が来た。上演のイメージは、イタリアの映画監督フェリーニの『道』にでてくる旅芸人ザンパノとジェルソミーナの醸しだす世界観だ。

初演は洞ケ島公園の緑葉のイチョウの下で、2回目は薫的会館で。友人たちも観に来てくれた。僕は図らずも、クラスメイトだったあの旅芸人の娘と同じ場所に50年後に立ったのだ。

祭りのあとの夏の帰り道、達成感と心地よい疲労感の僕と妻は、まだ7月だというのに「なんか夏が終わったみたいやね」と遠い目をした。

このローリングシアターや、昨年出版した科学絵本の原画、牧野植物園時代の展示で描いた作品などが、かるぽーとの横山隆一記念まんが館の企画展「2019高知のまんが・漫画・マンガ展!」の中で展示されている。とても光栄に感じています。

✎7月24日

不思議だと思いませんか

自宅を出発し自宅に出勤するという〝自宅への通勤〟は、僕が定年後にはじめたことなんだけど、その日の気分でいろんなコースを歩いている。北回りコースは僕の母校、江ノ口小学校の校庭のそばを通る。僕と妻は歩きながら、体育の授業中の子どもたちを微笑ましく眺めたりする。小学生の頃、運動オンチで引っ込み思案で、絵ばかり描いていた僕は、学校で元気に遊んだ記憶があんまりない。だけどこの校庭にはちょっと面白い思い出がある。

今から52年前、僕が4年生の時だったと思う。教室のスピーカーから「生徒は全員校庭へ出てください」という放送が流れ、グラウンドに出た僕たちは全校生徒で大きな輪をつくった。何がはじまるのかなと思っていると、先生が1人の男と輪の真ん中に立ち、男を僕たちに紹介した。この人は山で修行を積んだ忍者で今からみんなに忍術を見せてくれると言った。男は浅黒くでっぷりと太っていてちっとも忍者には見えなかった。前ぶれのない展開にぽかんとしている生徒たちの前で、男は次々と忍術を披露していった。

まず2人の生徒が指名され、言われるままに冷蔵庫のように大きい男の腹に手をまわした。男は呪文を唱えて天を仰ぎ、奇声をあげて息を吸い込んだ。その瞬間、2人の生徒は前につんのめった。大きな腹が牛乳ビンくらいの胴まわりになったのだ。

「えーっ?」僕たちがあっけにとられているうちに男の腹は元のサイズに戻っていた。

次に忍者は12人くらいの上級生を2列に並ばせ、先頭の2人に向かって呪文を唱えはじめた。そして両腕をふり上げ、手のひらで2人を押しやるポーズをした。すると手は触れてないのに上級生たちは全員バタバタと倒れ、催眠状態に入ったみたいに動かなくなってしまった。先生たちはただ黙ってそれを見つめていた。僕は、大人たちの見せたこの授業に、忍術を超越したすごいものを感じた。

男は最後にこんなことを言って去っていった。

「私はみなさんに、人間努力すれば何事もかなうのだということを伝えたかったんです」

あのとき僕は、なんだか気分が楽になるような感じがした。世の中には不思議なことがあるんだよということを、大人たちが肯定してくれたように思ったのだろう。現代ではありえないようなこの授業のことは、ずっと強烈な印象として残っている。さすが寺田寅彦博士の出身校だ。

「ねえきみ、不思議だと思いませんか?」だけどあまりにも不思議な出来事だったから、あれはひょっとしたら僕だけが見た幻だったんじゃないか? と思うこともあったんだけど、江ノ口小学校の2年先輩でジャズドラマーの吉川英治さんにこの話をした時「あーそうそう。そんなことあったね。オレ、あの時、バタバタ倒れたうちのひとりぞ」と言った。

50

えのくちラ、ラは江ノ口小学校校歌のサビの部分です。

50

今年の5月のよく晴れた土曜日、僕は母校の教室で〝自分だけの地図を作る〟というワークショップの講師をさせていただいた。高知新聞堀内販売所さんの企画で、集まったみなさんと近所にある好きなものをちりばめた地図を描き、楽しい時間を過ごした。小学生の頃、勉強も体育もあんまりパッとせず、まったく目立たなかったこの僕が、50年後に同じ学校で講師をやっているなんて、人生という物語は、ページをめくってみないとわからないことがまだまだあるもんだなぁとつくづく思うのだった。

7月31日

あたごの建依別《たけよりわけ》

3年前の夏に他界した5歳年上の兄幸彦は、何をしても目立つ個性的な人だった。正義感が強く、彼の周りにはいつもたくさんの友人が集まり、そこには60年代の青春ドラマのような爽やかな空気が漂っていた。そんな兄に僕はずっと憧れを持っていた。

彼は幼稚園のとき「先生がえこひいきする」と園をボイコットし、帰って来たことがあったそうだ。(えこひいきという単語を知っているのもすごい)小学校低学年の頃には、扁桃腺《へんとう》の手術中「痛いわ！　このヤブ医者！」と罵声を浴びせ途中で帰されたという。(ヤブ医者という単語も知っていたのだ)そんな兄は追手前高校2年のとき、山岳部に所属しながらサイケデリックなロックバンド「ザ・チャーシューメン」を結成し、卒業生を送る会でジミ・ヘンドリックスの「紫のけむり」を大音量で演奏し歌った。伝統ある学び舎《や》で、パジャマ姿の衣装で大麻の歌をキメた兄は、翌年、生徒会副会長になった。そしてその生徒会で、のちに妻となる山﨑律さんに出会った。

負けん気の強い兄は、教師に無理と言われたことで逆に燃え上がり、猛勉強をしてみごと同志社大学に合格した。京都でも驚異的な数の友達を作ったようだ。その後、東京の石油会社に勤めた兄は、国際経済を学ぶためニューヨーク市立大学へ留学したんだけど、ある夜、マンハッタンの路地裏で男にナイフを突きつけられた。「金を出せ」と脅された兄は英語でこう言った。「僕は日本から勉強をするためにここへ来てるんだ。国に女房子どもを残してわずかなお金で暮らしてる。君に渡す金なんかないし、むしろ僕の方が君からもらいたいくらいだ」すると男は申し訳なさそうに暗闇に消えていったそうだ。「どんな国でも、どんな人間でも、誠実に語りかければわかりあえないことはない」と、いつも僕に言っていた。なんだか龍馬のような人だった。

兄はのちに帰郷し、製紙会社に入社して世界を飛び回り、高知で生まれた特殊な紙の優秀性を説き普及した。彼の度胸と誠実さ、語学力とユーモアがあったからこそ、高知の優れた製品が世界に行き渡ったんだと思うと、弟として誇らしい気持ちになる。

兄は子どもの頃からアメゴ釣りが好きで、僕が帰郷し牧野植物園に就職してから、2人で何度も両親の故郷、仁淀川町の名野川へ出かけた。調子の良い日には2人で60匹釣ったこともある。空気清涼で緑深い名野川の渓谷で、日がな1日、何も喋らず、ただじっと川音を聞きながら兄弟で糸を垂れた。まさにR・レッドフォード監督の映画「リバー・ランズ・スルー・イット」の世界がそこにあった。僕が心の病を得て展示デザインの仕事から離れていた頃も、兄は休みの日に僕を連れ出し、この川で魚影の群れを追った。山の精気が僕たちをやさしく包んでくれるような気がした。

土佐には建依別という強い男の神がいるという。兄にはそんな荒ぶる魂が宿っていたような気がする。僕とは全く違うタイプ

阪神タイガースとアメゴ釣りをこよなく愛した彼と

だったけど「納得できないことはゆるせない」というところは似ているかもしれない。

8年前、最愛の妻を病気で亡くした兄は、その5年後にあとを追うように旅立った。遺された3人の子どもたちは立派に育ち、可愛い孫が5人もいる。

彼らが言うには、最近僕の風貌がちょっとだけ兄に似てきたそうだ。

8月7日

植物たちのお葬式

8月半ばのこの時期になると、僕は牧野植物園で行った「植物葬」のことを思い出す。いまから19年前の夏のことだ。

当時、高知県が出版した『レッドデータブック・植物編』の完成にあわせ、絶滅危惧植物の企画展を担当していた僕は、県内で絶滅したとされているサギソウなど40種の植物(新聞掲載時は47種)や、絶滅が危惧されているたくさんの植物に思いを寄せていた。さまざまな要因の中でも、人間の活動がもたらす環境の変化が、これらの植物の生存を脅かしている一番の原因だった。

僕たちに先祖がいるのと同じように、植物にも受け継がれていく生命があり、それは人間の歴史のはるか昔、太古から続いている。もし地球が学校だったら、植物は人間の大先輩だ。

僕はこの植物の現状を自分のこととして感じてもらいたくて、絶滅した植物のお葬式を思いついた。

もとになったのは明治15年7月、政府の弾圧によって高知新聞が発禁処分になった時「新聞が死んだ」というメッセージを込めて、有志らによる「新聞葬」が五台山で行われた話だ。新聞社のある高知市本町から出発した葬列には5千人もの人が集ったそうだ。

僕はこの出来事を知り、明治の土佐人が「怒り」を「皮肉」というユーモアに転化したことに心を動かされた。この漫画的風刺

52

ともいえる「新聞葬」が「植物葬」のアイデアになった。

　そして葬式にはお経がいる。牧野富太郎博士が発行した『植物研究雑誌』に「菩多尼《ぼたに》訶経《かきょう》」というお経のことが書かれている。江戸時代の蘭学者・宇田川榕庵《うだがわようあん》が西洋の植物学を日本に初めて紹介するために作ったもので、経文仕立てになっている。「これだ！」と思った。（このお経は牧野博士の葬式でも読まれたそうだ）

　僕はお隣の竹林寺へ行き海老塚和秀《わしゅう》住職に「菩多尼訶経」の読経をお願いした。海老塚さんは「それはやる意義がありますね」と即座に答えてくださって、さっそくこの風変わりなお経の練習に取り組んでくれた。毎晩、仕事帰りにお寺の横を通ると、練習してくれている僧侶たちの声が聞こえてきた。

　2000年8月5日午後6時、竹林寺本堂前に全国から報道陣が詰め掛け、前代未聞の植物のお葬式が始まった。竹林寺の僧侶たち、園の職員、参列者たちによる葬列は、絶滅した植物の名前が手書きされた幟《のぼり》や五色旗、提灯などを持つ伝統的なスタイルで、境内から植物園の園地をゆっくり歩み、展示館階段広場にこしらえた祭壇へと向かった。

　列の先頭では名物職員、稲垣典年さんがマイクを手に、道中の草花を紹介していく。花が白鷺《しらさぎ》の姿を思わせるサギソウの鉢植えが、階段広場の式場に飾られている。読経がおごそかに始まると、参列者は水盤に浮かんだロウソクに献灯をして植物に思いをはせる。高知マンドリン土曜日会による演

奏が華を添えてくれた。

海老塚住職はこんな言葉で式を締めくくった。

「私たちの快適な暮らしは、植物を犠牲に成り立っていることを忘れてはいけません」

植物園を夜間開園して行ったこの催しの翌年から、夜の植物を楽しむイベントが始まった。

今年も「夜の植物園」が開催される。夕涼みしながら夜咲く花を観察したり、植物にちなんだイベントとともに、夏の一夜、植物たちとのひとときを楽しんでください。

✎8月14日

須崎、潮風の花火劇場

副社長（妻）の実家は須崎市にある。僕は彼女と結婚してからこの町を何度も訪れるようになり、とても身近に感じている。実家から歩いて5分くらいのところには〝富士ケ浜〟という海岸があって、毎年ここで行われる海上花火大会が楽しみだ。

今年も8月3日の花火の日に須崎へ帰り、妻の家族（父母、弟）たちと新子（ソウダガツオの幼魚）や義母の手料理を食べたりおしゃべりした後、7時半頃みんなで家を出て、飲み物や氷菓子を入れた保冷バッグ、レジャーシート、蚊取り線香なんかを分担して持ち、なんだかんだ言いながら浜まで歩いていった。

義父は去年の花火の夜の暑さに参っていたようで、片手でうちわを扇《あお》ぎながら「もう今年は無理かと思うたけんどこれてよかった」と感慨深そうに言う。海までの薄明かりの夜道を、近所の人たちが僕らと同じようないでたちで歩いていく姿も風情がある。

海岸の防波堤の出入り口は〝花火劇場〟への扉のようだ。いつもは静かな海岸に、砂浜を埋め尽くすほどに花火客がひしめき合い、海に向かって座っている。色とりどりの屋台からいい匂いが漂い、行列ができている。

浜は渚へとゆるやかに傾斜しているので、ほんとの劇場みたいに花火が見やすい。僕たちは適当な場所を見つけ、シートを敷

53

いて待つ。

ヒュ〜、どん！　8時の定刻に一発目の花火が上がった。夜空に輝く大輪の花火が海面にも映り、きらきらとゆらめいている。

花火には、それぞれストーリーが感じられた。色の取り合わせや時間差による効果、光の動きなどを毎年工夫しながら、花火師さんたちが腕をふるっているのだろう。

ヒュ〜、どん！　どーん、どん！　ポン、ポン！　花火の発光から一拍遅れて耳に届く火薬の音も心地よく、非日常の気分を高めてくれる。

僕たちは夜空を見上げ、それぞれの思いで花火を楽しんだ。浜を渡る涼しい風と潮のにおいに包まれた、花火日和の夜だった。

翌朝、僕は6時半頃起きて1人で〝自宅への通勤〟須崎編をやった。早起きの清々しさとまだやさしい太陽の光の中、海を右手に感じながら歩いていくと、古市通りにお目当ての日曜市が立っていた。テントやパラソルの下で、キュウリやジャガイモ、ゴーヤなどを売る店、花鰹やじゃこを売る店、すり身天をその場で揚げてくれる店、たこ焼きやお寿司を売る店なんかが並んでいる。季節柄、サカキやシキミの枝と一緒にお盆の迎え火用の松明《たいまつ》が売られていた。

「今日は浦ノ内湾でドラゴンカヌー大会やねえ」とお店の人が話している。須崎市浦ノ内は僕のルーツの地だ。400年近く前、僕の先祖は徳川家の目を逃れて伯耆《ほうき》の国(鳥取県)から小舟で海を渡り、落ちのびて浦ノ内に住み着いた。江戸初期の命がけのIターンだ。長い時を経て、縁あって自分がそこからほど近い場所を歩いていると思うと、僕

はなんだかありがたい気持ちになってきて、古市通りの近くの、境内にひときわ大きなクスノキが生えている八幡宮にお参りをした。

僕は子どもの頃から地図を見たり描くのが好きで、1日いればその町の地図が描けるんだけど、なぜだか須崎の町は道に迷ってしまうことがある。妻はかなりの方向オンチなんだけど、須崎の町だけはそんな僕に優越感を感じながらうれしそうに歩く。そんな僕の須崎地図ができるのは、まだ少し先になりそうだ。

8月21日

真夏の夜の肝試し

2年ほど前から愛宕中学校の同窓生たちと会う機会が増え、定年退職の時期を迎えた彼や彼女らと食事をしながら、なんだかんだ言い合ってるんだけど、みんな元気にそれぞれの仕事を続け、日々を過ごしているようだ。彼らと昔の話をしていると、モノクロの画像に色がついていくように、50年前の出来事がよみがえってくる。

1969年夏、僕は坊主頭の中学1年生。その年一番の思い出は、アポロ11号の月面着陸で、その日は教室のテレビで担任の高橋先生(通称かえる)と一緒に、宇宙飛行士たちの歴史的第一歩をリアルタイムで見た。そしてすぐに夏休みがはじまった。

その夏、僕が入部していた剣道部は学校で3泊4日の合宿を行った。昼間はずっと体育館で先輩にしごかれ、夜は教室に布団を敷いて大勢で寝た。食事は3食ともマネージャーの女子たちが作った。やたらカレーが出たような気がする。

合宿2日目の蒸し暑い夜、3年生の主将Mくんが僕たち1年生の部屋へ来て「今から肝試しをやる」と言いだした。ルールはこうだ。

校庭の南の端に使われていない古い木造の剣道場がある。Mくんが言うには、そこで昔、剣道部員が稽古中に突きをくらって柱に激突し、打ち所が悪くて亡くなり、その亡霊がときどき出るのだと言う。その道場へ1年生が1人ずつ行って帰ってくるんだけど、行ったという証拠に、1人目は道場の真ん中にちり紙を置いてくる。2人目はそれを取ってくる。それを繰り返して全員(10人くらいだったと思う)がひと回りして終わるというものだった。

僕の順番が来た。ちり紙を取ってくる回りだ。人一倍怖がりな僕は、なんとか平静を装って暗い校庭を道場めがけて駆けていった。

道場はひっそりしていた。開けっ放しの入口に立つと、真っ暗な部屋の正面の窓から月明かりが差し込み、窓の手前に積み上げられた机や椅子の影が床板に映っていた。道場の真ん中に白いものがぼんやり見えたので、僕は土足のまま板の間に上がり、それをつかんだ。「よかった、ちり紙だ」そして一目散に校庭を駆け戻った。後ろから何者かが追いかけてくるような気がしてすごく怖かった。

そしてあと何人かで終わりという時「ぎゃぁー！」という悲鳴が道場の方から聞こえた。何事かと思ったら、〝悪《わ》りことし〟の先輩が片足から血をだらだら流して部屋に飛び込んで来た。

その先輩は生意気な下級生を驚かそうと、積み上げられた机の裏に隠れて待っているうちに、足を踏み外して床に落ち、釘に足を引っ掛けたと泣き笑いで話した。だけど僕たちはぜんぜん笑えなかった。「この出来事も、死んだ剣道部員の呪いなんじゃないか」と本気で怖くなり、みんな無言になってすぐに布団をかぶって寝ることにした。心臓がドキドキして、夜中まで眠れなかった。

54

翌日はどこまでも青い夏の空が校庭の上に広がっていた。焼けつくような日差しと蝉の大合唱に沸く高知の夏。練習に汗を流す僕たちは、こんな日には妖怪も幽霊も気持ちよく空へ帰って行くんじゃないかと思えた。

今も〝自宅への通勤〟西回りコースで、時々この校庭を遠くから眺めている。真っ黒く日焼けした生徒たちがグラウンドを駆けている。剣道場や昔の体育館はもうないけれど、校庭の隅に生える雑草や青い夏の空、そして学生たちの汗は昔のままのような気がする。

8月28日

大人の公園の遊び方

　去年の8月からはじまったこの連載も、季節がひとめぐりし、2度目の9月を迎えた。ちょっぴり暑さも和らぎ、定年退職後の習慣〝自宅への通勤〟の足取りも軽くなってきた。

　北回りコースで歩く「ひょうたん公園」には緑色の絨毯《じゅうたん》みたいにシロツメクサが一面に生え、8月の過酷な日差しをやり過ごし、まん丸く白い花を牧歌的に咲かせている。昭和40年代の前半にここで遊んでいた子どもたちの姿が、その花の形に重なる。

　あのころ僕たちは放課後ここでいろんな遊びをした。ぱん(面子)、ビー玉、ばい(ベーゴマ)、ゴム跳び、チャンバラ、銀玉鉄砲の撃ち合い、追わえ鬼、ドンマ(馬跳び)、模型飛行機とばし、けんけんぱ、そしてブランコ、シーソー、鉄棒、砂場などの遊具遊び、自転車でぐるぐる回るなど、汗をかきながら飽きずに遊んでいた。

　時々やってくる露天商も人気だった。紙芝居、針金細工、砂絵、型、割り菓子など。中でも一番人気は〝型のおんちゃん〟だった。

　〝型〟は、今で言うと、フィギュア作りのワークショップで、いろんな形の素焼きの型に粘土をつめて成形し、取り出して金粉などで着色する遊びだ。できた作品をおんちゃんが評価して、点数を書いたカードをその子に渡す。その点数をためると、もっと大きな型と交換できるというシステムだった。

おんちゃんはいつもふらりとやって来て、公園の大きなクスノキの下にゴザを広げて台を置き、金魚や般若、お城や戦車などの型を魅力的にディスプレイする。1回5円で(僕の小遣いは1日10円)、小さな型と粘土を渡される。

おんちゃんはできた作品を見て「うーん、ここなく(この部分)が下手やき10点やね。またがんばりよ」なんか言って、子どものやる気を引き出すのがうまい。友達から聞いたんだけど、ある日、警官が見回りに来たのを察知したおんちゃんは、そそくさと荷物をまとめて風のように去って行ったそうだ。

そんな思い出のある公園で、僕は6月から「ひょうたん公園愛護会」というボランティアに参加するようになった。月1回日曜日の早朝から草刈りや剪定、花の移植なんかをやるんだけど、むかし汗をかいて遊んだ公園で、50年後に植物を相手に汗を流しているわけだ。これも定年退職して時間が自由に使えるようになったからで、植物園の園芸部での経験を活かせるのもうれしい。

つい先日も、太陽が東の空を染める時刻から、江ノ口小学校の同窓生Nくんを誘い、気持ちのよい汗をかいた。エノコログサやメヒシバなどが生い茂った地面にしゃがみ、無心で草刈りをしていると、不思議と気分が落ち着いてくる。草を摘み取るときの青い匂いが鼻腔を通って胸に爽やかにしみわたってくるようだ。元営業職だったNくんは「やった結果がすぐに出るのはう

ながら言う。

れしいねぇ」と、草を刈り終えた地面を見

体を動かす気持ちよさ、公園がきれいになっていく気持ちよさ、そしてちょっとだけ社会に役に立っているという気持ちよさ。三つのよさが心をハッピーにしてくれる。

ひと汗かいた後のみんなはすがすがしい顔をしている。「これから家に帰ってシャワーを浴びて、とりあえずビールや」と言う人もいる。これも大人になった僕たちの、公園の遊び方かもしれない。

9月4日

灸まん邦坊《くにぼう》さんへの旅

7月中頃、夕方のニュースに、なんとも心うごかされる絵が映った。和田邦坊という香川出身の人物の生誕120周年を記念した企画展の紹介だった。筆で大胆に描かれた構図、色使い、デザインに僕は一瞬で引き込まれた。

数日後、僕と副社長(妻)は坂出市の菓子舗「名物かまど」のギャラリーへ汽車で出かけた。ユーモアと親密さのある木版画、彼が立案し茶会で配られたうちわ絵など、民芸調の筆遣いとモダンな色彩に顔がゆるむ。「四国にこんな人がいたんだ」という驚きとうれしさ。思い立ったらすぐに出かけられる定年退職後の自由さもあった。

そして8月。今度は高松市の本屋ルヌガンガさんで「邦坊さんの時代を歩く」というトークイベントがあるという情報を妻がキャッチし、またまた2人で出かけることにした。邦坊さんの作品を収蔵している「灸まん美術館」の学芸員の西谷美紀さんと編集者の南陀楼綾繁《なんだろうあやしげ》さんが、邦坊の画業や時代背景、同時代のニッチなアーティストについて語る、というとても楽しいイベントだった。

西谷さんはチャーミングな女性で、邦坊を普及するために生まれてきたような人だと思った。ていねいな話し方や言葉の選び方に誠実さとユーモアが感じられ、話に引き込まれる。南陀楼さんは、邦坊と同時代に活躍した地方のアーティストや無名時代の花森安治の仕事などを面白おかしく紹介してくれた。

邦坊さんは昭和初期に東京で新聞漫画家として大活躍し『ウチの女房にゃ髭《ひげ》があるる』などの小説も書いたマルチな人だったんだけど、昭和13年に過労と戦況悪化のため琴平町へ帰郷してからは一貫して地域に根ざした商業デザインや美術作品を数多く残した。こんぴら土産の「灸まん」は、お灸の形にするという商品企画から、味や店のコンセプトに至るまで彼のプロデュースによるもので、このほかにもたくさんの物産品のパッケージや店舗デザインなどを手がけていて「香川のデザインは邦坊のデザイン」と謳われたそうだ。

美術家イサム・ノグチや猪熊弦一郎からも慕われ、ぜひニューヨークで個展をと勧められたのを固辞し、地元での仕事に専念したという逸話は彼の人柄を見るようだ。

トークイベントの最後は、なんと西谷さん南陀楼さん2人によるデュエットで、エノケンの昭和の名曲『ウチの女房にゃ髭がある』が歌われ、お開きとなった。(これがあまりに可愛く、妻はすっかり西谷さんのファンになってしまった)打ち上げの席で南陀楼さんは「今のアーティストも面白い仕事をしているけど、過去に多様な作家がいたことをあまり知らないのが残念で、僕は昔と今を繋げるような仕事がしたい」と言っていた。博物館の展示デザインをやってきた僕も同じような気持ちで仕事をしている。僕と妻はこの夏、何かに呼ばれるように出かけた旅で、過去と現在の素晴らしい人たちを知ることができた。

翌日、琴平の灸まん美術館で西谷さんが手がけた企画展「君不老如花《きみおいずはなのごとし》――和田邦坊のデザイン」を見た。彼の多彩な仕事ぶりを知ることができる、すみずみまで邦坊愛にあふれた展示だった。

40歳を前に東京での華やかな活躍に区切りをつけ、故郷に根ざした仕事を追求した邦坊さん。西谷さんが言う「ささやかなものに思いを寄せる」彼の仕事は「定年のデザイン」と言えるようなものだったんじゃないだろうか。

✎9月11日

植物の〝真実〟を描く

牧野富太郎博士が研究のために描き残した植物図が県立牧野植物園に保管されている。植物の一部分を写生した小さなスケッチも含めると、その数は１７００点にもなる。

その中に、今からちょうど130年前の９月23日、当時27歳の牧野さんが佐川町で描いたヒガンバナの図がある。和紙に毛筆で描かれた精密なその図を見ていると、秋のふるさとを歩いて採集したヒガンバナを花瓶に挿し、墨を擦りながら「さあ、どう描こうか」と眺めている富太郎青年が眼に浮かぶようだ。

ヒガンバナは上から見ると、茎のてっぺんから数個の花が放射状に咲いているのがわかる。一個の花には細くてひらひらした赤い花びらと、水引きのように上に反っている雄しべと雌しべがあり、それらが集まって花火のように見えてとてもきれいだ。（ぜひ上から見てみてください）

牧野さんはヒガンバナを、手に取るようにわかりやすく描いている。すっくと立つ茎を直線で、雄しべは張りのある曲線で、花びらの輪郭線などは柔らかく、これらをたった一本の筆で見事に描き分けているのだ。なんと１ミリの幅の中に線を５本も描いている部分もある。そんな牧野さんの図は、研究のために描かれたものでありながら、まるで野に咲いているように生きいきとしている。

僕は彼の植物図を見るといつも「気持ちの良い絵だなぁ」と思う。そのわけは牧野さんが描く線の筆致にあるような気がする。

白い紙に一本の線を引く時、人は緊張するものだ。和紙に毛筆となると余計に失敗したくない、と思う。するとその気持ちが線に出て、よろけたり太くなったりしてしまう。でも牧野さんの引く線には迷いがない。自然にすーっとはじまり、安定した軌跡を描いてすっと終わっている。

修行をすれば絵の技術は向上する。でもそれだけでなく、植物の成り立ちやその意味を理解することが大切だ。牧野さんは野山を歩いて植物を観察し、採集して解剖し顕微鏡で見たり、文献を調べたりする中で、その植物の〝真実〟をつかんでいった。

その膨大な時間や流した汗が凝縮して一つの確信となり、自信に満ちた一本の線に現れているんじゃないかと思う。そのような線で描かれた植物図だから、明快で健全な美しさを僕は感じるのだと思う。

独学で絵を学んだ牧野さんは、画材にもこだわる人だったんだけど、20年ほど前、牧野さんが使っていた筆と同じ種類のものを高知市の塗料店で手に入れ、墨をつけて線を引いてみて驚いた。延々と途切れずに黒々とした線が引ける。不思議なので分解してみたら筆先の毛の長さは1.5センチなのに、その毛が軸の中まで伸びて総長11センチもあり、それは軸の中で二つ編みになっていた。漆工芸に使うこの筆は、墨をたっぷりと吸い上げる仕組みになっていたのだ。しかも牧野さんは自分の筆を少し削っ

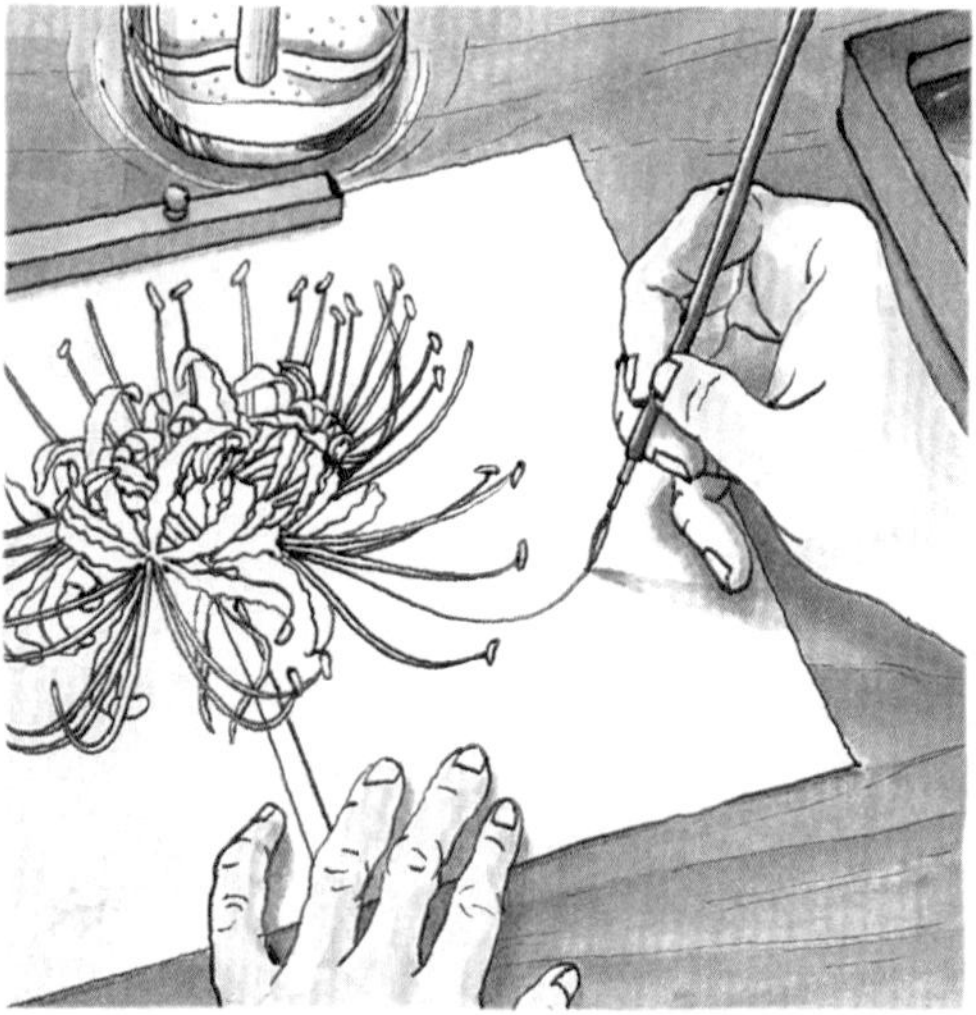

てカスタマイズし、指先にフィットさせるなど工夫をこらしている。

彼の神業的な植物図は、研究による植物への確信と描画の工夫、天賦の才能とたゆまぬ努力によって磨かれていったんだなぁと感心するばかりだ。

牧野富太郎記念館の「展示館シアター」は高画質の4K映像で、ミクロな世界を体感できるバーチャルリアリティ(VR)シアターだ。牧野博士が描いたヒガンバナの図の中に入りこんだような、迫力のある映像が楽しめます。

✎9月18日

あぁ、まだおったのか

牧野植物園には、牧野富太郎博士の蔵書や植物図など貴重な資料を収めた牧野文庫がある。廊下の窓からその蔵書の一部が見られるようになっていて、その近くに大きな油絵が掛かっている。『書斎の牧野博士』という題のこの絵は、書物の山を背にヒガンバナを写生する晩年の牧野博士が、深みのある色彩で描かれている。

洋画家の槫松《くれまつ》正利さん(1916〜2008年)が昭和23年の9月はじめから3週間、牧野さんの仕事場に通ってその場で描き上げた作品は、その年の第4回日展で特選を受賞した。

今から23年前の夏の日、僕は牧野さんを直接知っている人の話が聞きたくて、東京都豊島区にあった槫松さんのアトリエを訪ねた。

この絵が描かれたのは、戦争が終わってまだ3年という混乱の時期で、槫松さんは32歳の小学校教員だった。彼は前年に出版された『牧野植物随筆』の肖像写真に写る博士のツラ構えを見て「絵になるジジイだ」と思ったそうだ(口は悪いけどピュアな人です)。そして「牧野博士の絵が描きたい！」という一心で、練馬の博士の家へ行き、当時86歳の牧野さんに直接交渉したところ、日頃書斎には家族も入れなかった牧野さんが「仕事をしゆうところを勝手に描くのやったらえいろう」と了承してくれたという。

58

榑松さんは自宅から博士の家まで毎日10キロの道のりを、絵の具箱を提げて歩いて行き、昼食後から夕方まで絵を描いた。8畳ほどの博士の書斎は、書物や標本をはさんだ古新聞であふれかえり、床が抜けている所もあったというから、80号(1.5m×1.2m)の大きなキャンバスに絵を描くのはさぞかし大変だったろう。

書斎の牧野さんは学者のイメージと違い思いのほか動きまわっていたそうだ。本の山から一冊取り出し読んでいたかと思うと、急にペンを走らせはじめる。隣の部屋から標本の束を抱えてきたかと思うと顕微鏡を覗《のぞ》きはじめる、というふうに画家の存在も忘れて研究に没頭していたそうだ。

日が暮れて部屋が暗くなってきたので「先生、今日はこれで帰ります」というと、

牧野さんはびっくりしたように顔を上げ「あぁ、まだおったのか……」といったこともあったそうだ。

ある日、榑松さんは牧野さんに聞いてみた。「どうしてそんなに勉強するんですか」と。牧野さんはこう答えた。「自分が100歳まで生きていても、やりたいことはやり遂げられないと思う。だから時間がない」

本の重みで傾いた部屋で一心不乱に研究をする、そんな老学者の姿が画家の心をとらえた。赤や黄の鮮やかな洋書の山を背景に動きまわる牧野さんの白髪が、原色の空間に舞う蝶のように見えたという。その時、榑松さんは「描ける!」と確信したそうだ。

「あれは僕の人生で一番の感動だったよ」と23年前の夏、80歳の榑松さんは僕に語った。

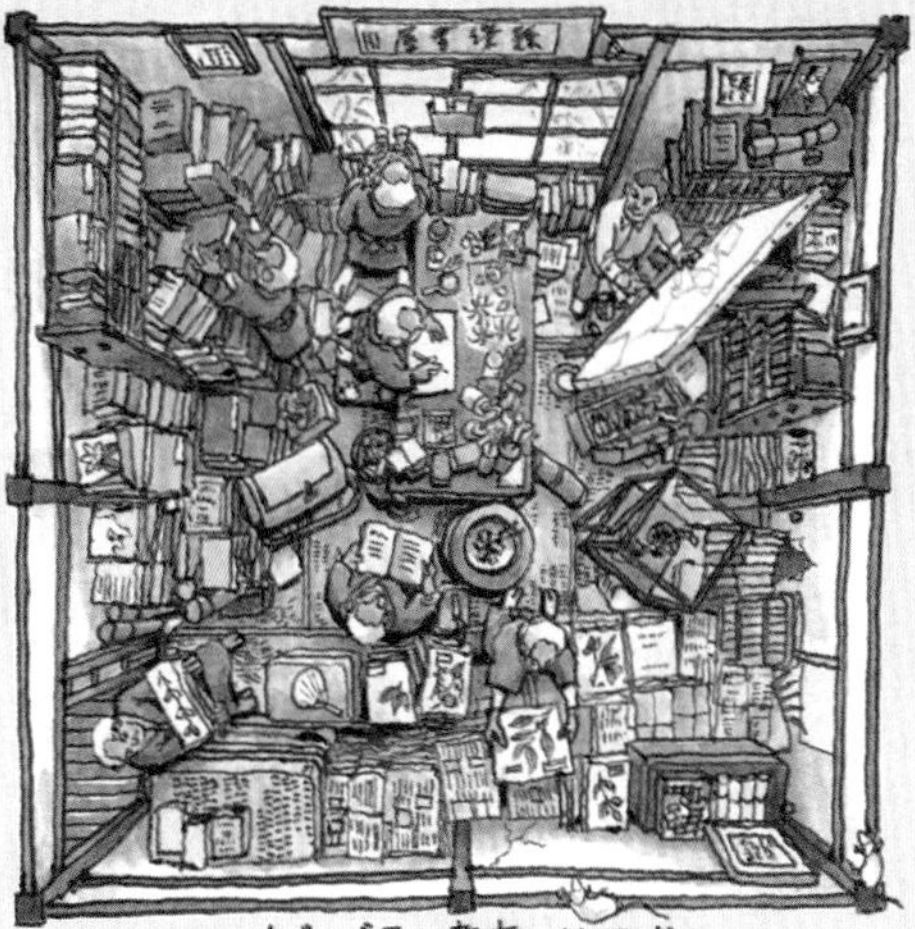

ネズミが見た書斎の牧野博士

58

この絵は牧野さんの四女、玉代さんが嫁いだ岩佐家の応接間に長く飾られていたけれど、牧野富太郎記念館ができる少し前に高知県へ寄贈された。そして絵に描かれた博士の書物が収められる牧野文庫の近くにあるのが一番良いだろうということで、いまの場所に展示されることになった。

街や野山にヒガンバナが咲くこの季節、牧野植物園に行かれたら、ぜひこの作品を見てください。この絵には、尊いものに出会った1人の画家の感動が現れているように思います。

✎9月25日

歴史を呑み、歩く

読書の秋が来た。ちょうど1年前にもこの連載に書いたけど、僕と妻は月に1度の「読書会」をとても楽しみにしている。持ち回りの当番が本と店を選び、みんなが本を読んできて、おいしい料理と酒を囲んでなんだかかんだ語りあう会だ。

8月は僕の当番で、司馬遼太郎の『酔って候』を選んだ。30年前、東京にいるときに読んで故郷を思い出した1冊だ。表題作に描かれた15代土佐藩主、山内容堂の人柄が印象に残っていた。お店は宵まち横丁の「あんぐら」。容堂公がいた南邸（今の鷹匠公園）にもほど近く、板垣退助ゆかりの天神橋通商店街脇にある店だ。

その夜は男女7人が参加した。他愛のない話をしながら、料理が魚から肉に移り僕の2杯目のビールジョッキが空いたころ、本の話になった。

司馬さんは容堂が若い頃庭の樟《くすのき》の老木を愛し、詩を十編も作ったという逸話で彼のロマンティストぶりを描く。そんな容堂は安政の大獄の後、藩主の座を退いてからにわかに動き出し、幕藩体制を終わらせる立場になるが、先祖から続く徳川家への恩義と心にくすぶる勤皇思想の中で揺れた人として描かれている。

泥酔状態で小御所《こごしょ》会議に遅れて行き、岩倉具視らに異議を唱え、徳川慶喜を擁護する忠義心を見せたのに酒のせいでつい口を滑らせ劣勢に回ってしまうシーンは、土佐

59

人っぽいなぁと好感を持ってしまう。僕は本を再読し、容堂という人に改めてとても魅力を感じた。

　酒と料理を味わいながら「立場が人を動かすという司馬さんのメッセージに共感」「ドラマの容堂役のイメージで読んでしまう」「武市に切腹を命じたのはまずかった」「大名という立場があわれ」などなど、あーだこーだ言い合う。

　土佐の古文書を調べているWさんは「史実と小説は別物」と前置きしながら「中岡慎太郎の直情的な性格を一言で描写しているところなど、資料には残らない空気感を上手く書いている」と言ってくれた。選んだ本がほめられるとなんだかうれしい。

　僕は31年前、横浜市で司馬さんの講演会を聞いた。その時のメモによると彼はこんなことを言っている。「歴史も小説も〝割り符〟の片割れ。もう半分は受け取る人が考えて埋めるもの」

　いろんな割り符を持ち寄り語り合いながら、本の〝多様な読み〟が見えてくる。これも読書会の良さだろう。

　「もし江戸時代に生きてたら何をしていたい？」とみんなに聞いてみた。「若だんな」「女ねずみ小僧」「過去の資料を未来に残す人」「渋江抽斎《しぶえちゅうさい》の妻」「いい奥さんのいる箪笥《たんす》職人か吉原の下足番」なんか言っているうちに夜は更けて、タピオカ入りのデザートでお開きとなった。

　小雨の帰り道、同じ方向の4人が傘をさし、お城下を歩く。吉田東洋が暗殺された場所に近いオーテピアの脇を通る時、Wさんが「勤皇の志士たちは東洋の歩く道を想

59

定して数カ所で待ち伏せていたんですよ」と教えてくれた。歴史が僕たちのすぐ身近にあることを実感した。江ノ口川に架かる中の橋を渡る時、容堂の詩が思い浮かんだ。

「昨は橋南に飲み
　今日は橋北に酔ふ」

隠居してから大活躍した容堂は、維新後はひたすら詩作や放蕩《ほうとう》に明け暮れたみたいだ。そんな彼の後半生は、あの人なりの「定年のデザイン」と言えるのかも知れない。

橋を渡るとわが町あたご商店街の灯が見えてきた。

10月2日

「ターコ」の恩返し

東京でアジア初のオリンピック大会が開催されてから、明日10日で55年になる。あのとき僕は安芸第一小学校の2年生だった。父の転勤で、勤め先の銀行の裏に建つ、こぢんまりとした社宅に家族８人で暮らしていた。

その年の9月、安芸の町の目抜き通りを聖火ランナーが白い煙をなびかせて走り抜けた。海側の商店街を走るランナーの姿に、沿道の僕たちは日の丸の小旗を振って、精いっぱい声援を送った。

町には「ターコ」と呼ばれる有名人がいた。彼はいつも赤ら顔で町をふらついていたので、僕はなんだかコワイ人だと思っていた。「自動車にわざとぶつかってケガをして病院で包帯を巻いてもらって喜んでいる」という噂だ。でも運転手に慰謝料を要求するでもなく、町の人たちからもなんとなくあたたかく受け入れられている、不思議な立ち位置のターコ。僕には30歳くらいに見えていたけど実年齢は知らない。

ある日、父が浜辺で海を見ていると、ターコがやって来て、初対面の父に顔を近づけ「洋服をおおせ」と言ってきたそうだ。「なんつぞ？　洋服がどうしたつぞ」と聞き返すと、古いものでも構わないから洋服が欲しいと言っているようだ。父はターコを家に連れて帰ると、仕立てて間もない紺色の三つ揃えをあげたそうだ。ターコは両手でその服をうやうやしく持ち帰ったという。

それから2、3日後の朝、針金に通した魚を持ったターコが僕の家に来て「これ食べや」と置いていったそうだ。明治生まれの祖母は「まぁ、あの人でもお礼の気配りをして……」といたく感心し、それからターコに一目置いたという。

年が明け1965年の正月、ターコは父にもらった服を着て、赤いネクタイと白いマフラーで町を闊歩《かっぽ》し、近所のオバさんたちの人気の的になったらしい。「まぁターヤン、似合うちゅうこと！　ええ正月じゃねぇ」と声をかけられ、得意満面で父の前に現れたときには、右の襟に赤い花まで挿していたと父の自分史にある。

そして春が来た。安芸市営球場が完成し、待望の阪神タイガースのキャンプがはじまると、町は華やかな空気に包まれた。学級担任の田中耕二先生は「社会見学です」と、球場へ僕たちを連れて行ってくれた。豊かではなかったけれど、いろんな意味でゆとりのある時代だったと思う。

そんなある日、自転車のベルをジャンジャカ鳴らしながら、ターコが僕の家に来て、「息子さんにやって」と折れたバットを玄関先で父に渡した。それは阪神タイガースのジーン・バッキー投手が捨てたバットで、折れた部分が針金で不器用にくりつけられていた。タイガースの大ファンだった兄幸彦は、大喜びして宝物にした。ターコの2度目の恩返しだ。(バッキー投手はこの前年、外国人初の沢村賞を受賞した人気選手です)

そして僕たち家族は、その春ふたたび父の転勤で、いまはなき土電安芸線に乗って

愛宕町の家へ戻ってきた。

数年後、風の噂でターコが車に当たって亡くなったことを知った。彼は、世の中が少しずつ豊かになっていくなかで消えていったものの一つとして、僕の記憶にずっと残っている。

来年4月には、遠くギリシャのオリンピアで発した聖なる炎が、もう一度あの思い出深い海辺の町を駆けぬけることだろう。

10月9日

高知「シネマと街」

僕の住んでいる町には、今年開業64年になる映画館「高知あたご劇場」がある。人間だったら定年退職の時期だけど、今も小気味よい良質な映画や、往年の名画を上映し、町に文化の灯をともし続けている。

10年ほど前、植物園の先輩から聞いたんだけど、暑い夏にここへ映画を観に行ったら、なじみ客に館主の水田さんが「暑いのにようこんなくへ来るにゃぁ、家でテレビでも見よったらエーのに」と言っていたそうだ。なんともゆるい高知的風景だ。

僕は高校生の時、ここで『仁義なき戦い』の二本立てを観て、その迫力に打ちのめされた。そして「権力によって犠牲になるのは常に立場の弱い若者だ」という深作欣二監督のメッセージを受け取った。観終わってロビーから通りに出た時、真昼の陽光にクラクラし、これを観た男たちがみんなそうだったように、菅原文太の気分であたごまま、商店街を歩いて家に帰り、熱に浮かされたまま、書いたこともない映画のシナリオを書いた。(何かをしなければおさまらない気分になる映画なのだ)

もっと昔、小学3年生の頃には、祖父に連れられて土電《とでん》会館へ映画を観に行った。着物に下駄ばき、冬は黒いマントを羽織る明治生まれの祖父との街歩きは、なんだか晴れがましくて、繁華街の風景と映画がセットになって僕の記憶に残っている。

祖父と観たのは『80日間世界一周』や『海

底2万マイル』などの洋画で、字幕の漢字は読めなかったけど総天然色の画面に圧倒され、大空に浮かぶ気球や、大きなイカに襲われる潜水艦のシーンをいまも覚えている。観終わった後に会館の食品売り場で買ってもらうハイカラなお菓子も映画とセットになっていた。

母校の県立西高校の通学路近くには「高知名画座」があった。学校帰りにアメリカン・ニューシネマや、ビートルズ映画、日本の意欲的な低予算映画なんかをよく観た。

この映画館には衝撃的な思い出がある。ある日、イブ・モンタン主演の社会派映画『戒厳令』を観たんだけど、テロリストによる誘拐事件からはじまる物語でのっけから銃声や爆破音が響いていたところへ、突然スクリーンの左上のコンクリートの壁1メートル四方が崩れ落ちてきたのだ。ものすごい音とスクリーンを覆う土けむりに、映画だか現実だかわからなくなったんだけど(客は10人くらいだった)ササッと掃除をしただけで何事もなかったように映画は再開した。その頃『ポセイドンアドベンチャー』なんかのパニック映画や立体的な音響システムが流行っていたので、僕は何かの演出?　と思ってしまったんだけど、それは単なる建物の老朽化だった。

こうやって思い出してみると、映画は映画館と街とその時の自分とでひとつの作品になっているように思えてきた。映画を観る前と後では、同じ街が違って見えたり、帰り道、頬に当たる風に季節を感じたりするのも、すべてが映画体験のように思える。

THE
ATAGO
THEATER
映画館の灯 1976
武吉孝夫さんの写真と映画「ラスト・ショー」を参考に

61

先日、妻と2人であたご劇場へ話題作『新聞記者』を観に行った。若い監督による切れ味鋭い作品に感心した。観客はいつになく大入りで(失礼)、窓口でチケットを売る水田さんもうれしそうで、なんだかこっちも幸せな気分になった。

数年後にはキネマMも再開するみたいだし、街に息づく映画館の灯がずっと続いていくことを願っている。

✎10月16日

展示デザインって？

「仕事は展示デザインです。博物館なんかの……」と言うと、なんとなく物知りみたいに思われるけど、僕はあんまり物を知らない。でも「ものを知らない」ということが僕の仕事の役に立つことがある。

博物館は未知の世界を知る喜びをもたらしてくれる場所だ。その展示を作る僕は毎回新しいテーマに出合い、その分野の研究者たちから学び、学んだことを、お客さんに分かりやすく伝えるデザインを考える。自分が知らなかったからこそ、自分と同じように知らない人に分かってもらえる方法を見つけやすいのだと思っている。

牧野植物園の園芸部にいる時「アリ植物展」という展示会のデザインをまかされた。アリ植物はへんてこな熱帯の植物で、体の中にアリを住まわせて自分を食べに来る天敵を攻撃させたり、アリから糞《ふん》をもらって栄養にしたりする。その形や生態は多種多様だ。

僕はそんな植物がいることすら知らなかったけど、調べるうちに興味が深まり自然の巧妙さに心を動かされた。そしてこの感動を、まだ知らない人にどうやって伝えるかを考えた。

アリの立場から見ると、アリ植物は住みかだ。そこで僕は家のないアリに、住宅物件としてアリ植物を紹介する展示を思いついた。その名も「熱帯不動産」。温室の中の展示スペースを住宅展示場に見立て、モデルハウスのようにいろんなアリ植物を紹介したのだ。

植物の解説は「豪華ワンルームマンション！」とか「若者向けモダン建築」などのキャッチフレーズと「家賃は糞だけ」とか「まかない付き」とかの言葉を添えて植物の特徴を伝えるようにした。（もちろん、きちんとした解説もついてます）会場のお客さんは、アリの身になって好みの家を探すように不思議な植物の世界を楽しんでくれた。

展示の世界に入り込んでもらうには、見る人の興味をいかに引き出すかが大切で、それには何も知らない人が考えるほうが、常識や専門知識にとらわれない分、良い場合がある。

それから、展示で大切なことは、お客さんの頭の中で実を結ぶような語り口（ストーリー）にしないといけないということだ。

アリ植物とアリ

植物を愛し、植物の魅力をひろく伝えた牧野富太郎さんに、こんなエピソードが残っている。

ある夏の日、牧野さんはたくさんの人を引き連れて桂浜へ植物採集に行った。参加した小学生が、植物を引き抜こうとしているけどなかなか抜けない。牧野さんが手伝って、やっとの思いで抜けた時、ふーふー言っているその子の頭をなでながら牧野さんはこう言った。「なんて強いんだろうね、

この草の根は。馬をつないでおくのに持ってこいの植物だね」そこではじめて名前を教えた「だからこの植物は……コマツナギ(駒つなぎ)というんだよ」

体を使って汗をかき、植物の特徴を印象づけた後で名前とその意味を伝えたのだ。この話を知ってから、僕は牧野さんを優れた展示デザイナーだと思うようになった。

見る人がその人なりの道筋で、ものを理解していけるような表現。それが優れた展示デザインなんじゃないかなと僕は思っている。この連載エッセイもそんな気持ちで書いています。

10月23日

くるくるまきの

正門から牧野植物園に入るとすぐ、清々しい森の中にいるような気分になる。「土佐の植物生態園」と名づけられたこのエリアは、高知の山地から海岸までの豊かな自然植生をゆっくりと楽しみながら、牧野富太郎を育んだ土佐の多様な植物の姿を見ることが出来る貴重な場所だ。

植物園のある五台山は、温暖な低山なので、標高の高い山に生える草木を育てるだけでも大変なことで、担当職員は県内各地に植物採集や調査に出かけ、試行錯誤を繰り返しながら日本でも類を見ないこの生きた植物見本園を楽しんでもらうため、日々汗をかいている。

今から20年前の11月1日、牧野植物園はリニューアルオープンした。内藤廣さんが建築を、僕が展示を設計した牧野富太郎記念館が開館し、植物園は園地を広げ、植物研究や教育普及活動を充実させて新しいスタートを切った。小雨模様の中、牧野博士の親戚の皆さんと「土佐の植物生態園」に博士命名のヨコグラノキを植樹した時には、樹木の添え木や草のない赤土が目立つ庭だったけれど、今しっかりと草木が根付き、森のようになった姿を見ると、自然の力の大きさと、これまでの職員の苦労を思う。

記念館本館から展示館へ回廊を渡っていくと、右手に大きなクスノキが生えている。ここに回廊を作る時に内藤さんはこの木を残すため、幹の成長の余裕を見こして屋根に円形の穴を開けた。今ではその穴と幹との隙間が数センチになり、クスノキは屋根の上にのびのびと枝を伸ばしている。そのわずかになった隙間を見上げると、僕はこの20年という時間の厚みを感じる。そして植物は、人間の事情なんかに関係なく、日々すくすくと成長しているのだなと思う。

僕が牧野富太郎博士のことを調べていく中で分かったことがある。彼は人をあっと驚かせたり、笑わせたりすることが大好きな人で「火山を縦割りにして生きた地質標本をつくるべし」とか「東京中に桜を植えて飛行機から花見をしたい」とか奇想天外なことを言うオンちゃんなのだった。

そんな牧野さんがデザインした洒落《しゃれ》の効いたハンコがある。それは書簡用の封印で「の」という字がくるくる巻いていて「まきの」と読ませるというものだ。

20年前、内藤さんのスタッフから記念館のガラス面に付ける衝突防止シールのデザインを頼まれた僕は、この「くるくるまきのマーク」(僕はこう呼んでます)のことを思い出した。これを透明フィルムに印刷して、本館と展示館の庭に面したすべてのガラス面に貼ることにしたのだ。

すでに建築工事は終わっていたので、僕が貼ることになっていたんだけど、忙しくてとうとうオープンの1週間前になってしまい、ちょうど職場体験で来ていた市内の中学生男女2人といっしょに2日間かけて貼っていった。

床から一定の高さのガラス面に貼ってい

くんだけど不慣れな中学生はときどき失敗もした。でも僕は「それも記念だよ」と言ってそのままにした。

ささやかな、まきのマークの衝突防止シール。牧野博士の洒落っ気が、現代建築の画竜点睛となって、館はオープンの日を迎えた。

シールを貼った中学生たちも、今は35歳くらいになるだろう。彼らもすでに父や母になっているかも。家族でこの建物へ来て「これ、お父さんが貼ったんだよ」なんて自慢してくれているとうれしい。

10月30日

和田誠さんのブルー

高校2年生から「キネマ旬報」を愛読していた僕は、和田誠さんの連載エッセイ「お楽しみはこれからだ」を毎回心待ちにしていた。和田さんのあふれるような映画愛が文とイラストでつづられ、映画を観ることと絵を描くこと、このふたつの世界へ僕を導いてくれた。

和田さんの仕事は多岐にわたる。煙草のハイライトのパッケージデザイン、本の装丁、翻訳、映画監督ｅｔｃ.…中でも僕が一番好きだったのは、彼が若い頃、無償でデザインしていたという、日活名画座のポスター作品で、シンプルな線と微妙な色の組み合わせが生みだす独特の世界は、好きなことを仕事にした人の喜びに満ちているように思えた。

東京で仕事をしていた頃、僕は幸運にも2度、和田さんと仕事をする機会に恵まれた。最初は、第1回東京国際映画祭で和田さんの描いた映画スターの肖像画を展示する仕事だった。2度目は1988年の秋、日比谷にある大きな映画館で開催された作品展「和田誠シネマワンダーランド」の会場デザインだ。これはちょっとほろ苦くて、思い出深い仕事になった。憧れていた日活名画座のポスターをはじめ、和田さんの映画関連の作品の展示をまかされた僕は、まだ未熟で肩に力が入りすぎていた。

青山にあった和田さんのアトリエで展示デザインを提案したんだけど、印象的な空間を作りたいという気持ちのあまり、ポスターを縦長の壁に固定し、それを少し奥へ倒すようなデザインを提案したら、スケッチを見ていた和田さんが突然、僕の目の前に右の手のひらを垂直に立てるようにして「ポスターはこう！」と、キッパリ言った。

その言葉には「よけいなことするんじゃないよ。真正面から見せるためにポスター描いてんだよ」という思いがあるのがわかった。僕は作品の目的を忘れて独りよがりなデザインをしてしまったことを悔やんだ。

不機嫌そうな彼は、僕が提案したテーマ色も「やだよ、そんな色」と言って自分の色見本帳をパラパラとめくり「これでやってよ」と1枚の青いチップを切り取ってテーブルの上に置いた。意気消沈している僕の目に、その色はなんとも洗練された、和田誠さんを象徴するような、素敵なブルーに映った。

この時のことはいつまでも記憶に残っていて、僕が博物館の展示デザインを考える時、展示する資料やテーマの持つ目的や意味を徹底的に調べるようになったのは、あの日の苦い経験からかもしれない。

最初からつまずいたこの展示会のオープン前夜、設営がほぼ終わった頃に和田さんがふらっと見にきてくれた。そしてぐるりと会場を見渡して「ふ〜ん、こんなふうになるんだね……うん、いいね！」と言ってくれた。「やったー」と心の中で叫んだ。そして和田さんに会場を案内しながら、どうしてこういう展示デザインにしたのかを話すことができた。会場には和田さんの監督第2作目の映画『快盗ルビイ』(妻の大好

きな映画だ）の主題歌で、和田さんが作詞、大瀧詠一さんが作曲した曲が、くり返し流れていた。

10月7日、和田さんが亡くなられたことを聞いた時、あの日のブルーと和田さんの顔が思い浮かんだ。少しだけ紫がかった鮮やかなブルー。温和だけれど、どこまでも粋なこの色は、その後、僕の勝負色となって、ここぞという時に使う愛着のある色になっている。

✎11月6日

地下足袋で地球を歩く

人は何かをあきらめた時、その空いた空間に別の何かがすぽっと入り込み、人生の新しいページが開かれることがある。牧野植物園の仕事が喜びで、寝る暇を惜しんで働いていた僕は、ある時から仕事を休みがちになり、出勤したり休んだりを繰り返すようになった。そして10年前、部署替えで園芸部に所属することになり、東京時代から30年くらい携わってきた展示デザインの仕事をあきらめ、未経験の肉体労働をすることになった。なまった体に炎天下での労働はきつかったけど、僕は生まれ変わったように元気になり、また仕事への意欲を持てるようになった。

そんな僕の新しいページである園芸部時代を象徴するもの、それは5年間毎日履いた地下足袋だ。はじめて履いて園地を歩いた時、小石を踏んだだけで飛び上がるくらい痛くて、思わず「無理ー!」と叫びそうになった。なにせ地下足袋のゴム底は厚さ数ミリと薄く、そっと歩いても激痛足つぼマッサージ状態なのだ。

しかし人生の新しいページは根気よく開いていかないといけない。足の痛みは日を追うごとに遠のき、僕は歩くたびに地下足袋で土を踏む心地よさを感じるようになった。そして子どもの頃からやってきた「歩く」という行為を、はじめて意識的にするようになった。僕は靴を履くようになって忘れてしまった感覚を思い出したのだ。「歩く」という行為は、足の裏で地球を掴んでは離すを繰り返し、前へ進むことだとわかった。

地下足袋は、足の親指と人差し指の間で二つに別れている。履くと、足裏の土踏まずやかかとなど、すべての部分と指とがそれぞれ自分の役割を遂行するように動きながら、履く人を支えたり移動させたりしていることがわかる。このことを気づかせてくれた地下足袋は、僕の大切な仕事のパートナーになった。

不安定な斜面に立ち、草刈機を使う時、ふんばった足が地面をしっかりと掴む。重たい土嚢《どのう》袋や肥料を担いで石段を登る時、ゴム底が石の凹凸にフィットし、足取りを安定させる。水に濡れた木や石の上を歩く時、ゴム底が滑り止めになる。木に登る時、ゴム底が幹を包むように吸着し、滑り落ちない。履き続けているうちに、地下足袋は僕の足と同化し、歩くたびに地球の鼓動を足裏から感じるような気になった。(大げさ?)僕は多忙さのために失った人間としての身体的機能を、この5年間で取り戻したように思う。

地下足袋を履いて広い園地を歩き回り、植物に愛情を持って接すると、しおれかけていた草花が翌日すっくと立ち上がって花を咲かせていたりする。展示デザインに明け暮れていた頃のことも忘れ、ただただ目の前の園地の仕事をこなすだけの日々を送るうちに、しおれかけていた僕自身も健康な心身を取りもどすことができた。土に触れる手と地球に触れる足裏からエネルギーをもらったのかもしれない。

65

その後、僕はもとの部署に戻り、3年間、展示デザインの仕事をやりきって60歳の定年退職を迎えた。

そしていま、僕は5年ぶりに買ったばかりの地下足袋を眺めつつこの原稿を書いている。6月から毎月参加しているひょうたん公園のボランティアで草刈りなんかをする時の新たなパートナーだ。僕はフリーの立場でもう一度、思う存分地球とのふれあいを楽しもうと思っている。

11月13日

小さな机の大きな仕事

誰にでも、なぜか心ひかれる場所があるだろう。ほかの人にとっては何でもなさそうな所なんだけど、その人にはとても大切に思えるような場所が。

42歳の時、東京からUターンしてあっという間に20年が過ぎた。生まれた土地ではあるけれど、僕は高知のことについて、そんなに詳しいわけでもない。

そんな僕だけど「あぁ、またここに来てしまった」と思う特別な場所がいくつかある。そのひとつは高知城のそばにある県立文学館の常設展示室だ。ここのケースの中に置かれている江戸時代の国学者、鹿持《かもち》雅澄《まさずみ》の小さな文机。この机を時々見たくなるのだ。これは、僕にとっての高知遺産といえそうだ。

幅わずか50センチ、奥行き35センチ、高さ30センチくらいのとても質素な机。土佐藩の下級武士だった彼は、貧しい暮らしの中で、万葉集の研究をこつこつと50年も続け、68歳で亡くなる前年、『万葉集古義』の原稿を完成させた。だけどこれが彼の生前に出版されることはなかった。全141冊に及ぶこの大著は、彼の没後、明治天皇から贈られた資金で出版されたという。小さな机に向かって膨大な時間を費やし、日本人の原点を見つめるような大きな仕事を成し遂げた彼は、それが出版されることがなくとも、貧しい暮らしに十分満足して亡くなったのだろう。

66

僕はこの小さな机の前に立つとき、老境の彼が雑念を振り払いながら学問に立ち向かっている姿を想像する。そうしていると なんだか心が落ち着いてきて「うん、僕も頑張らなければ」と思ったりする。

高知へ帰って来てからの20年、元気な時も、元気でない時も、ひとりで自転車に乗ってこの場所に来て、この机を眺めてきた。どんな心境の時にも、机は変わらずにガラスの向こうに置かれている。150年以上前に郷土の偉人とともにあった小さな机が、目の前に確かに存在するという事実が僕を安心させるのだ。

8年前、僕は職場で出会った妻(副社長)と再婚した。そんなある初夏の休日、ふと思い立ち、自転車に乗って福井町にある鹿持雅澄の旧宅跡を妻と訪ねることにした。

あたご通りを北上し、北環状線を西へ、長くて急な坂道にふーふー言いながらグーグルマップを頼りに迷いつつ行くと、静かな住宅地の中にその小さな公園はあった。

立派な石碑に刻まれた彼の歌を読みながら、ありふれた休日に、今は無き人の存在を感じたくて出かけることを思いつき、それにつきあってくれる妻に感謝しつつ、近くにある彼のお墓も探してお参りした。(彼も愛妻家だったことを思い出した)お墓はきれいに掃除がされ、花が添えられていた。福井の小高い丘の上に、鹿持雅澄は今も満足げに暮らしているような気がした。

牧野植物園に勤務した18年間、僕は設計会社の方から個人的に貰い受けた製図台を使って、いろいろな企画展示のデザインをしてきたんだけど、退職する時にこれを家

に持ち帰り、自宅で妻と始めたデザイン事務所の4畳半の部屋に置いて、この上で絵や図面なんかを描いている。幅105センチ、奥行き80センチ、高さ70センチの製図台から、いろんなデザインが生まれている。僕はこれからもこの製図台に向かって雑念を払いながら、自分にしかできない仕事をしていきたいと思っている。20年間付き合ってきた製図台。これは、僕にとっての鹿持雅澄の机だ。

11月20日

オレンジ色の瓦屋根

高知市の永国寺町を通る時、つい足を止めて眺めてしまう建物がある。オレンジ色の瓦屋根の瀟洒《しょうしゃ》な家。ここは僕が美大受験のためにデッサンを学んだ洋画家中村博先生のアトリエだ。今から46年前、高校2年から卒業までの間、僕はアトリエの板の間に正座して、修行僧のようにモチーフに向かい絵を描いた。

中村先生は「高知県展」創設の中心人物で、高知に西欧の美術を普及した功労者でもある。当時70歳くらいの堂々とした体格の紳士だった。美大を目指す県内の高校生15人くらいが集う教室だったけど、僕は他の生徒たちと喋った記憶がない。

天井の高いアトリエの壁は、淡い緑色だった。四季を通して、静寂の中、生徒たちの持つ絵画用の木炭が紙の上を走る音だけがカサカサと聞こえていた。僕は足のしびれに耐えながら、黙々と目の前の静物を描き続けた。

いつも描きはじめて1時間ほどすると、母屋の方から先生が来る。威厳のある先生が大きなガラス戸を開けて入って来る瞬間、部屋には緊張が走る。そして先生は「うん」とか「ふむ」とか言いながら、みんなの絵に手ほどきをしていく。

僕が初めて教室に行った日、1時間半くらいかけて描いたビーナスの石膏《せっこう》デッサンを、先生は黙って全部消した。「えっ?」と思っている僕に、その理由を説明することもなく「こう描け」と言わんばかりに木炭で力強く描き直された。

デッサンは、モチーフ(石膏像とか静物とか)を光と影でとらえ、それを白い紙の上に木炭や鉛筆の筆跡によって再現する作業なんだけど、先生は質感の違うモチーフの描き分け方とか、構図の取り方なんかを時々描いて見せながら、落ち着いた声で、言葉少なに教えてくれた。

そんな寡黙な先生が、珍しく僕に長く話してくれたことがある。高校2年生の冬休み、初めて東京の専門学校へデッサンの冬季講習に出かける時「東京へ行ったら上手い人がいっぱいいるけど、気落ちすることはないよ。上手い人の絵をよく見て帰って来なさい」と柔和な顔で話してくれた。これが、僕が聞いた先生の一番長い言葉だ。


高校卒業後、1年浪人して美大に進学し、卒業してからもうすぐ40年になる。僕がやっている展示デザインという仕事では、案を考える時とかデザインを相手に伝える時などに、スケッチやパース(完成予想図)を描くんだけど、この40年間、展示のために描いてきたそれらの絵は膨大な数になっている。

そして植物園を定年退職した僕はいま、純粋な絵の仕事もするようになった。それがとてもうれしくて、新人の気持ちで取り組んでいるんだけど、僕が描く絵はこれまでの仕事で描いてきた「用の絵」(〝用の美〟みたいな)が落ち葉のように積み重なってできた腐葉土の中から芽生えた草花みたいなものではないかと思っている。幼い頃から好きだった「絵を描くこと」が60歳を過

ぎてから仕事になっていることを考えると、人生は面白いなと思ったりする。

そんな僕の原点に、16歳の頃、板の間に正座して物を見続け、その表現方法を模索した、あのアトリエでの日々があるように思う。

中村先生は39年前に亡くなられたけれど、僕の友人のアーティスト山﨑道さんたちが先生の意思を受け継いで、いまもオレンジ色の屋根の下で、子どもたちに絵を教えている。

✎ 11月27日

牧野植物園の落ち葉たち

20年前、高知新聞の読者投稿欄に、ある女性からこのような意見が寄せられていた。「悲しいことがあった時、牧野植物園の小高い丘に登り、眼下に広がる自分の住む町を眺めてきた。この植物園は孤独になれる私の庭。大きな施設ができてもこの良さを失わないでほしい」という内容だったように記憶している。

牧野富太郎記念館がオープンしたばかりの高揚感の中、僕の目に止まったこの記事は、もうひとつの物の見方を教えてくれた。そしてその後勤めた18年間、僕はこの記事のことを忘れることはなかった。

僕たちが生きているこの社会は、大きな声が優先され、人々の注目を集めることが多い。でも僕はどちらかというとささやかで個性的なものに惹かれるところがあって、牧野植物園での日々をふり返る時、庭の落ち葉のように散って積み重なり、やがて土に還っていくような、小さな出来事の方に、より愛着を感じてしまう。

２００８年「牧野植物園50年のあゆみ展」という企画展で、製作を担当することになり、植物園での思い出の写真を募集した時、ある年配の女性から送られてきた３枚のカラー写真が僕の心をとらえた。

そこには、旧温室にあったブーゲンビリアが３枚ともに写っていて、１枚目にはご本人と小学生のお嬢さんが、２枚目には少し歳を重ねたご本人と成人したお嬢さんが、3枚目には歳を召されたご本人と、お孫さんを抱いたお嬢さんが写っていた。変わりゆく時の流れの中で、変わらずに色づくピンクのブーゲンビリアがこの家族の物語を静かに語っているように思えた。植物園の植物には、人々の思い出が寄り添っている。

南園には、かつて化石館があった。その入り口に、白亜紀の肉食恐竜タルボサウルスの像があって、長く皆さんに親しまれていた。この恐竜の製作を発案したのは、高知大学名誉教授(地質学)の甲藤次郎先生で、化石や自然科学に興味を持ってもらいたいと、1981年の化石館のリニューアル時に、南国市で鉄工所を経営する方に依頼したのだった。だけど2006年に化石館が解体されることになり、恐竜像も惜しまれながら撤収され、資材置き場に保管されることになった。その後、僕は何度もお客様から「恐竜はどこへ行った?」と聞かれたり「戻してほしい」とのお声をいただいた。その方たちにとって、恐竜は牧野植物園のシンボルで、大切な思い出の存在だったのだ。

2015年、定年退職を1年後に控え「恐竜時代の植物たち」という企画展のデザインを担当した僕は、このチャンスを逃したら恐竜の復活はないと思い、設置を提案した。そして当時、園芸部部長だった黒岩宣仁さんたちと、真夏の雨の日に泥んこになりながら、牙にシダが生えたタルボサウルス(メスでした)をクレーン車で吊り上げて資材置き場から救出し、北園の芝生広場に復活させた。10年間誰も来ない場所にう

つ伏せで休眠していたタルボサウルスは、ゴジラのように目覚めたのだ。そして企画展が終わった後、タルボは南園の資源植物研究センター前の、太古の植物が植えてある場所に安住の地を与えられ、うれしそうに皆さんの訪れを待っている。(その後、ここに新研究棟ができることになり、タルボは再びバックヤードでみなさんに会える日を楽しみにしている)

植物園のそこかしこに、忘れられていく物語が落ち葉のように積み重なり、その上に今がある。たくさんの人に喜ばれるすてきな催しとともに、こんなささやかな物語も語り継いでゆくような植物園であってほしいと僕は願っている。

✎12月4日

69

人生は長いミステリー

10年ほど前、読書会メンバーで大学教授のMさんと、会の後によく飲み歩いたことがあった。当時60歳くらいの先生はいつも僕にこう言っていた。「この歳になっても、新たな自分を発見して驚くことがよくあるんだ。僕の新しいページを開いてるみたいで、ワクワクするよ」。その頃、なんとなく毎日が憂鬱だった50歳くらいの僕は、先生の言葉を聞いて、歳をとることも悪くないかなと思えた。

そして2年前、植物園を退職する時、知り合いの写真家Tさん(M先生と同世代)が僕に言った。「そう、定年ですか。これから面白いことがたくさん待ってるよ。人生は60歳からだよ」。僕は、ふたりの先輩から背中を押されるようにして、新しい生活をスタートさせた。

退職後、自宅で展示デザインという〝つぶしのきかない〟仕事を妻と始めた時は、少し不安もあったけど、自由に何かを表現できるうれしさの方が勝っていた。そして3年目の今、僕はこれまでの経験を活かしながら、展示だけじゃなく、イラストや絵本の出版、講演なんかも自分流でやっている。初めて挑戦することも多く、ありがたいことにM先生が言っていた通り、新鮮でワクワクするような日々を送っている。

去年の春、こんな僕を見ていた高知新聞社の記者竹内一さんから、この連載を依頼された。「人生100年時代の、新しい定年のとらえかたを提案するような連載を」と彼は言った。そんな大それたことは書けない気がしたけど、僕がやってきた仕事や日常のことなら書けるだろうと思ったので、やってみることにした。そしてそんな連載も早いもので、あと1回で終わりになる。

「定年のデザイン」というタイトルも竹内さんからの提案で、最初は「〝定年〟っておじさんっぽいなぁ」とか思ってたけど、今はこのタイトルしかないと思えるし、読者の方々からうれしい感想をいただくと、編集者の持つ時代を見通す目ってすごいものだと思うこの頃だ。

そして「定年」というテーマで書いていくうちに、いろんな人が組織や制約から自由になって、独自の価値を見出したことがわかってきた。東京大学を退職した後の牧野富太郎さんの大活躍(23話)。東京での成功から一転、地域に根ざしたデザインの仕事をした和田邦坊さん(56話)。隠居してから活躍した山内容堂公(59話)。父を看取ったあとの母のガーデニング三昧(15・40話)など、僕のなかでしだいに「定年のデザイン」というものに焦点が合ってきたように思う。

若い頃から思うようにならないことの方が多かったけど、55歳くらいから、自分のいいところも悪いところも認めようと思うようになってきた。そんな僕にとっての「定年のデザイン」は、これまでの自分をすべて受け入れて、自分にしかできない仕事や生き方をしていこうとすることかなと思っている。

僕はビートルズの中でジョージ・ハリス

ンが一番好きなんだけど、彼は1970年の解散後、つまりビートルズという組織を離れた後に、最も輝いた人だった。そんな彼が作った「定年のデザイン」的な歌詞の一部を、僕の意訳でお届けします。『答えは最後に』という1975年の曲だ。

〝ねえ君、人生は長いミステリー小説みたいなもの。だからあきらめずに読み続けるんだ。答えは最後のページにあるからね〟

ではまた来週の水曜日に。

✎12月11日

70回目の水曜日に

水曜日はウィークデーの真ん中で仕事の疲れが出てくる頃だ。去年の夏、担当記者竹内さんと妻(副社長)と3人でこの連載の掲載曜日を決める時、「水曜日がいい」となった。ウィークデーの峠のような一日。そんな日に、ちょっと心をほぐしてもらえるような、この日を乗り越えればすてきな週末が待っていると思えるような、そんな連載にしようと決まった。そのようにはじまった「定年のデザイン」も今回でおしまいです。これまで読んでくださったみなさんありがとうございました。

定年後、自宅で仕事をはじめた僕と妻が生活にメリハリをつけるため思いついた〝自宅への通勤〟(朝、家を出て近所をぐるっと回って同じ家に出勤する)も、3度目の冬を迎えた。通勤路にある菓子舗菊水堂のショーケースには「いちょう」や「松葉」雪の結晶を花に見立てた「風花」などの干菓子が敷板の上にちょこんと乗っかって冬の到来を告げている。季節の移ろいに沿って刻々と品が変わっていくこの店のショーケースは、小さな植物園のようだ。

ひょうたん公園を通ると本物のイチョウの木が黄色く色づき、ローソクの炎のような美しい樹形を見せている。2人で歩く通勤路の風景も少しずつ変化している。あたご商店街の陶器屋さんだった場所に歯医者さんができた。長く地元に愛されていた魚屋さんが惜しまれながらお店を閉めた。か

70

と思うと商店街の真ん中に一棟貸しの素敵なホテルがオープンした。旅行者がふらっと泊まって、この街の良さに気づいてくれたらうれしい。

ときどき訪ねる菜園場や升形、万々や天神橋なんかの商店街もそれぞれに個性的で、そこには町と人とが発する温もりが感じられる。人が人と共に生きていることを実感できる場所の一つが「商店街」だと思う。僕が育ったあたご商店街は、南北の通りの向こうにいつも北山が見えていてそこからなにか良いものが降ってくるような気がして、ここを通るとなぜだか安心感が湧いてくる。それを人は「ふるさと」と呼ぶのかもしれない。

夫婦で同じ道を歩き、同じものを見ても感じ方はそれぞれだ。同じものに対するそれぞれの感じ方の違いから、僕は自分というものを理解していく。この連載も、僕が書いた原稿を妻に見せ、校正をしてもらう。時には大きく直される時もある。そんな時、「むっ」とするときもあった。でもよく考えると、だいたい妻の言うことの方が正しいということがわかり、素直に直すようになってきた。僕だけで書くとどうしても、すこし硬かったりしてしまいがちだけど、別の目で見直し修正していく中で、それまで知らなかった相手のことが理解できたりもする。それを70回もやっているうちに、僕は妻の気持ちがすこしわかるようになった気がする。(村上春樹さんも書いた原稿をまず奥さんに見せて、ガマンして修正するのだそうだ)

あれこれ話しながら歩いているうちに、

70

僕の家が見えてきた。父が遺していった庭のビワの木に、今年も白い花がちらほら咲きはじめた。花はじっくりと時間をかけて変化し、来年の初夏には美味しい実を結ぶだろう。

12月18日

「私と高知新聞」

（2020年1月13日 高知新聞掲載記事より）

人の温度感じる媒体

県立牧野植物園を定年退職後の穏やかな暮らしと回想が行き来するエッセー「定年のデザイン」が昨年12月に終わった。２０１８年８月から毎週水曜日に掲載を続けて、70回を重ねた。筆者の里見和彦さんの自宅兼デザイン事務所を訪ねた。

毎週４日間をかけて書いてきた。妻に原稿を見せてアドバイスも仰ぎ、およそ5回の書き直しを重ねて書き継いできたという。

「読者から36通もの手紙が届き、メールもたくさんいただきました。僕のような無名の展示デザイナーが書いたものなんて読まれるのかと思っていましたが、本当のことをありのまま飾らず書けば人に響くんだなあ、って」

連載終了後、妻で副社長の由佐さん(48)が家の２階で洗濯物を干していると、外からのぞき込んでいる男性がいた。由佐さんが「何かご用ですか？」と聞けば「今週は連載がなかったねえ。さみしいねえ。奥さんもよう出よった」という近所の愛読者だった。

連載ではできる限り〃実名〃を使うことにした。喫茶店「日曜社」、居酒屋「秀」、和菓子の「福留菊水堂」、「あたご劇場」、「ひょうたん公園」…愛宕町で暮らしているというリアリティーをより伝えるためだった。連載の切り抜きを手に来店する人もあって、高知新聞と読者の近さを改めて思った。読者からもらった手紙で最も印象に残っている言葉がある。

「この記事には人間の温度が感じられる、と書かれていました。考えてみたら新聞というメディア自体が電源を切れば消えていく温度を感じない情報ではなく、紙にインクが乗っかってできて、まだ暗いうちに白い息を吐きながら届けられるという温度のある媒体だったんだと改めて感じました」

2020年

令和2年

3月	新型コロナウィルス感染症の世界的流行により、東京オリンピックが1年延期
4月	新型コロナウィルスによる最初の緊急事態宣言発令
12月	新語・流行語大賞 年間大賞「3密」

枇杷《びわ》の実るころ

父が遺した庭のビワが、濃い緑の葉をつけた枝の先に実り、ちょうど食べごろになっている。なかでもひときわたわわに実をつけた一本の枝が、その重みで僕の頭のすぐ上までぶら下がってきているので、ひとつもぎとって皮をむき、頬ばってみた。みずみずしい果汁がジュワーっと口いっぱいに広がり、甘酸っぱい香りと味が体に染みていく。庭の地中から吸い上げられた水分が、太い幹をつたって枝先へとのぼり、先端に実ったビワの果汁となって、いま僕の喉元から身体の中へ流れ込んでいることを実感した。

71

2019年の暮れ、毎週水曜の朝刊に連載していた「定年のデザイン」が終わるころちらほらと咲きはじめた小さな白いビワの花は、今日まで半年かけて実ってきた。その間、世の中には思いもよらない大きな変化が起こった。新型コロナウイルスにより、世界中の人が不自由を余儀なくされている。そんな人間社会の混乱をよそに、植物はいつもと同じリズムを刻み続け、自分の役目を果たし、果実をつくり種子をつけ、生命を次世代に伝えようとしている。

2020年の年明けから3月中旬まで、僕と妻は自宅にこもって、牧野植物園で開催される企画展の展示デザインの仕事にあけくれていた。朝から深夜まで原稿を書いたり山ほどのイラストを描く日々。そんなこんなで、無類の酒好きの僕が、2カ月半「しらふで生きた」のだから驚くばかりだ。そしてやっと仕事が終わりかけたころ、コロナウイルスの感染は高知県でも拡大し「ステイホーム」の4、5月も外出を控えていたので、都合5カ月間、僕たちはほとんどどこにもいかず、家で時間を過ごした。もともと自宅で仕事をしているので、大きな変化はなかったけど、医療に従事している方やゴミ清掃の方などエッセンシャルワーカーといわれる方々に、感謝の思いでいっぱいだった。

そんな4月のある朝、妻と二人で布マスクをして久しぶりに通勤散歩に出かけた。自宅を出てあたご商店街を南へ、江ノ口川に架かる「中の橋」を渡ったところを西に入り川沿いに歩く。遅咲きの桜の花びらが舞い、クスノキの若葉が目に眩しい。鳥が鳴き、頬を打つ春風が心地よく、野外は光に満ちていた。いつもと変わらない春の日なのに、人間だけが置いてけぼりを食っているような気がして、ふと「人間がいなくても、自然は私たちだけでやっていけるんですよ」と告げられたような気がして、ちょっとさびしい気持ちになった。

牧野富太郎さんの言葉に「人間はもともと自然の一員なのですから、自然にとけこんでこそ、はじめて生きているよろこびを感ずることができるのだと思います」というのがあるんだけど、僕たちはほんとうに自然の一部なんだろうか、自然を利用しているだけの生き物になってやしないだろうかと、コロナ禍の中でそんなことを思い、これまで以上に生活を見直さないといけないんじゃないかという気になった。

71

もうすぐ父の10回目の命日がくる。ビワが実るたびに、その味を自慢していた父を思い、こういう不安な時代だからこそ、家にいても四季を感じさせてくれるこのささやかな庭を遺してくれた父に感謝しながら、非日常の中の僕たちの日常が過ぎている。

✎6月3日

植物は、うごく?

植物はおとなしい。動物のように歩いたり騒いだりしない。土に根を張って、ただ黙って静かに生きている……と多くの人は思っている。でも最新の撮影技術を通して植物をよく観てみると、芽を出し葉を広げ、花を咲かせ、種子を飛ばして命を次世代に伝えていることがわかる。ほんとはすごくうごいているのだ。

牧野植物園の企画展「植物は、うごく。」は、そんなテーマの展示会だ。僕たち里見デザイン室は、この展示デザインを担当し、2019年8月から2020年3月のオープン日まで、めいっぱい働いた。

企画展のメイン展示は、植物のうごきをコマ送り(タイムラプス)撮影した高画質の4K映像を見られることだ。自然を心から愛する映像作家の藤原英史さん(展示ではF監督として登場)が、苦心の末に撮影した映像をどのような空間で、どのようなストーリーで観てもらうか、それを考え形にするのが僕たちの仕事だった。

僕はこの35年くらい、博物館の展示デザインという仕事に愛情と誇りを持って取り組んできた。なぜこの仕事を愛しているかというと、日の当たっていないものに光を当て、人々に知ってもらうための仕事だからだ。知らなかった人に知ってもらえたとき、そんなときが仕事をしていて一番幸せを感じる瞬間だ。

牧野植物園に勤めるようになった20年

前、僕は植物のことをそんなに知らなかった。だけど長く働いているうちに、植物ってすごいと思うようになった。どんな過酷な環境の中でも、植物は文句も言わず、けなげに、たくましく生きようとしている。そしてただ黙ってわれわれにさまざまな恵みを与えてくれている。

展示を観に来た人に「植物って生きるためにこんなにうごいているんだね」と新鮮に感じてもらうこと。それが今回の展示の目的で、それは「知られてないものに光をあてる」という僕がやってきた展示デザインの使命にも重なってくる。

展示のメインは最先端の技術を駆使した４Ｋ映像だから、逆にアナログな手描きのイラストをふんだんに使って、展示全体を絵本のような空間にし、一本のストーリーに沿って見てもらうようにした。

そして、この企画展には特別なものも展示された。長年植物を素材とした美術作品を作っているアーティスト岩谷雪子さんによる「うごく植物」をテーマにした種子の作品だ。カラスムギやナガミヒナゲシなど、温度や湿度などの変化に敏感に反応して形を変えたり、種子を遠くに運ぶ彼らは「植物はうごいている」ということを、また違った視点で物言わず語り、展示に深みを与えてくれた。

折しも新型コロナウイルスの感染拡大で、自粛を余儀なくされて外出もままならず「動けなくなった」２０２０年の僕たち。そんなときだからこそ、この展示で観る植物たちの姿が深く心に残る。土に根を張るという道を選んだ彼らは、移動できないか

らこそ別の方法で体を動かし、できることをやって進化してきた。高画質映像で観る、うごく植物たちのふるまいは、コロナ禍を生きる僕たちに、知恵を使って状況に即した生き方をしなさいと教えてくれているような気もするのだ。

6月10日

庭のチェシャ猫

6月の明るい日差しが庭の木々に降り注いでいる。ステイホームで人々の車移動も抑えられ、空気が澄んだのか、空の青さが際立って、そのぶん光が強まったように感じる。父が遺していった和風の庭は、〝あたごのターシャ〟こと母あや子の手が少しずつ加えられていき、シブい緑の風景に赤、青、黄といった洋風の彩りが添えられ、父と母の庭になってきた。

そこに最近よく登場するお客さんがいる。灰色の縞模様でちょっと太めのノラ猫だ。よく見かけるのは庭に面したベランダの屋根で、半透明でプラスチック製の波板にへばりつくようにしてすやすやと気持ちよさそうに眠っている。妻は洗濯物を干す時、猫を起こさないようにそーっと気をつかって干しているのだそうだ。彼(彼女?)は夕方、庭の踏み石の上に思いっきり手足を伸ばして寝そべっていることもある。また、木陰から出てくるトカゲを捕まえて、しばらく遊んでいたこともあった。どことなく『不思議の国のアリス』のニヤリと笑う〝チェシャ猫〟に似ているので、僕と妻はいつの頃からか〝チェシャ〟と呼ぶようになった。

僕が植物園を定年退職し、自宅で妻と仕事をはじめた頃、チェシャはときどき庭に現れていつも決まった場所にふんをした。だから見かけたときには「シッシッ!」と追い出したり、猫よけマットを敷いたりして撃退していたんだけど、次第に「ここでの排便はダメなのか」と心得たようで、それからは庭を通過するだけになっていた。

２０１９年の暮れ、ちょうどこの新聞連載が終わる頃、空き家になっていた斜め向かいの古いトタンの家が取り壊されることになったんだけど、近所のご婦人Nさんによると、家が壊された後、建物がなくなってぽかんとした四角い空き地を、チェシャが何度も何度も見に来ては、そのまわりをウロウロしていたのだそうだ。どうもそこで寝泊まりしていたんだろうという話だった。

それからというもの、僕と妻はチェシャがとてもふびんに思え、うちの庭の木陰で休んでいたり、日当たりの良い屋根の上や、２階の小さい手すりの木の板で寝ていたりするのを見かけると、あたたかく見守るようになった。しばらく見かけないときには「チェシャおらんねえ」と心配になってくる。なんだか旅に出た寅さんの消息を気づかう、さくらやおばちゃんになったような気がしてきた。

この前、庭を見ていると、大きな石とアジサイの植え込みのほんのわずかな場所で、チェシャが気持ちよさそうに眠っているのを見つけた。そこは人目につかず、かつ日当たりのよい最高の快適空間で、チェシャのまわりを囲むようにムラサキカタバミの花が咲いていた。それはなんだかとってもしあわせな光景だった。

僕たちはチェシャに食べ物をあげたことはない。(ときどき勝手に水盤の水を飲んでいるけど)ただ休息の場を提供しているだ

73

けだ。だからあっちも一向にこちらに媚びている様子がない。そんな対等で利害のない間柄が気持ちよいのだ。外出もままならない日々の中、小さな庭を訪れる小さな生き物との、距離を置いた関係性。そんな何でもないような日常を楽しんでいる。

✐6月17日

ヤマモモ通り

母が金曜市でヤマモモを買ってきた。夕食後に冷蔵庫から出して器に盛り、塩をふって妻と三人で食べた。ヤマモモの甘酸っぱい果汁が口に広がり、柑橘系の酸味とは違う、「草木の青っぽい酸っぱさ」とでも言えそうな独特の風味が鼻に抜けて、一瞬で子どもの頃に引き戻された。

梅雨どき、僕が小学生の頃の夕食後は、家族8人がヤマモモの盛られた大皿を囲み、競うようにして食べていた。形の良い美味しそうなものからなくなっていくので、父は「ヤマモモの選り食いじゃ」と毎年同じことを言っていた。

その後、高校を卒業し上京してからUターンするまでの25年間、僕は東京でヤマモモを見たことは一度もなく、口にすることもなかった。友人に聞いても、ヤマモモを知っている人はいなかった。盆暮れの帰省の時期には当然出まわってないので、僕にとってヤマモモは、いってみれば幻の故郷の味みたいな存在になっていた。

そんなヤマモモは樹形もいい。一年中、深緑の葉をモコモコと茂らせて、幹を踊るようにくねらせて空に向かって伸びている。街でヤマモモの木を見ると、Uターンしてから21年も経つのに「あぁ高知へ帰ってきたんだな」と今だに思うときがある。

先週の木曜日、久びさに妻と小雨の中、傘をさしてオーテピア高知図書館への通勤散歩をした。江ノ口川を南へ渡り、中の橋

74

通りを歩いて行くと、追手前高校の塀がはじまるあたりからヤマモモの街路樹が並んでいる。毎年この時期は大量の実が道に落ちて、人や車に踏まれて地面はぐじゅぐじゅ、果実のすえた匂いが漂って、雨の日はとくに滑って歩くのにちょっと気をつかう。

そんなヤマモモの木の下を歩きながら、これをなんとか「展示デザイン」でいい感じにできないかと考えた。こんなのはどうだろう。

ヤマモモが熟す頃、樹々の枝の下あたりに、巾2mくらいの一本の長い網(できれば黄色などの明るいもの)を、舗道にそって ちょうど歩く人の頭上に長く掛け渡すのだ。実った果実が網に落ち、ところどころに配置した大きな桶の中にうまく転がっていくようにしておく。果実がたまってきたら桶を取り出して、ヤマモモ酒やジュースを作り、それを季節限定の名物にするのである。ちょっとした困りごとである季節の自然現象を、収穫という祝祭的なものに転換するというアイデアだ。

その時期、その期間、その場所でしか味わえない楽しみというものがある。演劇や音楽ライブ、僕がやってきた展示会もそうだ。それらは機会を逸すると消えていく。世の中は便利になり、いろんなものがいつでも手に入るような時代になった。今ではヤマモモも、クール便なんかで東京でも食べられるのかもしれない。だからこそ、逆にその時期にそこへ行かないと味わえないというようなものが見直され、特別な価値のある豊かなものと思えるようになってい

けばいいのにな、とヤマモモの展示プラン
を想像しながら考えている。

6月24日

消えることで現れるもの

先日の高知新聞に、ブルガリア出身の現代美術家クリスト・ヤヴァシェフ氏が亡くなったという記事が載っていた。彼はパリで出会った同年同日生まれの妻、ジャンヌ＝クロードとの共同で、歴史的建造物を布で覆ったり、カリフォルニアの砂漠に長さ40㎞の巨大なカーテンをかけ渡すといった環境作品で知られている。彼はこのようなやり方で、まわりの景観を「ある一定期間すっかり変えてしまう」という芸術を発明した人なのだ。僕は学生のころから、無謀ともいえる彼のこのような芸術が好きだった。その考え方や、プロジェクトを実現させるための途方もないエネルギー、彼の描く完成予想図の美しさ、布で包まれ作品となった場所の見事さ(写真でしか知らないけど)にいつも驚かされ、そこに人間の持つ力の無限さを見て、何度も勇気づけられるような気持ちになった。

1985年に実現した「パリのためのプロジェクト、梱包されたポン・ヌフ」は、セーヌ川に架かるパリで最も古い記念碑的な橋であるポン・ヌフを、光沢のある布で2週間覆った作品なんだけど、様々な課題を克服し、公開に至るまでになんと10年の歳月がかかった。この構想を実現させるため、彼は膨大な数のデッサンを描き、パリ市長をはじめとする政治家、文化人、経済人、地域に住む人たちや労働者たちに根気強く説得を重ね、このプロジェクトが決して営利目的や売名行為でなく、純粋な動機からの創作であることを伝えて、理解者を増やしていく。そしてそのためになされる「彼と彼女のすべての行動」もふくめたものが彼らの作品なのだ。しかもクリストは初期の作品から一貫して、経済的な支援を他者から受けず、莫大な製作費用はすべて自分が描く完成予想図の売り上げでまかなう。自分のやりたいことを100％実現させるため、金銭的な援助は誰からも受けない。そこには「何物にも束縛されない」ということへの表現者の強い意志が感じられる。

むかし美術関係の本で読んだことがあるんだけど、梱包されたポン・ヌフの作品について、彼はこんなことを語っていた。「この作品はどちらかというと旅行者ではなく、パリに住む人に見てほしいのです。日常の中で見慣れていたものが、ある日、忽然《こつぜん》と布で覆われて消えてしまう。消えることで日常の風景に埋没していたものが、にわかにその人の中で強い印象を持ちはじめるのです」パリの人々は、包まれたポン・ヌフの美しさに驚く。そして2週間後、作品として消えたポン・ヌフが、もとの姿で現れた時、これまでの日常は、すこし違う色あいを持つのかもしれない。

いま僕たちは、不自由な日を送ることで、日常のありがたさを感じている。このような状況の中「見えなくすること」で、その意味を浮かび上がらせる芸術を発明したクリストは、自ら消えていくことで、その偉大な作品の記憶を僕に強く印象づけた。

1988年5月、東京青山の草月ホールでクリストの講演会があり、ロビーで彼に

サインをしてもらったことがある。色紙も著書も持っていなかった僕に、彼は静かに微笑みながら手に持っていた自作の絵ハガキに、小さくｃｈｒｉｓｔｏと書いて渡してくれた。その時の彼は、あのエネルギーに満ちた作品を生み出す人とは思えないほどおだやかで、控えめな印象だった。彼は２０２０年５月31日、11年前に先立った最愛の妻の元へと、ニューヨークから旅立っていった。

✎７月１日

わが家のちょっとした守護神

7月に入り数日間、梅雨らしい天気が続いた。僕の家の周辺は、海抜が1.5mと低い。昔の地図を見ると、この辺りはその昔、江ノ口川と久万川にはさまれた湿地帯だったようだ。子どもの頃、僕の家は母屋とお風呂と炊事場が独立し、土間で行き来する造りだったんだけど、大雨の日にはその土間に水が侵入してきて、見知らぬ下駄が流れてきたり、濡れないように畳を上げたりと家族は大変そうだった。でも僕たち子どもは、その非日常を楽しんでいた。なによりも学校が休みになるのがうれしくて、雨が小降りになるとサンダルばきで外に飛び出して遊んだものだった。

年月が経ち、この界隈に新しい家が建ったり改築される際には、大雨の教訓を生かして地面を高く盛り上げて建てるけれど、わが家は当時のままなので、大雨が降ると家の庭に水がどんどん流れ込んでくる。1998年の高知豪雨の時、僕は東京在住だったんだけど、牧野富太郎記念館建設の打ち合わせでちょうど帰郷しており、床上浸水になる前に父母と一緒に畳を剥がして階段のところに上げてことなきを得た。

ここ数年、毎年尋常ではない雨が降り、大きな災害となっているけれど、6年前の大雨の時、今度は床下浸水を経験した。気がついた時には玄関の靴がぷかぷか浮いていて、家の前の道路が川になり音を立てて水が流れている。流入した雨水で庭全体が

76

池と化し、本来の小さな池にいたメダカたちは大海原に放たれ、どこかに行ってしまった。数年前に結婚してから、はじめてこれを経験した妻はとても驚いてしまい「この家の治水計画を立てねば！」と、野中兼山みたいになった。そして家のリフォームをお願いした近所の業者さんに相談し、もともと取り付けてあった庭の地下を通るパイプから、裏の水路に庭の水が流れるように工夫してもらったんだけど、そのパイプが細いからか、すぐに泥が溜まってしまい、次第に水はけが悪くなってきた。

植物園を退職して自宅で仕事をするようになった3年前の大雨の日、庭に溜まっていく水を見つめていて、あるアイデアが閃いた。植物園時代、デザインの仕事から部署替えになり土木工事的な仕事をしていた僕は、園地の広い池の水を抜いて泥を掻き出すときや、水漏れの場所を特定するために水を抜くとき大活躍していた小さなポンプを、わが家の庭に設置することを思いついたのだ。

さっそく妻と近くのホームセンターに出かけ、適度な馬力のポンプとそれに合うホースを買った。そして大雨の日、庭に雨水がたまりはじめるとポンプをいそいそとセットし、ベランダのコンセントにプラグを差し込んだ。すると庭に溜まった雨水は、ずずずずず〜とポンプに吸い込まれ、ホースを通って裏の水路にどんどん放水されていく。「おぉ、ありがとうミニポンプ！」じつに爽快な気分だった。5年間の不慣れな仕事の成果が、こんなところで活かせるなんて、人生無駄なことは一つもないなぁ

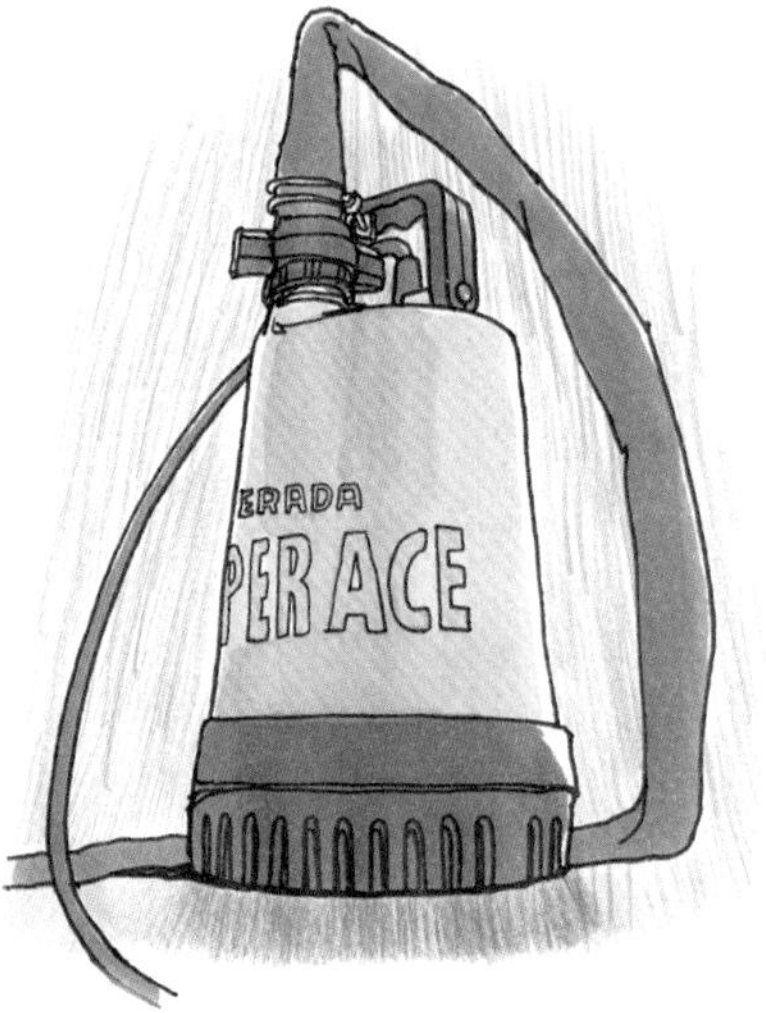

なんてしみじみしたことだった。

つい先日も、昼間から雲行きが怪しくなって大雨になった。僕は地面を叩きつけるような雨にうたれながら、ポンプをセットした。「あれ？　うごかない！」コンセントを抜いたり挿したり、本体を揺すってみたりしたけどポンプはうんともすんともいわない。ちょっと焦ったけど、なにかの接触不良だったようで、ポンプはそのうち機嫌よく動き出してくれた。

これからも毎年大雨はやってくるのだろう。まだまだこのポンプには頑張ってもらわないとな、いや、そんなことよりも、この家を水の心配のないよう、かさ上げしたいなぁ。でも無理かなぁ。なんて思ったりしている。

7月8日

美声の俳優、細川俊之さん

NHK-BSで再放送中の朝ドラ「はね駒《こんま》」を観ている。リアルタイムで放送された時は観たことなかったけど、文明開化の時代に家庭と仕事を両立させようと軽やかに奮闘する主人公(斉藤由貴)におじさんの僕も共感してしまう。

物語を回す朗らかなナレーションがまた良い。甘い美声で人気の高かった俳優、細川俊之さんだ。僕は大学生の頃、彼の事務所でアルバイトをしていた。舞台美術を学んでいた僕は、渋谷のPARCO劇場で人気の高かったミュージカル「ショーガール」(木の実ナナさんと細川さんの二人舞台)の舞台監督助手のアルバイトをやっていたんだけど、ある日、稽古場で細川さんが「バイトする子いないかなぁ」と呟いてるのを小耳に挟み「僕でよかったらやりますけど」と言ってみたところ、すぐ雇ってくれたのだ。細川さんの奥さんが社長、それにマネージャーのおじさんと僕という4人だけの事務所だった。細川さんは映画と酒が大好きな、ダンディーでチャーミングな人だった。お金のない僕を六本木のバーやキャバレーによく連れて行ってくれた。僕の仕事は主に電話番で、ときどき運転手やコンサートのチラシのデザインなんかもやった。

あれは1978年の春だったと思うけど「ショーガール」がはじめて大阪で上演されることになり、みんな大いに意気込んで大阪へ巡業に行くという朝、なんと舞台装置や衣装などを乗せたトラックが東名高速道路で炎上し、全てを焼失するという事故が起こった。僕達はそれを大阪行きの新幹線の中で知るんだけど、公演は翌日からでチケットは完売している。みんな真っ青になった。

その夜は、宿泊先のホテルで準備のため徹夜をした。木の実ナナさんは舞台美術家の朝倉摂さんと自ら衣装を縫った。バンド(宮川泰さん以下7人編成)のメンバーは楽譜を思い出しながら書き直し、僕たちも小道具を集めたり作ったりした。舞台装置は東京のNHK美術センターで全てを作り直しているとのことだった。とにかく全員が夜を徹して準備をした。細川さんだけは「僕は何もできないから」と夜通し部屋でウィスキーを飲んでいたそうだ。

そして翌日、公演の午後7時が迫って来た。奇跡的に舞台装置が東京から5時頃に届き、設営が始まっている。舞台裏は異様な空気に包まれていた。「心臓が口から飛び出しそう」とはこのことだ。6時になりお客さんが入り始めた。裏方の興奮が客席にも伝わったのか、劇場は異常なほどの熱気に包まれている。7時、まだ幕は開かない。そして1時間押しの午後8時、満を持して緞帳がゆっくりと上がり、何事もなかったように素敵なショーが始まった。この日の公演は最初から最後まで最高の出来だった。大阪のお客さん達も大歓声で盛り上げてくれた。カーテンコールの拍手が何度もなんども鳴り止まず、舞台芸術の最高の熱気というものを僕はこのときに感じたように思う。

77

公演後、ホテルのレストランで打ち上げがはじまった。オープニングの挨拶は細川さん。いつものようにウィスキーのグラスを手に持って、甘い声でこんなふうにコメントした。「えー、スタッフの皆さんも、ナナさんたちも昨夜はほんとにご苦労様でした」細川さんが夜通し酒を飲んでたのを知っている人たちから笑い声が漏れてくる。さらに細川さんはこう続けた。「大阪公演も大盛況で……これでショーガールの人気に火が点いた、ということで……」

会場はドッカーンと笑いに包まれて、夜更けまでみんなの歓声がやまなかった。若かった頃の僕が、演劇という一夜の夢に命を燃やす仕事に将来就きたいなぁと思った夜だった。

✎7月15日

Uターンから21年

人の一生が、飛ぶホタルの連続した光の軌跡のように見えるなら面白いだろうなと思う。僕は18歳のとき上京し、その後25年を東京で過ごした。友人と小さなデザイン会社を立ち上げ、結婚して子どもをもうけ、仕事も家庭も充実して「ふるさとは遠きにありて思ふもの」という気持ちで暮らしていた30代後半、いま考えると牧野富太郎さんと「出会ってしまった」というような感じで人生の軌跡が大きなカーブを描きふるさと高知へ向かうことになった。僕は自分の身体以外の全てを整理し、18歳の時に降り立った東京駅の八重洲口から、ホタルの光がターンするように深夜バスでひとり高知へ引き上げた。

25年ぶりのふるさとでの暮らしは、思い描いていたものとは少し違っていた。自然あふれる高知の植物園で働きながら、僕はそれまでのキャリアを生かして牧野富太郎博士を世に知らしめようとやっきになり、東京時代と変わらない働き方をして、数年後に心の病を得ることになった。東京にいた頃の、僕の中での明るい南国土佐のイメージは色あせて、生まれた土地なのになんとなく溶け込めないような、宙ぶらりんな気分で過ごしていた。

その頃の僕は牧野富太郎や彼が愛した自然のことを頭だけで理解しようとしていたのかもしれない。いってみれば都会的な考え方を引きずったまま、いま住んでいる高知という自分の足元を見ることなく暮らしていたように思う。

そして僕の人生はここでもう一度大きく変化する。頭で考える室内の仕事から、体を使う仕事に移ったのだ。毎日の生活は変わり、眼に映る世界も、がらりと転換した。灰色の映像に少しずつ色が挿されていくように、ほんとうの高知が見えてきたのかなと思う。

強い太陽の光、大地を打ちつけるような雨、空気の透明感、木々の緑の深さや新鮮な食材の美味しさ、そして木陰で休むとき、そよ風が頬を打つ心地よさに、自然の中にいることのありがたさを感じることができた。

新しい職場環境で、僕はそれまで頭で捉えようとしていたことを、体を通して実感するようになった。そうしていくうち、帰郷してから何となく気になっていた高知のこと、例えば「やたら人がアポなしで突然やってくる」だとか「どこへ行っても龍馬なところ」(龍馬さんは素晴らしいけど)なんかもだんだん気にならなくなってきた(笑)。いろんなことに寛容になって、僕の人生の軌跡は、高知という空間でまた一味違うカーブを描きはじめたようだ。

そして2017年、18年勤めた植物園を定年退職して自宅で妻と仕事を始め、人生2度目のフリーランスという自由な立場になってから、これまで行かなかったところにも二人で足を運び、ますます高知が好きになってきた。

でも人生は、まだどんな展開を見せるかわからない。宇宙空間に一本の自由な曲線

を描くように、僕の光の軌跡が浮かび、やがて消えてゆく。できることならそのラインが美しく、そして個性的なものでありたいと思う。

7月22日

僕の好きな先生

1972年の春、その頃RCサクセションの『僕の好きな先生』という曲がヒットしていた。ちょうど僕が県立西高校に入学したときで、クラスの担任になった美術教員の町田祐一先生は、まったくこの歌から抜け出てきたようなイメージの人物だった。先生は職員室が嫌いで、いつもタバコと絵の具のにおいの部屋で、キャンバスに向かっていた。

最初の美術の授業をいまも覚えている。どんな絵を描くんだろうと思っていたら、先生は自分で作ったガリ版刷りのテキストを生徒に配り、順番に朗読させた。それは『ゴッホ 生涯と芸術／瀬木慎一 著』という、わら半紙9枚に刷られた抜き書きだった。(今も持っています)そこにはゴッホがパリからアルルへ移り、ゴーギャンとの共同生活を経て精神を病み、自殺に至るまでの後半生が書かれていた。先生は芸術というものの厳しさ、そしてそれに人生を賭けた画家の孤独と尊さを伝えたかったのかもしれない。ついこの前までのんきな中学生だった僕は、なんだか急に大人になったような気がした。

その後も「2色だけで絵を描く」とか「グループで大きなベニヤに絵を描く」など、先生の授業はいつもユニークだった。また、ある時から先生は陶芸に凝り、拾ってきた洗濯機のモーターでろくろをこしらえ、生徒たちと校舎の裏にレンガを積み上げて窯を作って、焼き物ばっかりの授業の時期もあった。そんなありきたりでない先生の授業が面白くて、僕は次第に美術に興味を持ちはじめ、1年生の終わり頃には美術部に入り、将来は美術の方面に進みたいと思うようになっていった。

のちに先生はいの町にある小高い山の上にアトリエと窯のある家を建てた。一浪して大学1年生になった夏の日、西高校美術部の同級生で、同じ大学に進学した森尾桂一くんと先生の家へ行って三人で酒を飲んでいたとき、ささいなことで口論になり、口下手な僕は二人を言い負かすことができず、もどかしさのあまり「帰る!」と言い残して雨の中、先生の家を飛び出した。そして真っ暗な山道を駆け降りる途中でカーブに気がつかず、1.5mくらい下の草地へ転落した。(幸いケガはなかった)無我夢中で道まで這い上がり、片方の靴が脱げたまま国道に出た僕は、走る車を止めて乗せてもらい(なんと親切な)、大橋通りあたりで降ろしてもらって裸足で家に帰った。

後日、先生は何事もなかったようにニコニコ笑いながら、僕の脱げた片方の靴を家まで届けてくれた。森尾くんからは「途中で逃げるのは卑怯やぞ。残された者がどんな気持ちになるか考えてみろ」と切々と諭された。あれから44年がたち、今はその二人ともこの世におらず、僕ひとりが残ってしまった。

2018年の2月、ちょうどこの新聞連載に町田先生のことを書いた頃、しばらく病気で自宅療養していた先生が亡くなられたと奥様から聞いた。僕が高校1年のとき

に幼稚園児だった先生の長男、町田樹生さんが、いまは精力的に絵本を出版している。どの作品も鮮やかな色使いでメッセージ性のある力強い作品だ。彼にはこれからもたくさん描き続けてほしいと思う。「どんどん描け」が町田先生の口癖だった。

もうひとつ、美術の授業の時にいつも先生が言っていた言葉がある。「なにを描くか、どう描くかを考えて描け」という言葉だ。どんな分野でも、表現するということは、その言葉に集約されるように思う。

✎7月29日

あたごのハロッズ

うちの庭にはメダカが泳げるくらいのささやかな池もあったりするので、夏になると蚊が出没する。妻は庭のベランダに洗濯物を干すとき、小さな金物のバケツに蚊取り線香を入れて足元に置いている。先日、そのバケツに乗せる網があるといいなというう。ちょっと目をはなした隙に、バケツの中に葉っぱや洗濯物が落ちて火事になったら大変だなと思ったらしい。

さっそく僕は郵便局へ行った帰りに、あたご商店街の日用雑貨店「広松百貨」に立ち寄った。ここは僕が子どもの頃からある老舗で、店頭にずらりと並べられたシルバーカーは熟年層の多い街のニーズを的確に捉えている。お彼岸の頃には墓参り用の榊や菊、また季節の果物(ミカンとか)や野菜が陳列されていることもある。商機を逃さない経営姿勢はとても立派だし、毎朝大量の商品を店の前に陳列し、夕方になるとそれらを取り込んでシャッターを閉めるところも勤勉だなぁと感心する。

この日、お店にはマスクをした白髪のご婦人と、少し若めの婦人がいて、僕が「金属の網のような…」と言いかけると、白髪婦人が素早く巻き尺を伸ばし「何センチ?」と聞いてきた。「30センチくらいかな」と言うと、「何に使う?」と聞くので「あのー、バケツに蚊取り線香を入れ…」と言い終わる前に、白髪婦人は若めの方に「○○ちゃんあれを」みたいに目配せし、僕が若めの

80

婦人のあとについて棚の裏側に回ると、早くも彼女は僕の求めていたドンピシャなものを手にして「これでどうですか」とガスコンロ用の焼き網を差し出した。なんという見事な連携プレーと素早い対応！　それは、わずか1分足らずの出来事だった。(ちなみに価格は100円)

またはは去年のちょうど今ごろ、道路に面した庭の石積みに、スズメバチが巣を作っているとご近所さんが教えてくれた。道ゆく人を刺したら大ごとなので、僕は殺虫剤を買いに量販店に行きかけて、せっかくなら地元の商店にお金を還元したほうがよいと思い直し、広松百貨を訪ねた。その時も白髪のご婦人がてきぱきと対応してくれ、「最近あんまり出ないけど、たしかこの辺に…」と、下から上までみっちりと商品が詰まった棚のてっぺんの方に手を伸ばし、すこーし埃のかぶった強力殺虫スプレーを取り出し「やったことある？」と聞いてきた。「いや、見たことはあるけど」と言うと、白髪婦人は売り物の蜂防護用ネットを被ってレクチャーしてくれた。ついでにそれも買って帰り、みごとに一匹残らず蜂を退治することができた。(合掌)

または3年前、自宅に事務所を作ったときのこと、図面なんかの資料を保管するケースが欲しくて適当なものがないかと広松百貨に出かけ、おびただしい数の商品が並ぶ1階から2階の隅々まで探し回っていると、白髪婦人が声をかけてくれた。細かく婦人の問いに答えたところ「うーん、それはねぇ、ホームセンターで材を買って作られた方がいいと思いますよ」と、店の商

80

Hiromatsu

品を売ろうとするのではなく、僕の要望をきちんとキャッチして最善の答えを出してくれた。なんだか清々しい風が吹いたようで、「神対応ってこのこと？」と思ったことだった。

その時から僕の中でこの店の株はグーンと上昇し、「あたごのハロッズ」というキャッチコピーが生まれた。ハロッズはロンドンにある老舗高級百貨店で、ディスプレイが素晴らしく、夢がいっぱい詰まった宝の山のような店だ。スケールはだいぶ違うけど(ごめんなさい)愛宕通りの角地に建つ広松百貨の佇まいは、なんとなくそれに似ているのだ。そしてなによりも失われつつある、店の人との対話という〝宝物〟がここにはあるのです。

✎8月5日

戦火を越えた学者たち

今年も終戦の日が近づいてきた。この時期になると日ごろ忘れている先人たちの苦難の日々に心を寄せる人も多いだろう。戦争を知らない僕だけど、戦地に赴いた父の体験談や、母の高知空襲の記憶などを聞いて育ったので、この日を迎えるたびに尊い命を失った人たちを思い「過ちをくり返してはいけない」という気持ちになる。

また僕は仕事柄、博物館の歴史展示をデザインすることが多かったので、それらの仕事を通して戦争というものを自分なりにとらえてきて「戦争はいつの時代も社会を分断し、多くの文化財を破壊していくもの」という印象を漠然と持っていた。

そんな僕の戦争観をすこし変えるような事実に出会ったのは、2002年に牧野植物園で担当した「シンガポール植物園展」でのことだった。この企画展は、観光面でも研究面でも世界的な規模を誇るシンガポール植物園の歴史や活動を紹介することで「牧野植物園も同じように人々の憩いの場と植物研究を両立させようと取り組んでいる」ということを知っていただきたいという思いで開催したものだ。

太平洋戦争の一時期、シンガポールは日本の統治下にあった。1942年2月、マレー半島に進撃した日本軍はそれまでイギリスが統治していたシンガポールを陥落させて日本の領土とした。19世紀初頭からの長い歴史を誇るシンガポール植物園は、終戦までの3年間、「昭南植物園」という名に変わり、日本人の運営下となったんだけど長引く戦闘の大混乱により、植物園の貴重な植物標本や、ラッフルズ博物館の文献などが暴動や焼き払いなどで焼失しかけていた。そのとき、いち早く現地に赴いた東北帝国大学の地質学者、田中館秀三《たなかだてひでぞう》教授らは、捕虜となっていた元シンガポール植物園園長でイギリス人のR.E.ホルタム教授と、植物学者のE.J.H.コーナー博士らと協力し合い、戦火の市街地を巡って膨大な資料を一箇所に回収し、文化財を散逸から守り抜いたのだ。そのとき集めた資料の数は、以前よりもむしろ多くなっていたという。それってすごいことだ。

　古くは戦国時代の寺社の焼き討ちから、アフガニスタンの内乱によるバーミヤン石仏の破壊にいたるまで、人間の起こした戦争が常に文化を破壊させてきたと考えていた僕に、この事実はもうひとつの「人間のおこない」というものがあることを気づかせてくれた。この敵国同士であるはずの学者たちの協働は、自然科学の探求という彼らの共通の信念が、政治的な状況を越えた輝かしい出来事だと思った。きっと彼らは自分たちの身の危険よりも、未来の人類に大切な資料を残すことを優先させたのだろう。僕は現地への三度にわたる調査の中で見つけたこの事実を、展示の裏のテーマにしようと考え、デザインを進めた。あまり知られていないこの出来事が「植物園」という場所で行われたということが、なんだか誇らしいような気分にさせてくれた。

　これまで僕はさまざまな企画展をデザイ

ンしてきたけれど、「シンガポール植物園展」の仕事は、それまで何度も親から教えられたり、映画や本で観聞きし、間接的に受け入れるだけであった「戦争」というものに、ささやかだけど自分なりの新たなとらえ方を持つきっかけを与えてくれたような気がしている。

8月12日

真夏の庭の肖像画

去年の暮れから今年にかけて、ご近所の建物が取り壊されることが続いた。このあたりの地盤がゆるいのか、重機の音が響くたびに地震が来たかと思うような揺れ方をして、仕事部屋がガタガタする。そのたび妻は「きゃっ」とか「うわっ」とか思わず声を出していた。

先週、近くのKさんの家が家具を運び出しているなぁと、なんとなくそわそわ気になっていたら、家屋が解体されはじめた。このお宅は、僕がモノゴコロつく頃からあった家で、現在ひとりで住んでおられた方は僕と同世代だったと思う。朝の通勤散歩で壊されてゆく家の前を通った時、その家の南側にこじんまりとした庭があることに思いあたった。「そういえば、うちの庭を手入れしてくれている竹田さんが、Kさんの庭もみているって言ってたな」何十年も近くに住んでいるのに、僕はその庭の存在に気づいていなかった。

その日の夕方、工事車両が帰った後で、塀の手前からそっと背伸びしてその庭を眺めてみると、サルスベリの木が濃いピンク色の花を咲かせ、静かに風に揺れていた。

僕はなんとも言えない気持ちになり、そのことを帰って妻に話した。妻はその足でサルスベリの木を見に行き、まるで自分がピンクのサルスベリになったような気分になってしまい、二人で「なんとかサルスベリだけでも、もらい受けることができないものか」と考えた。そして庭師の竹田さんに電話して、Kさんの庭のサルスベリをうちの庭に植えられないか聞いてみた。「今はサルスベリの移植の時期じゃないし、里見さんの庭にはもう植えるところがないよねぇ……」

とても残念だった。なにかできることはないだろうかと自問自答して、小さなアイデアがひらめいた。「絵を描こう。あの静かで小さな、物言わぬ庭の最後のときを写し取った絵を残そう」

8月15日の夕方、明日は庭が壊されるかもしれないという日、僕は壊れかけた南側の裏木戸に「入ります」と心の中で告げて、はじめてKさんの庭に佇んだ。幅東西6m、奥行き南北3mくらいのこじんまりとした庭だけど、緩やかな高低差があり、茶の湯の待合のような導入部から奥へと続くひとつのストーリーを感じるような造りになっていた。小さな灯篭や中国の庭園を思わせるような窓の空いた仕切り壁があったりと、見ていて飽きることがない。きっとこの家の人たちが楽しみながら造ってきたのだろう。見事に育った松やクロガネモチなどの樹木の間に、葉蘭やリュウノヒゲなどの下草が風流に植えられていて、深い緑を基調とした色合いに、鮮やかなサルスベリのピンクの花が今を盛りとアクセントをつけている。耳をすますと蝉の聲の合間に蜜を吸いに来た花蜂のしずかな羽音も聞こえてくる。

旧盆の夕刻、住人が去り、取り壊された家にぽつりと残された庭に、僕が入り込み(ごめんなさい)、手仕事の温もりを感じさ

せる庭の最後の姿を、心を鎮めて描かせてもらった。丁寧なスケッチではなく、さっと庭の存在自体を写し取る気持ちでペンを走らせていった。それはとてもとても静かで、こころ落ち着くひとときだった。
翌々日の朝早く、庭は業者さんの手によって樹木や石がとり去られ、僕の絵だけが残った。

8月19日

牧野式植物図の発明

高知県立美術館の企画展「北斎漫画展」の会場で配布する「鑑賞のしおり」の原稿依頼をいただいた。さまざまなジャンルの方々が、北斎漫画に登場する動物とか魚介類などの絵にコメントを寄せるというもので、僕は北斎の〝植物の絵〟について、「画狂人」と「草木の精」というテーマで短い文章を書いた。出来上がったしおりでは、美術家の横尾忠則さんの隣に掲載されていて、大変うれしかった。

そこには「北斎が図解的に描いた植物の絵と富太郎の図の共通点」や、「二人とも長生きで引っ越し魔だったこと」なんかを書いたんだけど、この二人、ほかにも似ているところがある。

北斎の画業のキャリアは幼い頃の木版彫刻の修行からはじまる。また中国や西洋の絵画などからの影響も受けながら、天才的な独自の画風を編み出していくんだけど、北斎が没して13年後に生まれた牧野博士も、印刷工場での石版印刷の修行や、当時最新だった西洋の植物図譜などを参考に、植物図の技術を習得し、のちに「牧野式」と呼ばれる独自の植物図法へと昇華させていく。

そんな牧野さんが植物学を志して上京した明治のはじめ頃、日本の近代植物学は欧米からずいぶん遅れをとっていて「西洋のレベルに追いつくこと」が、日本の植物学者には課せられていたんだけど、研究発表のための植物図においても、西洋のように「正確で立体的な図」を描ける日本人は少なかった。そんな時代に、牧野さんの植物図はその正確さや美しさにおいて、世界的な評価を受けていた。そしてその評価は今も高いままだからすごい。

たしかに西洋の植物図は立体感があって、写真のような現実味がある。そしてそれを手本に学んだ牧野博士の図も立体的で、手を伸ばせば触れられるようなリアルさがある。違う点は西洋の図はペンとインクで描かれることが多いけど、牧野博士の図は晩年まで一貫して、毛筆と墨で描かれていることだ。

一定の太さの線を引くにはペンの方が毛筆より扱いやすい。それは金属製のペン先が、柔らかい筆先の毛筆よりも安定した線を引くのに適しているからだ。じゃあどうして牧野さんは正確性を要する植物図の画材として、あえて毛筆を選んだのだろう。僕はシーボルトの『日本植物誌』などの図と牧野さんの図を見比べているうちに、こんなふうに考えるようになった。

ペンで描かれた西洋の植物図の持つ写真のような現実味というのは、陰影や葉脈などを描いた線が均一な太さで規則正しく描かれていることに、一つの要因があるんじゃないか。そのことが、リアルである反面、まるで標本を描いたような硬いイメージも与えているように思う。そこへいくと、東洋の伝統的な毛筆の筆跡は、「万物に神が宿り生きている」という考えを反映するかのように、抑揚のある〝ゆらぎ〟のような、不均一さの魅力を宿しているように感

83

じられるのだ。

「西洋に追いつくだけじゃなく追い越してやるゾ」という気概を持っていた牧野さんは、西洋の画法を参考にしながらも、あえて東洋の伝統である毛筆を使うことで、あたかも紙の上で生きているような生命感を持った植物図を目指したんじゃないだろうか。

江戸時代の終わりに生を受け、東洋の学問や思想を学んだ上で西洋文明と対等に付き合ってきた牧野さんだからこそ、他の誰も考えなかった「東洋の伝統と、西洋の革新性を合わせ持ったハイブリッドな発明品」である「牧野式植物図」に到達することができたんじゃないかなと思うのだ。

✎8月26日

フォーク世代の若者たち

今朝の高知新聞に「第63回金婚夫婦祝福式典」のもようが掲載されていた。県内の熟年ご夫婦が結婚50年を祝福される催しだ。紙面には額の皺に人生の機微をにじませた男性と、華やいだ感じのご夫人カップルの写真が何組か紹介されていた。長い年月の間にはさぞかしいろいろと、いざこざや困難もあったんだろうなと思うけど、みなさん一様になんだか幸せそうに写っている。そんな写真を見ていて「ん？」と思った。

この写真のおじさん、おばさんたちが結婚したのは、さかのぼると１９７０年。あのころの結婚適齢期(死語？)のお兄さんお姉さんたちは、当時中学2年生だった僕にとって、戦後生まれの〝新しい人たち〟というイメージだった。「フォークの貴公子」と呼ばれた吉田拓郎(大ファンでした)がデビューしたのもこの年で、その2年後、彼の「結婚しようよ」が大ヒット。拓郎は「僕の髪が肩まで伸びて、君と同じになったら、町の教会で結婚しよう」と歌い、その年ほんとうに歌の通り、どこかの教会で(最初の)結婚式をあげた。当時この歌を聴いて、それまでの結婚観というものが一新されたような気がしたものだ。戦後世代がしだいに世の中の中心になっていき、新しい感覚の文化が一気に花開いていったような感じがして、僕の中ではいつまでもあの世代の人たちのことを「若者」というイメージで捉えてしまっていたようだ。なので今朝の新聞の白髪と皺のおじさんおばさんイコール当時の若者、というギャップは大きかった。若いころに刻んだイメージっていつまでも残るものなんだなと思った。

拓郎といえば、あのころ高知にも時々フォークシンガーがやってきて、中学生の僕も年上の世代に混じって、本町の高新ホールなんかへ、泉谷しげるや、古井戸などの公演を観にロイロイ出かけたりしいていた。会場のビルの前には長い髪のヒッピー風のお兄さんやアジア風ファッションのお姉さんたちが長い列を作っていた。(50年前の高知にもそんな人たちがけっこういました)コンサートが始まるとお兄さんやお姉さんたちはノリノリで演者にむかって盛んに声援やヤジを送っていた。政治的なメッセージや下ネタなんかが満載のライブには、自由を楽しむさわやかな風が吹いていた。そのうちにフォークも下火になり、あのときの若者たちはいったいどこへ消えていってしまったんだろうとずっと思っていたんだけど、この新聞の金婚式のカップルたちの中に、きっと何人かは混じっているんだろうなと思った。あれから真面目に働いて、家庭を持ち、夫婦喧嘩も時々やって、不安や心配事を抱えながらも、なんとかここまでたどり着いたのかもしれないなと思った。

そういう僕も、彼らと同じ時間を過ごしたのだから、自分が思っているよりもけっこう〝来ちゃってる〟んだろうなという自覚はある。僕は9年前に再婚したので、これから金婚式となると104歳だ。そのとき

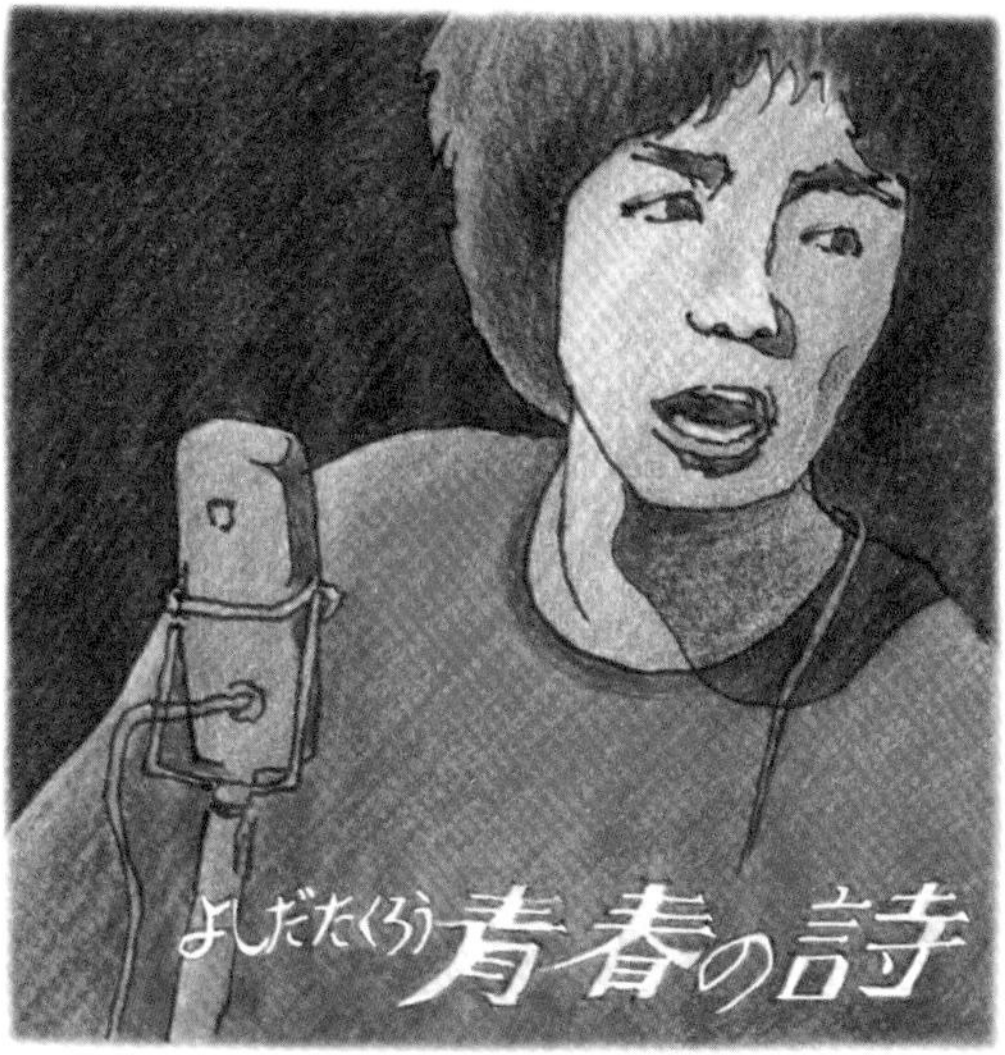

84

高知新聞がまだ式典をやっていたとしたら「第104回金婚夫婦祝福式典」となる。えっ？　僕の年齢と同じじゃないか。これはめでたい。取材が来るかもしれない。

妻は「ｉＰＳ細胞にがんばってもらって、なんとかいけるかもね」とか言っている。

✎9月2日

草花を描こう!

人は思いのほか物をよく見てないものだ。大学生のとき「千円札を見ずに描く」という授業があって、毎日見ているつもりだったのに、伊藤博文(当時)がお札の右にいるのか左にいるのかさえ思い出せなくて愕然としたことがあった。

牧野富太郎さんは「植物の図を描くと、その植物をよく覚える」と言っていたそうだ。なるほど植物の図を描くということは、ある一定の時間、その植物と過ごすことになる。そして葉がどんな形をしているか、花びらは何枚かなど、ひとつひとつ確認しないと描くことができない。そうやってよく観て描いていると自然にその植物が身近なものに思えてくるのだろう。

僕はときどきオファーをもらって、植物画教室の講師をやらせてもらうことがあるんだけど、植物の素人がおこがましいと思いながらも、みんなと一緒に草花との静かな時間を過ごしていると、描いている植物との距離が近くなったように感じることがある。そして僕が教えているのは、上手に描くことではなくて、よく観ることで植物と仲良くなることだということがわかってきた。

先日は、日高村の自然ゆたかな能津公民館に妻と車で赴き、夏休みの小学生12名(1年生から6年生)にシロツメクサ(クローバー)を描く教室を行った。

公民館に次々と集まってきた、ちょっと

恥ずかしそうな子、興味津々でバケツに入ったシロツメクサを見ている子、僕のつくった絵の描き方の資料をじっと見ている子。机を前にちょこんと座った12人の子どもたちに、まずは植物の話をしたり、クイズを出して興味を持ってもらった。「日本には植物が8000種くらいあって、そのうち日高村には1300種もあるよ。イギリスの全体でも1500種しかないのにすごいよね！」と言うと、みんなの目が輝いた。どうしてかな？　と問いかけたあと「日高村には山、川、池と植物が育つためのいろんな場所があるから種類が多いんだね」と教えると5、6年生が反応した。自分の知っている場所のことには興味がわくみたいだ。

そして、事前に妻と採集したシロツメクサを1株ずつ子どもたちに配った後、全員で目を閉じ、エアコンの音と蝉の鳴き声だけが聞こえるなか、1分間、静かに心を落ち着かせた。目を開けてから、みんなでシロツメクサの花、葉、茎……と順番に観察し、わかったことを自由にしゃべってもらった。「葉っぱにギザギザがある！」「小さい花がいっぱいついちゅう」「根がモシャモシャしちゅう」低学年も高学年も元気がいい。「みんなが観てわかったことが、シロツメクサの特徴だから、それをそのまま描いたらいいんだよ」と伝えた。

でも真っ白い紙に鉛筆の線を描きはじめるのは勇気がいる。子どもたちの絵はなかなか進まない。そんなときは少しだけ手伝って、ちょっと大胆に線を引いてあげると「あぁ、そんなんでいいんだな」と、み

85

んなの鉛筆が少しずつ動きはじめる。それからは子どもたちが描くのをじゃませずに、ときどき観るポイントや色の塗り方なんかをアドバイスしていった。

描きはじめて40分くらいで、12枚の個性的な作品が仕上がった。みんな植物の特徴を描こうとがんばったのがよくわかる。植物の図は原寸大で描くのがルールなんだけど、固いことは言わない。なかには驚くほど芸術的な絵もあって、僕の方が子どもたちから教えられたような気がする。最後に女の子が手を上げてこう言った。「こんなに長い時間、ひとつの植物を見たことがなかったので楽しかった」

✎9月9日

時代を奏でた音楽家

自宅で仕事をするようになってから、テレビを見ている時間がふえた。テレビっ子の妻は、「今日はあの番組がある」とか「来週のあれは絶対みなくては」などと気合が入っているんだけど、つられて観ていると面白いものに出合うことがある。先日は、妻が録画していたBSの番組「風の譜～福岡が生んだ伝説の編曲家　大村雅朗～」を観た。

１９８０年代、あのころは日常の中に流行歌があふれていた。そんな中、松田聖子の「青い珊瑚礁」、佐野元春の「アンジェリーナ」、大沢誉志幸の「そして僕は途方に暮れる」、渡辺美里の「Ｍｙ Ｒｅｖｏｌｕｔｉｏｎ」などなど、時代を彩るヒット曲の編曲を次々と手がけたのが、大村雅朗さんだ。この年代に音楽を熱心に聞いていた人なら、一度は目にしたことのある名前なのではないだろうか。番組には作詞家の松本隆も登場し、大村さんの故郷、福岡を訪ねる。ふたりは数々のヒットを生んでいるんだけど、中でも松田聖子の「ＳＷＥＥＴ ＭＥＭＯＲＩＥＳ」は作曲も手がけた大村さんの代表作といえるだろう。

福岡の老舗染物店に生まれた彼は、すばらしい音楽の才能を努力と実力で開花させ、70年代の終わりから90年代まで、止まることを知らない探究心によって数多くの曲を生み出し、１９９７年に46歳の若さでこの世を去った。

「編曲」という仕事、これは作曲家の作ったものをちょいちょいと、いい感じにアレンジするものだと思ったら大きな間違いである。たとえば流行歌。作曲家の作った主旋律の本質をつかみ、それに印象深いイントロを付加することで、聴く人にインパクトを与える。また曲の方向性を示し、曲の流れに沿って起承転結のような構成をつくり、それに必要な楽器すべての音を作曲して譜面にまとめ上げるといった、大変な労力のかかる仕事なのだ。

いってみれば編曲家の仕事は、主役であるメロディーや詞や歌手の歌声を際立たせるために、「楽曲を総合的に組み立てて表現する」という仕事だ。そしてそれは、縁の下の力持ちであり、労多く、その割には評価されることの少ない仕事なのだろう。

あるミュージシャンが大村さんの仕事を「音にあふれた譜面」という言葉で表したのが印象的だった。それは音数が多いということではなく、それが演奏されたときに現れる「音の密度」のことだという。大村さんは「表現したい音の空間を設計した人」なのだ。番組を見ているうちに編曲という仕事は、どこか僕のやっている「展示デザイン」に通じるものがあるような気がしてきた。

僕の仕事も編曲の仕事のように、いつも主役は別にある。僕はその主役であるテーマを伝えるための構成を考え、ストーリーを導き出し、形や色や素材感や照明による演出を考え、ある決められた空間にそれを現出させる。そして観客はそれを無意識に味わっていく。

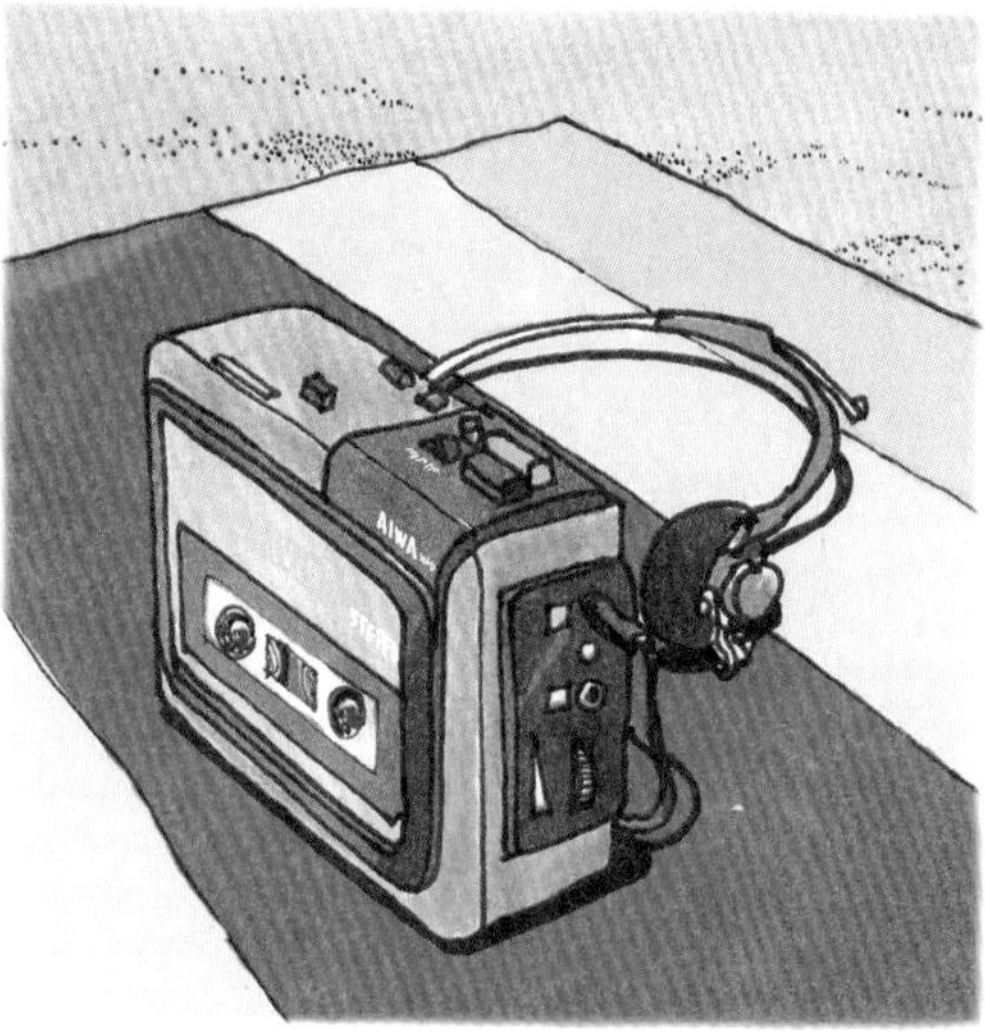

86

番組で、松本隆は大村さんのゆかりの場所を訪ね、彼と親交のあった人たちから話を聞いていく。映画音楽に魅せられていた一人の青年の希望や努力、苦悩や喜びが交錯していくような、すぐれた番組になっていた。このような人の心を動かす番組を作る技術もまた、大村さんの仕事のように奥深いものなんだろうなと思う。大村さんは音楽を愛し、音楽を信じ、「編曲」という奥深く、手ごわく、どこまでも届かない「表現」を掴もうとしていた。同じように、ほかのさまざまな分野でも、人知れず努力を続けている人たちがいるのだろうな、と思えるような番組だった。

✎9月16日

半世紀ぶりの遠足

87

中学時代の同窓生Nくんの声がけで、中3のときのクラスメートたちと「里見くんの案内で牧野植物園へ遠足に行こう」ということになり、9月21日「敬老の日」に、卒業以来49年ぶりで五台山へ遠足に出かけた。(1971年頃、愛宕中学校では五台山と桂浜が遠足の定番でした)

天高く澄み渡った遠足日和の朝。高知駅南口の「My遊バス」乗り場には、見覚えのある2名の同窓生(おんちゃん)がマスク姿で待っていて、「やぁやぁ」なんか言いながら、9時半発の「五台山経由、桂浜行き」に乗り込んだ。バスは、はりまや橋、知寄町を過ぎ、浦戸湾にかかる青柳橋の先にある、小高い緑の山を登って行く。18年間通勤したこの山道も、お客さん気分でバスから眺めてみると、なんだか新鮮なものに思えてくる。

植物園の駐車場には、四季折々に楽しめる植物が配されているんだけど、この日は紅と白のヒガンバナが今を盛りと秋風にゆれていた。バスが10時ちょうどに正門前に停車すると、すでにマイカー組の3名(おんちゃん1、おねえさん2)が待っていて、ニコニコしながら僕たちを迎える。「なんか知らんけど植物園きれいになったねぇ」と誰かが言う。植物園は1999年にリニューアルしてるんだけど、知らなかった人もいるんだな。今日は心をこめて牧野植物園の魅力を伝えようと思った。

まずは記念館・本館にある五台山模型の前で、昔あったロープモノレールの話なんかで盛り上り、回廊を歩きながら牧野博士ゆかりの植物、ビロードムラサキやスエコザサなんかを紹介する。展示館では牧野博士の破天荒な一生を、解説付きで追体験してもらった。「やっぱり説明があるのと一人で見るのとはぜんぜん違うね」と言ってくれるのがうれしい。この日のメンバーは偶然、全員が牧野博士が亡くなった昭和32年の早生まれで、女性のTさんは、まさに博士の命日1月18日が誕生日。「牧野さんがあの世に行った日に、入れ替わりでこの世に来たんやね」なんだかみんなしんみりと(笑)Tさんを見つめていた。お腹がすいてきたので、去年の春にできた「こんこん山広場」に登る。高知市高須方面を見下ろす清々しい眺望に、開放感いっぱいになりながらマスクを外し、幹事が大橋通りの「松岡かまぼこ店」で買ってきた「おにぎり弁当」(エビフライ、唐揚げ、かまぼこなどが入って290円!)や、別に買ってくれたいろんな揚げ物に舌鼓を打つ。

タクシー運転手のAくんは、家にいるとき突然心筋梗塞で胸に激痛が走り大声で叫んだら、あわてた奥さんがなぜか彼の背中をドンと叩いたんだけど、その拍子に血管に詰まっていたものが流れ、その後、救急車で運ばれて無事手術で助かったそうだ。「ほんま、あれは嫁のグッジョブやったわー」。Fくんは外装工事の仕事なんだけど、仕事中に肩を壊して療養中。みんなどこか不調をかかえているけど、なんとか幸せにやっているみたいだ。

園内をゆっくりと散策したあと、誰ともなくお隣の竹林寺へ行こうということになり、みんなで石段を登って本堂にお参りし、五重塔で記念撮影。そして休憩所でまたダベる。他界した4人の同窓生の思い出なんかを話していると、あたりまえだけど、みんな同じ長さの、ちがう年月を過ごしてきたんだなぁとしみじみする。日が傾きかけたので、「また季節を変えて来ようね」と言い合い、石段を降りて三々五々解散した。そのあと菜園場の居酒屋「吾平」に4名が合流し、49年前の遠足にはなかった大人の「二次会」を軽〜く楽しみました。

✎9月23日

土佐のミケランジェロ

五台山の展望台の近くに、堂々とした姿で南の方角を見下ろす〝ライオン宰相〟濱口雄幸の銅像が建っている。その獅子舞のようないかつい面構えは、いまの政治を憂うようでもあり、どことなく可愛らしさがにじみ出ているようでもある。これは、高知県内に25体の銅像を作り、2001年に亡くなられた造形作家、濱田浩造さんの最後の作品だ。

濱田さんと初めて会ったのは1996年、晩年の牧野博士が植物を描く等身大人形を依頼したときで、1999年の牧野植物園リニューアルに際し「牧野富太郎記念館」に展示するためのものだった。すでに園内には「牧野富太郎博士少年像」という濱田さん作の胸像があって、「僕、元気です!」と言っているようなハツラツとした笑顔と、パッとひらいた右手を空に突き上げた牧野少年の姿がなんとも魅力的で、お客さんや博士のご遺族にとても評判が良く「作るならぜひ濱田さんに」と当時外部の人間だった僕に植物園の人が紹介してくれたのだ。

五台山の麓にある濱田さんの家で打ち合わせした後、二人ではりまや町の蕎麦屋で食事したことがあった。夕暮れの光が差し込むテーブル席で、濱田さんはそばを手繰りながら「土佐人らしい男がおらんなった」と言った。濱田さんのお父さんは、マルチな才能を持った漫画家・彫刻家・発明家の川島三郎さんだ。川島さんの周りにはいつも賑やかな男たちが集まり、〃やちもない〃話をして酒を飲んでいたという。濱田さんは子どもの頃からそんな場の空気の中で育ったんだけど、自分がその年齢になってふと周りを見たら、そんな男が一人もいなくなっていたと言うのだ。

どうでも良いことを熱く語り、嫌なことは冗談にして笑い飛ばす。大らかで男っぽくて愛嬌のある土佐人。「僕はそんな記憶の中の土佐人を作品の中に込めてきた。牧野さんもそんなものにしたい」と言っていた。でもその頃、濱田さんは高知市長浜の若宮八幡宮に建てる長宗我部元親像の制作で多忙だったので、牧野博士は濱田さん監修のもと、長年彼の制作に携わってきた藤田浩徳さんが作ることになり、苦労の末、博士の人格まで表現したような見事な作品に仕上げてくれた。

牧野博士の少年像だけでなく、安芸市の「岩崎弥太郎先生像」、梼原町の「維新の門」そして「長宗我部元親初陣の像」と、濱田さんの銅像は体の全てでその人を表しているような躍動感がある。それらは従来の銅像というジャンルをはみ出し、歌舞伎で言う「見得《みえ》を切る」状態というのか、その人の輝ける瞬間を切り取っていて強い印象を残す。それは濱田さんが創作活動の中で掴んでいった独自の表現なのだろう。

その個性的な造形が、時に批判されることもあったようで「彫刻の世界からは、漫画的とか劇画的とか言われる」と、蕎麦屋で濱田さんは残念そうに話していた。僕は思うんだけど、権威的な世界から距離を置い

て自分だけの表現を模索していた濱田さん自身の中に、彼が求めた「失われた土佐人」がいたのではないだろうか。

濱田さんが、亡くなるほぼ1カ月前に完成させたのが「濱口雄幸像」だ。これまでさまざまなポーズの銅像を作ってきた彼の最後の作品。それは何のケレン味もなく後ろ手を組み、これ以上ないくらいに「あるがままの」ポーズで立っている。それまでの造形への挑戦の先に到達した濱田さんの境地のようだ。

1999年秋、牧野富太郎記念館オープンの日、再現された書斎で背中を丸めて絵を描く博士を見た濱田さんは「うん、よくできている」と言ってから「2時間に1回くらい牧野さんの手がピクッと動いたら面白いでねぇ」と続け、目で笑った。

✎9月30日

五台山の文豪

「青柳の 橋はあたかも 虹のよう」

牧野富太郎博士のうたにあるように、人々に愛されてきた行楽と信仰の山、五台山に架かる青柳橋は、なんだか別世界への入り口のようにも見え、これまで多くの絵画や絵葉書の題材となってきた。この橋を渡った右手に、高知大学名誉教授だった澤村榮一先生のお家があった。

2000年、高知県の主催で先生の講演が牧野植物園で行われたとき、僕が前座で牧野博士のことを話したのが初対面だった。数日後、仕事場に電話がかかってきて「澤村です。この前のあなたの話、面白かったよ。いま大橋通りの近くで飲みゆうけど来ませんか」とのこと。ウキウキした気分で指定された宵まち横丁の今はなき「風夢」というお店を訪ねた。

当時、先生は71歳、僕は43歳。どういうわけだか気が合って、美味い肴で夜ふけまで痛飲した。英語学を専門とする先生は、近頃の若者の話す英語が気になるようで「最近みょうに発音が上手で外人っぽく話すのがおるけど、だいたい聞いてたら中身がない」という。そんな発言が痛快で、僕はすてきな友達に出会えた気分になった。その晩の料理で出た牡蠣の殻に、きれいな真珠が出来かかっていて、記念に殻ごと持ち帰って仕事場に飾った。

2002年の春まだ寒い夜、植物園の仕事帰りに先生の家を初めて訪ねたんだけど、玄関のドアを開けて驚いた。おびただしい数の本が居間を占領して玄関まで押し寄せていた。「2階の書斎に置ききれんなってね」と先生は照れたように言い、「まぁ、ひとつ」と缶ビールを渡してくれた。その晩、僕がデザインした企画展「牧野富太郎蔵書の世界」のポスターを差し上げたら、とっても気に入ってくれて「これからキミのことを〈ぃよっ天才!〉って呼ぶからボクのことを〈ぃよっ文豪!〉と返してくれ」と先生はごきげんだった。そのそばで優しそうな奥様が静かに微笑んでいた。

ちょうどその頃、父が自費出版した本を先生に寄贈したんだけど、読み終えた先生は、すぐに僕に電話をかけてきて「高知にこんな〝いごっそう〟がおったとは驚いた。愉快でたまらん」と何度も繰り返して絶賛してくれた。

2004年頃、先生は高知新聞の連載「英語と日本語のはざまで」の執筆や、講演などを精力的にこなしていた。連載終了時の紙面には、近況として「これまでに私が蓄積してきたものが、県・市民のお役に立つならと、全部お引き受けし、老骨に鞭打って、全力疾走してきた」とある。この頃先生はいろんなものから解放されて、独自の研究が大きな花を咲かせていたんじゃないだろうか。

いまその連載を読み返すと、味わいのある芯の通った生き方が伝わってきて、あのとき父の本をことさら喜んでくれたのは、道は違うけど反主流派の生き方が響き合ったのかなと思ったりする。

またこんなことも書かれている。先生は

むかしの五台山絵はがき

かつて「昆虫少年」で、昆虫の食草を知るために『牧野日本植物図鑑』に親しみ、牧野博士に「畏敬と憧憬の念」を抱いていたそうだ。さらに、郷土の「英学」の先覚者としての牧野博士にも注目し、英学で得た教養が「世界に通じる大きな業績を生む基礎学力として役立ったのである」と分析している。澤村先生はその後も仕事への情熱を燃やし続け、2011年に81歳で亡くなられた。

「植物園をつくるなら五台山がええ」

かつて牧野博士は風光明媚なこの山に植物園をつくるべしと言った。その山の麓に住む澤村先生と僕がつながりを持てたのも、どうやら「草木の精」のタクトの一振りなのではないだろうか。

✎10月7日

時間を越える小旅行

去年の2月、連載中だった「定年のデザイン」25回に武吉孝夫さんの写真集『昭和51年を歩く』と同じ場所の現在を歩くという「路地裏クラブ」の話を書いたんだけど、新聞に掲載されたひと月後、その武吉さんがひょっこりわが家に現れた。(手紙のやりとりなどはしていました)涼しげなソフト帽を粋に被った武吉さんは、お土産にと『昭和51年を歩く』の写真集全8巻ボックスと手作りの野菜をかかえ、軽やかな足取りでやって来て、風のように去って行かれた。

ボックスには写真集とは別に、現像された生写真が入っていた。それは昔と今の愛宕町界隈を撮影した絵葉書サイズのモノクロプリント20枚で、裏面の一枚一枚に武吉さんのすてきな文章が書かれていた。

高校卒業から現在までの足跡、なぜ街を記録したのか、そして現在の心境が、きれいな手書きの文字で書き込まれていて、僕は武吉さんの創作の本質に触れたような気持ちになった。

そんな武吉さんの写真展「記録の方法」が香美市立美術館で開催されているという。昭和51年の高知の風景と、同じ場所の現在を撮った写真展だそうで、それは僕たちがやっている「路地裏クラブ」と同じじゃないか、ということでメンバーの喫茶店「日曜社」の横山夫妻に声をかけ、9月22日(秋分の日)の午後、車じゃなくあえて、JR高知駅の上り鈍行列車に乗って、4人で土佐山田町にある美術館へ出かけた。

写真展はものすごく見ごたえがあった。壁にかけられた作品だけでなく、高知市のエリアごとにスクラップされ、自由に見られるようにしたプリントファイルなどを合わせると5500点にもなるらしい。たくさんのお客さんたちは、見覚えのある風景の写真をじっくり立ち止まって見たり、連れの相手と思い出を語ったり、それぞれの記憶を持ち寄って作品と対話しているみたいだった。

このシリーズの武吉さんの写真は、日常の風景をあるがままに切り取り、あえて写真家の作意を感じさせないように撮られているので、見る者が作品の中に自然に入っていけるのだ。でも昭和51年に、この「なんちゃーじゃない」写真の意図を理解していた人は少なかったんじゃないか。

むかし植物園の園芸部の同僚から聞いた話なんだけど、木の剪定をするとき、彼は5年後にこの枝がどうなっていくかを考えて少しだけ切るのだそうで、「見てくれ良く切って、その場の形を整える仕事より、人の目にはわからないような仕事が、実は良い仕事なんだ」と言っていた。44年前に撮られた武吉さんの写真を見ていて、そんなことを思い出した。

僕が高校の通学時に見ていた、ゆたかな稲穂が揺れる田んぼのあぜ道の写真が、土佐道路の中央分離帯に変化している写真を見て、「手に入れたものと失ったもの」という言葉が浮かんできた。40年以上前に撮られた〝なんでもないような風景写真〟が、

「時間」という現像液をくぐりぬけることで、人の心にいろんな意味を浮かび上がらせてくる。当時29歳の武吉さんが「その時に評価される写真」ではない写真を撮ることに決めた視点と覚悟に、すがすがしく尊いものを感じた。

展示を見た後は、もう一つ楽しみにしていた土佐山田駅近くの名店「とんちゃん」で路地裏クラブ恒例の締めをやり、夜のとばりが下りた頃、JR下り鈍行列車の向かい合わせの席に座って、車窓からの暗い夜景を静かに見つめながら高知駅まで戻った4人は、いい気分で解散した。

遠出の旅を自粛している今年、こんな列車の旅は、駅8つ片道360円の「時間を越える」ような小旅行だった。

10月14日

老化？

ここんとこほぼ毎日、僕も妻もちょっとした言い間違いをするんだけど、そんな時は片方がそれをすかさず指摘する。指摘された方はすぐに「耳がえいねぇ〜」とヒガミを込めて返す。どんな言い間違いかというと、たとえば「ひさびさ」と言うべきところを「ひさびす」と言ってしまう。また、「ごめんなさい」を「ごめんねせい」とか、オシイ！　と言いたくなるやつだ。思わぬ爆笑を生むこのような言い間違いは「言葉の足どりが小石に蹴つまずいた」っていう感じだろうか。

物忘れも多くなってきた。特に人名が出てこない。僕「ほら、あの、あのひとよ」妻「うん、あれやろぅ、『ゴースト』に出ちょった、ジョディ…？」僕「ちがう！」妻「待ってよ待ってよ、分かっても言わんとってよ」正解の女優デミ・ムーアが出てくるのに4日かかった。ここで大事なのはネット検索に頼らず〝自力で思い出す〟ということだ。妻は頑なにこのルールを守って何日もかけて人名を思い出している。僕もついこの前、中井貴一の名前が出てこなくて「あの、小津安二郎の映画に出る名優の息子の、ほら貴恵の弟の……」ここでツッコミたいのは貴一よりマイナーな(失礼)貴恵さんの名前は出ているのに！　というところ。顔はくっきり思い出せているだけにもどかしい。(このあと、なんとか自力で思い出しました。)

91

クリエイターのいとうせいこうさんも物忘れが激しく、〝思い出せなかったことや人名を習字で書きとめておく〟ということを10年くらい前から習慣にしていて、それは『ど忘れ書道』という一冊の本にもなっている。ちょっとした欠点を残念なことに終わらせないで、笑いに転化しているところが建設的です。

すこし前に自分で気がついたんだけど、風呂上がりなんかに服を着る時、知らないうちに小声で「よいしょ」とか「…しょっ、しょっ」とかつぶやいている。とくに片足立ちになって、ズボンに足を通すときなんかは100％言っているようだ。むかし母が「掛け声を出さないと動き出せない」なんてことを言っているのを聞いて、「そうか～」とか思っていたんだけど、「あれがこれか～」と感じ入った。「老い」というほどでもないけれど「老い？」ぐらいの気分になったりする。

それからそれから、この前テレビで「ももクロ・ゲッタマン体操」というのを紹介していて、ゲッタマンという、うさん臭い人（失礼）が、ももいろクローバーZとコラボして、内臓力を鍛えるという簡単な体操をうさん臭い感じで紹介していた。テレビを見ながらキッチンで妻と「うさん臭い～」などと言いながら面白がってやってみたら意外と簡単だったので、毎朝5分間くらいやってみるようになった。これまでこういうのは続いた試しがなかったんだけど、なぜだかこの体操は続けることができて、いつの間にやら階段を軽くあがれるようになってたり、片足立ちも前より楽にできるように

なってたりと、確実に筋力がついてきているのを感じる。継続は力なり。ゲッタマンさんごめんなさい。

「老い?」は身体だけではなく、心の方にもやってくるかもしれない。いろんなものを見て、感じて、考えて、違う意見を排除しないことも「老い?」を精神にとりこまない方法かもしれない。無理して若くすることはないけど、なるだけオープンな気持ちでいたいものだ。なんでも見て、感じたことを話し合い、笑っていたい。ひょっとしたら笑うことで腹筋も鍛えられているかもしれないし、気分も晴れるだろう。些細なことは気にせずに「のかな」(土佐弁でのんきな)感じで「老化」を、朗らかな「朗化」にできたらいいなと思っている。

10月21日

親子代々メモ魔の家系

いつの頃からか、胸ポケットにボールペンを差すようになっている。（Tシャツのときはネックに）この習慣はたぶん東京でデザイン会社をはじめた20代の頃からかなと思う。とくに若い頃は一日中なにかを思いついたら、すぐにメモを取るようにしていた。仕事のアイデアだけではなくて、見聞きしたことや本や映画の感想、家族の日常や街で見かけた看板の書体など、なんでも頭をよぎったことを「里見ノート」というB5のノートに書きつけていた。それは昆虫マニアが森の中で獲物を逃さぬようすばやく網をストロークするのに似ていた。浮かんでは消えていく形のないイメージを書きとめておかないと、二度と出会えないと思っていたのだ。

だいぶ頻度は落ちたけど、いまも仕事の打ち合わせなんかのとき、相手が喋ったことを一言も取りこぼさないように書き取るようにしている。博物館の展示デザインの仕事は、研究者などへの聞き取りや会話から、その人の持つ情報や感覚的な思いなんかを受け取って、そこからテーマを浮かび上がらせてデザインに活かしていくことが多いので、どんなささいな言葉でも聞き逃さないようにしてきた。僕は子どもの頃からなんとなくぼんやりしたところがあって、まわりの人が気づいていることを見落としたり、聞き逃したりしてきた。その反省から生まれた策なのかもしれない。

92

そんな〝徹底的メモ法〟が僕にとって有益だったかどうかはわからないけど、人がこれはいらないと捨てていったものの中にも、きっと大切な教訓やアイデアがあるのだと信じてこれまでやってきた。そんなたくさんの過去のノートは、行李や段ボールに詰められていまも押入れに入っている。あまり見返したことはないけれど、どうしても捨てられないでいる。

前にも書いたけれど、僕の仕事場は築60年以上になる家の4畳半で、母に聞くと、僕が生まれた頃、祖父がこの部屋でたくさんの本に囲まれて『土佐電気鉄道五十年史』という著書を執筆していたという。祖父もきっとたくさんのメモや下書きをしていたんじゃないだろうか。

また20数年前には父がこの部屋で、銀行勤務時代に得た知識や経験を記した自分史『我が思い出の記』を執筆していた。業務上の細かい資料や経済・歴史関係図書、我が家のアルバムや古いスクラップブックなんかが積み上げられて、部屋はまるで牧野博士の書斎のようになっていた。新聞の折り込み広告を几帳面に切りそろえて作った紙束に、メモや原稿がびっしり書かれていたのを思い出す。

なんだか書き残すことへの義務感のようなものが僕たちにはあるのかもしれないな、などと思っていたんだけど、母あや子が戦後間もない頃「小津ドレスメーキング女学院」という洋裁学校に通っていた時に描いたという「デザインノート」というものがあるのを最近知って驚いた。母は、おしゃれな専用のノート3冊に、型紙の図案

92

やスケッチとともに学んだことをていねいに書き込んでいた。70年前に描かれたそのノートを見ていると、あれ、僕はどちらかというと母系統のメモ魔なのかもしれないなとも思えてきた。

✎10月28日

思いがけない知らせ

9月初めの日の午後、いまから出かけようとしていたとき、ズボンのポケットでスマートフォンが鳴った。僕はそのとき何となくいやな予感がした。見ると4日前に人間ドックをうけた病院からで、「先日検査した腫瘍マーカーの数値が高いので、診察に来てください」とのことだった。翌日、先生から「前立腺肥大、もしくはがんの可能性も」との診断を受け、精密検査をするよう、別の病院に紹介状を書いてもらった。

それから紹介された病院で血液検査、超音波検査、MRI、採取した細胞を詳しく診る検査なんかを1カ月半くらいやって、10月の終わりに担当の先生から正式に前立腺にがんがあることを告げられた。最初の電話のときからずっと、「まぁ、僕は大丈夫だろう」とか「もし、がんだったらどうしよう」とか、何をしていてもモヤモヤした気分が頭から離れなかったんだけど、こうやってはっきりと告げられると、なんだかあきらめがついて、受け入れるしかないんだなと思えてきた。

僕はこれまで、あまり大きな病気にかかったことがなく、前立腺という部位がどういうものなのかも知らなかったんだけど、先生の説明で、その機能やメカニズムがよくわかった。そして、これまで人ごとと思っていた「悪性腫瘍」というものが急にわが身に降りかかってきて、いままで自分の体のことを親身に考えてなかったことを痛感した。

聞くところによると、前立腺がんの患者は最近とても増えているそうだ。手術の方法も、ロボットを操作してがんを摘出する腹腔鏡下手術というやり方が普及して、前よりも容易に手術ができ、ダメージが少なく回復も早いのだそうだ。先生の言うことには、術後10年目の生存率は約99%ということだ。でも術後しばらくは尿の調整が効かないので尿もれパッドが必要だとか、心配ごともいろいろとあった。

でも僕は、まだまだこれからも健康で長生きして、たくさん仕事もやっていきたいので、先生が勧めてくれたロボット支援による腹腔鏡下摘出手術で悪いところを取って、また新しい気持ちで生活していきたいと思っている。その医療ロボットの名前が「ダ・ヴィンチ」というのを知って、尊敬するレオナルド・ダ・ヴィンチさんが見守ってくれるような気がすることも、僕の不安な気持ちを支えてくれているみたいだ。

人間ドックの申し込みのとき「最近よく耳にする病気だから」と、妻が通常の検査には入っていない前立腺の腫瘍マーカーをオプションで入れてくれたんだけど、そのおかげで今回がんを見つけることができた。これをしてなかったら知らないうちに進行していたかもしれないと思うと、妻に感謝だ。

今年の8月までの僕は、何にも知らないでのんきに生きていたなぁと思う。9月に病院で「がんの可能性もある」と聞いてから、通勤散歩で見る近所の樹々や草花なんかが、それまでとはちょっと違って見えて

きていた。なんとなくこれまで以上に親しみがわくというか、僕も同じ生き物だったんだなというような。
がんということがわかった今、僕は植物園で親しんだ雑草のことを思うようにした。葉っぱが茶色くなっていても、取り除いてあげると、また元気に太陽を受けて育っていく。そんな草花みたいに生きていければいいなと思っている。

11月4日

過去から届いた手紙

夕方、二階から居間に降りてきたとき、薄暗くなった部屋のテーブルに、何か青いものがぼんやりと浮かんでいるように見えた。明かりを点けたら、それは封筒で、手にとってみるとなんだか見たことのある字で僕の住所と名前が書かれている。「あれ?」と思って裏返したら、差出人は僕と妻だった。

「あぁ、そうか!」

去年(2019年)の11月20日、二人で神戸の六甲山へ「六甲ミーツ・アート」という芸術祭を見に行ったんだけど、手紙は芸術祭のイベントのひとつ「未来郵便局」で自分たちに宛てて出した手紙だった。

六甲山に行ったのは近所に住む美術家・岩谷雪子さんの作品を見るためだった。「六甲ケーブル山上駅」の趣ある駅舎。その古い階段の飾り窓やレトロな待合室などに、岩谷さんが六甲高山植物園で採集し乾燥させてつくった小さな植物の作品が、こっそりと配されている。植物の不思議な物語を浮かび上がらせるようなインスタレーションは「We are here(ここにいるよ)」という作品タイトルのように、植物自体が意思を持ってかくれんぼしているようで、この芸術祭のグランプリを受賞していた。

岩谷さんの素敵な作品に気持ちがほぐれ、山頂のレストランでごはんを食べたあと、ぶらぶら歩いて立ち寄ったのが「未来

94

郵便局」だった。この郵便局から手紙を書いて投函すると、〝1年後〟という「ちょっとした未来」に手紙が届くというので、それぞれが自分宛てに手紙を書いてみることにしたのだった。

この年はずっと忙しい日が続いていて、新聞連載の他にもいろんなデザインの仕事、13本の講演会や教室なんかをこなしていたんだけど、やっと少し余裕ができたので、神戸へ出かけ、晩秋の六甲山から海を見下ろしたり、牧野博士が監修した六甲高山植物園の美しい紅葉の中を散策したり、妻の小学校のころからの親友と会って楽しく食事をしたりしたのだった。

僕はそんな旅を思い出しながら青い封筒を開封した。中には青い画用紙の便箋が入っていて、そこには、こんなことが書かれてあった。

里見和彦さまへ62歳の里見和彦より
はじめて六甲山へ登りました。今年はすごくいろんな仕事をした年でした。ひとつひとつに心をこめてやりました。きっとこの手紙が届くころもそうだと思います。そして今よりもう少し人間的に成長しているとイイと思います。封筒を開ける僕がそうであることを願っている僕です。
2019.11.20 水

思いがけなく1年前からやってきた手紙。新型ウイルスのことも、そのために起こった社会の変化も、オリンピックのまさかの延期も、そして僕の病気のことも、なにも知らずに生きていたあの日の自分か

ら、いまここに届いた。青い画用紙に妻は白いインクで、僕は赤いインクで書いていた。電灯の下で、僕はしばらくその〝時間を越えてきた手紙〟を見入ってしまった。

日常を少しだけ違う目で見られるようにしてくれる「アート」というものの力を感じた夕暮れ時だった。

11月11日

仁淀ブルーを散歩する

漫画『釣りバカ日誌』の主人公「ハマちゃん」のモデルとされる黒笹慈幾《やすし》さんが編集長を務めるウェブマガジン「仁淀ブルー通信」への連載を頼まれたのは、今年の3月のことだった。黒笹さんは高知新聞の「定年のデザイン」を読んでくれていて「いつもの〟通勤散歩〟の感じで、仁淀川周辺を歩いて植物のスケッチをしながら紀行文を書いてほしい」とのことだった。「仁淀川ボタニカル・スケッチ散歩」というタイトルもすでに考えてくれていて、喜んでお引き受けしたのだった。

〟仁淀ブルー〟という呼び名は写真家、高橋宣之さんの命名という。山深い四国の森林に生まれたひとしずくの水が幾筋も集まり、やがて大きな流れとなって無数の生き物を潤していく仁淀川。その滋味深い恵みを色彩に託した見事なネーミングだなと思う。僕の両親のふるさともこの川の上流にあるので、昔から仁淀川流域には親しみを感じてきた。

執筆にあたって僕たちはあーだこーだと計画を立てた。まず「季節感を大切に植物や風景を描くこと」つぎに「美味しい食べ物を登場させること」そして「山下清さんのように、のどかな感じで」という3つを意識して、3カ月に1回、来年1月まで仁淀川流域を散策することになった。(本編は「仁淀ブルー通信」で検索してご覧ください)

記念すべき1回目は連休明けの5月11日、両親のふるさと仁淀川町名野川の散策からはじめた。僕たちは年明けからとても忙しく、また新型ウイルスのこともあって、この半年間どこにも出かけてなかったので、中津渓谷に架かる小さな橋から望んだ雄大な中津明神山と、初夏の澄み切った青空に、いつもとは違う意味での開放感を味わうことができた。

2回目は7月31日の猛暑日、日高村で山や川原を散策して草花を描いた。いつも車窓から一瞬目にする、橋と川辺の気になる風景があり(日高大橋と日下《くさか》川の岸辺)、そこを歩けたのもうれしかった。川の恵みと水害という、自然が持つ二つの顔と折り合いをつけながら歩んできた日高村。その歴史を思いつつ、足を運んだ日下川調整池の夕暮れの光景は、とても美しかった。

そして3回目は小雨模様の10月23日、牧野富太郎さんがフィールドとして植物を学んだ越知町横倉山を歩いた。妻は舗装されていない山道が苦手なので「横倉山自然の森博物館」で別れて、ひとり頂上付近まで登った。森を吹き抜ける〝ゴォーッ〟という強風に追い立てられながら、人っ子ひとりいない神秘的な山を、秋の草花を求めて歩きまわった。安徳天皇を祀る横倉宮の境内の崖には牧野さん発見命名のヨコグラノキがある。樹齢170年くらいといわれるその幹に25年ぶりにタッチし、心を込めてスケッチした。多様な植物を育む仁淀川の流れ。そこを歩き、発見した植物を深く調べ次々と発表した牧野さんもまた、仁淀川が育んだものの一つと言えるだろう。

95

昔から親しみを持っていた仁淀川流域を歩いて、その土地と新しい縁が生まれて広がっていく。遠くに旅に行けなかったり、閉塞感につつまれてしまったり、何かと不自由なご時世だけど、足元の、知っているつもりの場所をゆっくり歩いてみると、まだまだ知らないこともあったりするんだなということを、このボタニカルな散歩で再認識している。

11月18日

不自由なときの過ごし方

9月16日の高知新聞「声ひろば」に牧野植物園時代の先輩、松岡正宣さんの小文が載っていた。戦後の窮乏時に母から「男も料理をたしなむように」と言われたことを、コロナ禍の家ごもりのなかで思い出し、ナス料理に挑戦したら意外に美味しくできてしまった、という話が味わい深く書かれていた。すぐに携帯に電話して、元気そうな声を確認した。不自由な中でも、考え方一つで気分がさわやかになり、先が見通せるようになることもあるだろう。

牧野富太郎さんは28歳のころ、自由に出入りを許されていた東京大学の教授から、教室への出入りを禁じられた(立場や考え方の違いがあったのだ)。そこでロシアで研究を続けようと親交のあったマキシモヴィッチ博士を頼って渡航しようとするんだけど、彼の急逝によってその道も絶たれる。追い討ちをかけるように実家の酒屋も人手に渡り、仕送りが無くなってしまうなど、さんざんな不運にみまわれた牧野さんは、親友に紹介してもらった農科大学で少ない資料に甘んじながらもひとり黙々と研究を続けた。そしてそんな中、精密の限りをつくして描いた「ムジナモの図」が、のちにドイツの権威ある文献に転載され、日本のT.Makinoの名が、ヨーロッパで注目を浴びるという快挙につながる。「何をやってもうまくいかない」という時期が誰にでもあると思うけど、そんなときに牧野さんはジタバタせずに、自分の力を深めることに時間を使ったのだ。

　僕は46歳のときに心の病を得て、これしか取り柄がない(と思っていた)デザインの仕事から遠ざかり、鬱々とした日々を送っていたんだけど、あるとき急に小説を書きたくなって、熱に浮かされたみたいに立て続けに10編ほど書いたことがあった。それをコンビニでコピーして冊子に仕立て、頼まれもしないのに職場の同僚や友達、カフェの店主や大学教授などに読んでもらって、感想を求めたりしていた。(ずいぶん迷惑な話だ)デザインという表現手段をなくした喪失感を、別のもので埋めようとしていたのかもしれない。

　そんなこともやったけど、症状は改善されず、仕事も休みがちの52歳の春、とうとう当時の上役から仕事をやめるか、肉体労働の部署に移るか…と言われた。体力に自信がないのと、作業着の制服というものが苦手で、どうしても自分には無理と思い、まだ結婚する前の妻に迷いを打ち明けた。「僕は作業服を着て颯爽と働くような柄じゃないから、くやしいけど植物園をやめようと思うんだけど……」すると彼女はこう言った「そう。けど、なんか作業着って〝明和電機〟みたいで、かっこいいんじゃない？」(明和電機は電機屋さんの格好をしたアート・ユニットです)「お？」僕は目の前のモヤがぱっと晴れたような気がした。そして「それもそうやな、作業服着た仕事もえいかも知れん」と思い直し、園芸部で頑張ってみることにした。(明和電機さんと妻、ありがとう)この後のことはもう何度

も書いたけど、僕は園芸部で松岡先輩のもと、汗をかくことで長かった不自由な時代を抜け出すことができた。

未知の世界に踏み出すのは勇気がいることだ。でも、やってみたら自分の意外なページが開かれるのかもしれない。

いまは多くの人が不自由さを強いられているような状況だ。でも、どんなときでもジタバタせずに（いやジタバタしてもいいか）、そのときにやれることをやってみる。それがこういう時期の過ごし方なのかなと思う。

✎11月25日

僕の「二都ものがたり」

冬枯れの公園なんかを歩いているとき、ふいに昔の自分がマフラーを首に巻き、白い息を吐きながらどこかの街を歩いている姿が目に浮かぶことがある。僕は今まで人生の4割を東京で、6割を高知で過ごしてきた。それぞれの土地に素晴らしさがあり、それぞれにたくさんの個人的な思い出がある。

東京では5回引っ越したんだけど、一番長く住んだのは都心の中にそこだけ時間が止まったように見える庶民的な界隈の一軒家で、春になると近くの公園で町内会の花見があり、夏は家の前でお盆の迎え火を焚く。氏神様の例大祭で神輿が家々を練り歩き、酉の市で熊手を買うのは秋。冬が来て、大雪の日の翌朝は、家の周りと裏に住むご老人夫婦のために雪かきをする。意外に思うかもしれないけど、東京にずっと住んでいる人たちは、めぐる季節の風習やマナーを大切にしている人が多い。地元に溶け込もうと、柄にもなくお神輿を担いだり、消防団員になった僕を、地元のおやじさん連中はあたたかく迎え入れてくれた。

「お兄さん、どこから来なすった?」「高知です」「おう、土佐かい、そりゃぁいいや、魚が美味いだろ」「はい」「じゃあ、いける口だね」だいたい、いつもこんな感じで話がはずむ。そんなときは心の中でふるさとのありがたさを思ったものだ。

僕の中にある〝東京の魅力〟というもの

は、なかなかうまく言い表せないんだけど、それは都会に住む人の心にある、ある種の諦めのような、〝文明とともに生きていかざるを得ないことを背負い込んで、クールさを装いながらタフに生きようとしている美しさ〟みたいなものなのかなと思ったりする。テレビ画面に映し出される〝東京という幻想〟を支えている多くの庶民の美しさとも言えるのかもしれない。冬の夕暮れどき、駅のプラットフォームで電車を待つ会社帰りの人たちが、降りはじめた雪をただただ黙って見つめている姿に、僕はいちばん東京というものを感じた気がする。

そんな都会で生まれ育った僕の二人の子どもは、何度も高知へ来ているんだけど、小学生くらいのときに一番喜んでいたのが桂浜水族館だった。(牧野植物園でなくて残念)水槽の魚の説明書きに「この魚は酢醤油で食うのがいちばんや」とか書いてあるのを見て、ふだんおとなしい子たちがキャーキャー騒ぎ、「ありえない!」「高知ってすごい!」と涙目で笑っていた。「生き物を身近に感じる」という意味で、この展示は僕も大好きだ。大人も子どもも笑顔で楽しめるこの水族館はとっても愛があって高知らしいと思う。

最近、友人が県外から高知に転勤してきたんだけど、彼は毎朝、路面電車で朝倉から桟橋まで通勤していて、お客さんが子どもも大人も降車するとき運転手に「ありがとう」と声をかけていくことが新鮮らしく、「とても素敵ですね」と言っていた。暮らしている人にはあたりまえになっているけど、よそから来た人だからこそ見える美点

が、それぞれの街にあるのだろう。
僕にとっての〝高知の魅力〟のひとつは、人にあるのかなと思う。牧野富太郎さんや、たくさんのこのエッセイに書いてきた人たち。そして高知でも東京でも、またその他の土地でも、僕が興味を持つのは〝自由さを持っている人〟ということになるのかなと思う。そんな人が好きだし、自分もそんな人でありたいと思っている。

12月2日

98

こんこんと湧く泉のように

僕が憂うつな気持ちで過ごしていた40代後半のころ、小説を書くことに熱中したことを前に書いたけど、きっかけはある夜のことだった。浅い眠りの中で一つのストーリーが頭に降りてきて、僕は夢うつつにも「イイ話だなぁ」と思い、すぐに起き上がってメモを取った。そして翌日、原稿用紙に向かい、鉛筆で一文字ごとマス目を埋めるように書きはじめた。

それまで小説など書いたこともないし、それほど読んでもいない。ただ、僕は20代のころから博物館などの仕事を得るために、たくさんの企画書を書いた。コンペに勝たないと仕事が来ない。来ないと事務所が倒産するかもしれない。そう思うと「生み出した企画に賛同してもらえるような、人の心を打つ文章を書かなければ」そう思ってどうにかこうにかやってきた。だから文学の素養も読書の蓄積もないけれど、一文字にかけた切実さは文学者にも負けてないと思っていた。だから無謀にも僕にだって小説が書けるはずと思ったのだ。

そのころ、病気のことでさほど責任ある仕事を任されておらず、仕事は夕方に終わり、時間だけはたくさんあった。そうやって文章を書いて、いろんな人に配っていると、『pousse《プス》-pousse《プス》』というすてきなフリーペーパーを出していた友人Aさんから原稿を頼まれた。するとそのフリーペーパーに書いたものが高知市のカフェ・クレオールで顔を合わせていた女性、Oさんの目に止まり、彼女の紹介で高松市に住んでいたIさんが主宰する『瀬戸内作文連盟』という同人誌に執筆することになった。(なんだかわらしべ長者みたいだ)『瀬戸内作文連盟』略して瀬戸作は、2005年に創刊された冊子なんだけど、執筆者の在住地も職業もいろいろで、どの文章もなにげない日常を、飾らず気負わずに書いており、なんだかほっとする読み物なのだ。(高知では洋菓子店ミエットなどで読めます)そんなユニークな冊子に参加させてもらったりして「書くこと」になんとなく慣れてきたころに、高知新聞社の竹内記者から声をかけていただき、はじまったのがこの連載エッセイ「定年のデザイン」だ。

文章を書くということは「考える」ことなんだなと思う。頭にあるものをどのように伝えようかと考え、読む人のことを想像し、誤解のないようにと心を配る。一つのことを書いているうちに、「このことよりも別のことを書いた方が良いな」となることも多い。そんなときは元のアイデアも捨てずに残しておく。そうやって時間をかけて推敲を重ねて完成した文章のまわりには、たくさんの書かれなかったアイデアが、目には見えないけど副産物のように、そなわっているような気がする。その副産物が別の文章を生むムカゴのように、また季節がめぐるとき新しい題材として育ってくることもあるだろう。ひとつのアイデアはたくさんの要素から生まれ、それはまた、たくさんのアイデアにつながっていく。

牧野富太郎さんが84歳のときに創刊した雑誌『牧野植物混々録』の「混々」とは、牧野さんの頭の中の「汲めども尽きせぬ植物知識」が泉のように〝こんこんと湧き出てくる〟という意味なんだけど、一つの植物を語る牧野さんの頭脳の中にもそのような良い循環作用が起こり、それが泉のように生まれていたんだろうなと思う。人間の「考える」ということが生み出す資源は有限ではなく、循環して枯渇しないのかもしれない。

✎12月9日

あたごのターシャ2020

新聞連載中、特に反響があったのは、母あや子のことを書いた第15回「あたごのターシャ」だった。「90歳で帯屋町まで行くゆうて、お元気やねぇ」とか、「ほんとにお母さんから一度も叱られたことないんですか？　信じられ〜ん」とか、みなさんいろいろと興味深かったみたいだ。連載担当の竹内さんは仕事の用事があるとき、僕の携帯ではなく、いつも母が出る固定電話の方にかけてきた。声が聞きたいからなのだそうだ。

そんな母がターシャ・テューダーのように丹精している父が遺した庭は、あれからまたずいぶん花がふえた。外から帰って玄関前の庭を眺めると、パッと気分が明るくなる。今の季節はいろんな菊や、葉牡丹、クリスマスローズなんかが、和の庭に彩りを添えている。今年の春、母に頼まれて通勤散歩の途中で道端のヨモギを根っこから持ち帰り渡していたら、鉢に挿してみごとに苗を増やしていた。よもぎ餅を作るのだそうだ。昔、増築してできたコンクリート屋根の小さなスペースに、かなり前からプランターをたくさん並べて水菜やイタリアンパセリ、ナスやミニトマトなんかを上手に育てている。この〃あや子ファーム〃では今、バナナの苗が育って人の背の高さくらいになっているんだけど、これから寒くなるので、僕は寒冷紗《かんれいしゃ》を買ってきて、冬囲いをした。植物園での経験が役に立ったときはうれしいものだ。

母は毎朝5時半頃に起き、まずは神棚にお供物(ご飯とお茶と水)を捧げ、お祈りをする。朝食はオリーブオイルをかけたトーストと果物。朝ドラを見た後、庭を眺められる椅子に深く座り、時間をかけて新聞に目を通す。読み終えたら庭に出て草を抜いたり、落ち葉を拾ったり、池のメダカに餌をあげたりして過ごす。庭の築山に上がったりしゃがんだりすることも、知らないうちに健康に役立っているようだ。11時半ごろキッチンで自分の好きなものを準備して、自分の部屋でテレビを見ながら昼食をとる。庭仕事で疲れたら昼寝をして体を休め、そしてまた庭やファームで過ごしたり、銀行や郵便局や金曜市に出かけたりしている。

母が好きなテレビ番組は、ベニシアさんとターシャ・テューダー、『プレバト!!』の夏井いつき先生の俳句コーナーなどだ。夕食は3人そろってやっぱりテレビを見ながらいただくんだけど、お笑い番組なんかでは若者のネタに僕たちと同じタイミングで笑う。感性が若いのだ。毎晩、食事が終わると「ほんとに美味しかったねぇ。ごちそうさまでした」とにこにこ笑って妻に言う。そして自分の部屋でまたテレビを見て、お風呂に入り、10時半ごろ床に就く。

先日、母の洋裁教室の生徒さんふたりが、バラの花束とすき焼き用の上等なお肉を持って、母の92歳の誕生祝いに来てくれた。コロナ禍でずっと教室を休みにしているので、久しぶりに3人の笑い声が家中に響いた。この40歳も年の離れた女子たちの

仲の良さは、そばで見ていても気持ちが良いものだ。
　いつもニコニコしてなんの不満ももらさない母は、人のことを自分のことのように心配し、自分のことより家族のことを優先してきたのだろう。数年前、兄に先立たれたときにはずいぶんこたえたようで、僕たちがまだ勤め人で家にいなかった日中、「考えたくないからずっと寝ていた」というのを後から聞いた。今年の9月からは僕の病気のことでまた心配させたようだけど、こちらのほうは来年3月に手術をすることが決まったので、母も一安心したみたいだ。これからも、やっと巡ってきた自由な母の季節を謳歌して、もっと長生きしてほしい。

✎12月16日

いつもの散歩道で

今年も年末が近づいてきた。春先からなにかと落ち着かない毎日だったけど、そんなことはお構いなしに一年は終わろうとしている。クリスマスが過ぎると、もう年越しの準備をしなくては。家の掃除、しめ縄の取り替えなどなど、いろいろやることが待っている。きれい好きの妻が、ふだんからあちこちこまめに掃除をしているから、ものぐさな僕も毎朝の掃除を手伝うようになった。なので年末の大掃除も意外と手間はかからない。

家のしめ縄は、風習で玄関に一年中飾っており、その取り替えは僕の担当だ。毎年だいたい12月30日に神棚の小さいしめ縄とお札といっしょに氏神様の小津神社へお納めし、新しいものを持ち帰って、一年の感謝と新年の幸せを願いながら付け替えている。

そんな年末、久しぶりに妻と買い物ついでの通勤散歩に出かけた。12月の街はひんやりして、マスクが顔を温めてくれてちょうどイイ。僕はお気に入りの厚手のコート、妻もお気に入りのコートに毛糸の帽子と手袋という完全防寒スタイルで歩く。あたご大通りから道を一本西に入り、瀬戸内科の前を通ると、駐車場に感染症検査の仮設ブースができていた。母校、愛宕中学校のテニスコートでは、そびえ立つようなイチョウの葉っぱが半分散って、根元に黄色いじゅうたんが広がっているよう

100

だ。

なじみのスーパー、コープよしだ店にはクリスマス商品が並び、にぎわっていた。僕は定年になるまでスーパーには縁がなかったんだけど、妻と来るようになってから、棚に並んだ商品のラベルを一つひとつ見ていくのが楽しみになった。妻が買ったさまざまな食品を、持参した買い物かごとエコバッグにすみやかに詰めるのが僕の仕事だ。うまく納まると、すごく達成感がある。

コープからの帰り道、あたご商店街を北から南へと、お店や行きかう人を眺めながら歩く。この年末、商店街の大好きなたこ焼き屋さん「ぷるぷる」が閉店した。仕事が忙しいとき、この店のもう一つの名物である美味しいお好み焼きを夕食にして何度も乗り切った。いつもお店の前を通ると、ソースの香りがぷ〜んと漂って、お店のMさんと会釈する。Mさんは「定年のデザイン」の記事をいつも切り抜いて、応援してくれていた。ありがとう。年齢的なこともあり「そろそろ店をやめようか」と口にするたび、みんなに引き止められていたけど、コロナ禍がきて、これを区切りにしたらしい。そんな喪失感の中だけど、金曜市の東入口近くに「やきとり純ちゃん」というテイクアウトの店ができるので、焼き鳥が大好物の妻はとても楽しみにしている。

新鮮な野菜などが揃う「はちきんの店」はいつものようににぎわい、あたごのハロッズ「広松百貨」の店先にはホッカイロなどの冬の商品が並んでいる。車で通り過ぎるだけだったりすると、遠目には変わってな

100

いように見える街も、ゆっくり歩いてみると「あたりまえだよ」というように変わっているのがわかる。新陳代謝を繰り返し、時代とともに変わっていく。それが生きているということなのだろう。

なんだかんだ言ってるうちに、僕の家が近づいてきた。父が遺した庭のビワの木に、今年も白くちいさな花が咲きはじめている。初夏には、またおいしい果実を実らせるだろう。僕の肩にかけたエコバッグからちょっとのぞいた大根の葉っぱがイイ感じに揺れている、そんな冬の散歩道だ。

✎12月23日

おわりに　～101回目の水曜日に

朝、自宅を出て、近所を一回りしてから同じ自宅に出勤する〝自宅への通勤〟は、定年退職の2年くらい前に近所の図書館で読んだ『フリーという生き方』(岸川真著／岩波ジュニア新書)という本のアイデアをヒントにしました。そしてこの習慣は新しい生活を始めた私たちに新鮮な驚きをもたらせてくれました。あたり前と思っていた近所の風景が日々変化し、季節も刻々と移り変わっているということに、あらためて気づくことになったのです。

新聞連載中の1年半の間、私は週に4日間かけて原稿を書き、挿絵を描く日々を送りました。60歳からの新しい生活のスタートの時期に、この連載を書く機会を与えてもらったこと、そしてそれがたくさんの人の目に触れ、共有できたことを感謝しています。

２０２０年の年末に最後の100話目を書き終えてからも、里見デザイン室はたくさんの仕事に取り組みながらめまぐるしい日々を過ごしました。私の術後はつつがなく、あたごのターシャこと母あや子は今年95歳を迎えました。このように日常は刻一刻とあらたな出来事を重ねながら、静かにそして着実に過ぎていきます。

連載中からここまで、僕の文章の意図を正確に汲みつつ、楽しみながら校正、推敲し、読みやすく、そしてほのかにオモシロイ文章にしてくれた共同執筆者ともいえる副社長(妻)に感謝を捧げます。

そして高知新聞社の竹内一さん、この連載は彼と妻との3人4脚の共同作業といえるものでした。連載を企画し声をかけていただきありがとうございました。

また書籍化にあたり、ブックデザインを根気よく仕上げてくれた寺山亜希さん、細やかな配慮で本づくりをしていただいたリーブル出版の坂本圭一朗さんとスタッフの方々、そして連載中に感想を寄せていただいたみなさん、お読みくださった方々にこの場をおかりして感謝申し上げます。

「60代はヤングヤング！」定年退職した春の日、喫茶店日曜社の横山夫妻がそう言ってくれました。あのときに感じた、青空をさわやかな風が吹き抜けるような感覚、そのニュアンスが私にとっての「定年のデザイン」というものかもしれません。私たちの人生に、これからもどんな転機がやってくるのかわかりませんが、あのときの気持ちをこれからも持ち続けていこうと思います。

２０２３年10月18日(水)

里見 和彦

DESIGN FOR A NEW LIFE

定年のデザイン

発行日　2023年11月1日　初版第1刷発行

執筆と挿絵　里見 和彦
編集と校正　里見 由佐
ブックデザイン　TETORA design
協　力　高知新聞社、高知県立牧野植物園
発　行　里見デザイン室
発　売　リーブル出版

ISBN 978-4-86338-391-3